Dieter Zimmer

Kalifornisches Quartett

BASTEI LÜBBE

BASTEI-LÜBBE-TASCHENBUCH
Band 10 835

Lizenzausgabe: Gustav Lübbe Verlag GmbH, Bergisch Gladbach
Printed in West Germany 1987
Einbandgestaltung: Klaus Blumenberg
Titelbild: Zefa
Gesamtherstellung: Ebner Ulm
ISBN 3-404-10835-3

Der Preis dieses Bandes versteht sich
einschließlich der gesetzlichen Mehrwertsteuer

1. Kapitel

Renate

Renate schloß den Sitzgurt und lehnte sich zurück. LH 454 von Frankfurt nonstop nach San Francisco war bereit zum Abflug. Die Crew schickte sich an, die Tür des Jumbos zu schließen.
»Wenn die beiden Plätze neben uns frei bleiben«, sagte Renate, »dann können wir doch noch am Fenster sitzen.«
Rolf nickte und öffnete seinen Gurt, um aufzustehen und hinüberzurücken.
Es sollte für Renate und Rolf der erste Flug über den Atlantik werden, deshalb hätten sie gern am Fenster gesessen und nicht rechts und links des Kabinengangs. Renate fand, Rolf hätte sich beizeiten um Fensterplätze bemühen müssen, und hatte ihm ihre Verärgerung darüber, daß er es nicht getan hatte, unmißverständlich zu erkennen gegeben. Rolf hatte erwidert, sie seien schließlich ihretwegen so spät am Flughafen angekommen. Das fängt ja gut an, hatte sie gesagt.
Renate wollte sich ebenfalls erheben, um den Platz zu wechseln, da stürzte im allerletzten Augenblick eine atemlose junge Frau in die Maschine, gefolgt von einem ebenso atemlosen Mann.
»Wetten, daß die unsere Fensterplätze haben?« zischte Renate.
Die Stewardess schaute auf die Bordkarten der beiden und deutete auf die Plätze neben Renate und Rolf.

»Siehste!« fauchte Renate ärgerlich.
»Ja, ja«, stöhnte Rolf.
Renate gefielen die neuen Passagiere nicht. Sie hielt sich für einen durch und durch toleranten Menschen, aber bestimmte Arten von Leute fand sie schon aufgrund des Äußeren unsympathisch, und hier war es so.
Die junge Frau war etwas mollig und deshalb vom Alter her schwer zu schätzen. Sie war blond, aber offensichtlich nicht echt blond. Vor allem mißfiel Renate der Aufzug der Dame: Sie trug ein enganliegendes ledernes Cowboy-Kostüm mit langen Fransen, dazu Cowboy-Stiefelchen und einen breitkrempigen Cowboy-Hut, der zu groß war und ihr bei jedem Schritt über die Augen zu rutschen drohte. Ein Cowgirl aus einer Schießbude! dachte Renate.
Der Mann dazu, der Mitte Dreißig sein mochte, gefiel Renate auch nicht. Er war kräftig gebaut, hatte ein rundes, sonnengebräuntes Gesicht mit einem struppigen blonden Haarschopf darüber und einem rötlichen Schnauzbart mittendrin. Zwischen Schopf und Bart blitzte herausfordernd ein Paar sehr blauer Augen. Sein Pullover schien teuer, war aber zu bunt. Wahrscheinlich, überlegte Renate, hatte er eine Rolex am Arm, aber kein Buch im Schrank. Wie ein Gemüsehändler auf Abenteuerurlaub!
»Entschuldigen Sie bitte!« sagte der Mann, immer noch außer Atem, als er seine Begleiterin an Rolf vorbei auf den Fensterplatz und sich selbst daneben schob.
Als sie dann saßen und die Maschine endlich zur Startbahn rollte, beugte sich Renate über den Gang und flüsterte ihrem Ehemann zu: »Man kann sich eben seine Nachbarn nicht aussuchen. Aber es ist ja nur für elf Stunden.«
Rolf schaute etwas verständnislos zurück. »Über die Leute habe ich noch kein abschließendes Urteil, mir tut's nur leid um die schönen Plätze.«

»Na, wenn dir die Leute gefallen, dann ist's ja gut«, erwiderte Renate etwas gereizt.
Die zwei am Fenster hatten bis zum Start zu tun, um ihr aufwendiges Handgepäck zwischen ihren Füßen zu verstauen. Dann ließen sie sich erschöpft von der startenden Maschine in die Lehnen ihrer Sessel drücken. Der Jumbo hob ab, das war jedesmal der Augenblick, den Renate nicht mochte. Meistens griff sie dabei nach Rolfs Hand, aber diesmal, über den Gang hinweg, verzichtete sie auf diese beruhigende Berührung, zumal sie immer noch ärgerlich über die ihnen verwehrten Fensterplätze war.
Als die Maschine die Wolkendecke über Frankfurt durchstoßen hatte und endlich waagerecht flog, beugte sich die blonde Frau vor und wandte sich, an ihrem schnauzbärtigen Begleiter vorbei, an Rolf und Renate: »Entschuldigen Sie noch mal, aber wir haben uns etwas verspätet.«
»Das habe ich mir beinahe gedacht«, antwortete Renate nicht sehr freundlich.
Der Mann mit dem Schnauzbart erklärte die Verspätung: »Wir sind nämlich mit dem Taxi direkt vom Generalkonsulat zum Flughafen gerast. Ich weiß nicht, ob Sie Frankfurt zur Messezeit kennen: Kein Durchkommen! Man steht und steht und steht. Aber dann, hinter der Messe: volles Rohr! Der Taxifahrer hat einen Blauen extra gekriegt, falls er geblitzt worden ist.«
»Wir hatten ja eine Stunde vor dem Abflug noch keine Visa für Amerika«, erklärte die Blondine aufgeregt und mit einem Berliner Zungenschlag.
»Donnerwetter, noch keine Visums?« staunte Renate.
»Ja, es heißt Visas«, entschuldigte sich der Mann für seine Begleiterin. »Aber Sie ahnen ja nicht, was die sich wichtig tun mit ihren dußligen Stempeln. Ob wir genug Geld für die Rückreise hätten, wollten die von mir wissen. Wenn nicht, habe ich gesagt, kaufen wir uns drüben ein Stück Land mit

einem Haus, dafür langt's allemal. Fanden sie überhaupt nicht komisch.«
»Dann verstehen die nichts von Komik«, warf Renate ein.
»Na, macht nichts. Jedenfalls hat's am Ende geklappt. Und der kluge Harry hat auch noch zwischendurch angerufen und diese Plätze hier reserviert.« Dabei tippte er sich anerkennend an die eigene Stirn.
»Das war wirklich klug von Ihnen«, bestätigte Rolf mit einem unüberhörbaren Seufzer.
Harry schien den Grund zu ahnen: »Hätten Sie denn auch gern am Fenster gesessen?«
Rolf seufzte nochmal: »Ja, vor allem meine Frau. Sie hat mir schon bitterste Vorwürfe gemacht. Ich fühle mich als Versager. Ich weiß nicht, ob Sie das Gefühl kennen?«
Renate hatte immer große Lust, ihren Mann zu erschlagen, wenn er Streitigkeiten, die niemanden etwas angingen, genüßlich vor Dritten ausbreitete. Er tat es immer so, daß scheinbar er der Dumme war, tatsächlich aber sie der Spott traf.
»Ich tausche meinen Platz mit Ihrer Frau«, sagte Harry und stand auf.
Seine blonde Begleiterin widersprach: »Nein, ich tausche mit dir, da kann sie direkt am Fenster sitzen. Ich bin sowieso nicht schwindelfrei.«
Renate zögerte. Sie wollte mit solchen Leuten weder die Plätze tauschen noch sonst irgend etwas zu tun haben. Sie ärgerte sich, daß Rolf sie drängte, das Angebot anzunehmen. Kurz bevor die Situation peinlich wurde, willigte sie ein. So saß denn Renate danach am Fenster, Rolf neben ihr, dann das Cowgirl und jenseits des Gangs der Mann, der sich den klugen Harry genannt hatte.
Als endlich Ruhe eingekehrt war, überlegte Renate, ob sie aus dem Fenster schauen oder noch ein Wort des Dankes an die Nachbarin richten sollte, ohne sich allerdings in ein

Gespräch ziehen zu lassen. Sie wartete mit dem Entschluß, bis es fast zu spät war.

»Schönen Dank noch mal!« sagte Renate, wobei sie sich an Rolf vorbeibeugen mußte, »natürlich auch im Namen meines Mannes. Es ist nämlich unser erster Flug nach Amerika.«

»Toll! Unserer auch«, erwiderte die Blondine.

Welch ein Deutsch! dachte Renate schaudernd: unserer auch! Ehe sie sich wieder dem Blick nach draußen widmen konnte, der freilich außer einem Wattemeer nichts bot, war sie bereits in ein Gespräch gezogen.

»Fliegen Sie auch nach San Francicso?« fragte die Frau.

Renate sah sie verwundert an und lächelte dann: »Ich denke, uns allen wird keine Wahl bleiben. Es kann höchstens sein, der Pilot denkt sich unterwegs ein anderes Ziel aus.«

»Au weia, det war keene jescheite Frage«, gab die Frau in unverblümtem Berlinerisch zu, um selbstkritisch fortzufahren: »Wissen Sie, ich bin erstens sowieso nicht wahnsinnig gescheit, und zweitens bin ich wahnsinnig aufgeregt wegen dem langen Flug.«

Renate nickte verständnisvoll: »Wegen dem langen Flug.« Sie fing einen mißbilligenden Blick ihres Mannes auf. Sie wußte, er haßte es, wenn sie als Studienrätin und somit Mitglied der gebildeten Schichten sich über weniger Gebildete lustig machte und es gemeinerweise noch so versteckt tat, daß jene es nicht einmal merkten. Da Renate solches Verhalten eigentlich auch verabscheute, ärgerte sie sich gleichermaßen über Rolfs Mißbilligung wie über ihre eigenen Worte. Rede du doch mit dem Mäuschen, dachte sie, damit sie mich mit ihrem Geplapper verschont! Rolf schien den Wunsch zu ahnen, denn er wandte sich tatsächlich an seine Nachbarin zur Linken: »Dieses originelle Cowboy-Kostüm . . .«

»...ist schick, was? Und war gar nicht so wahnsinnig teuer. Habe ich mir heute morgen noch gekauft, extra für die Reise. Ich habe den Verdacht, das Preisschild ist noch drin, jedenfalls zwickt mich die ganze Zeit was am Po.«
»Sollen wir nachschauen?« fragte Rolf.
Sie ging darüber hinweg und erzählte ungefragt: »Ich kaufe mir für jede Reise was Passendes. Für Tirol hatte ich ein Salzburger Dirndl, für Ibiza einen Bolero und so weiter.«
»Waren Sie schon mal in Papua-Neuguinea?« fragte Rolf.
»Nein, was trägt man denn da?«
»Nichts.«
»Oh!« Sie lächelte Rolf an.
Renate stieß ihrem Mann den Ellbogen in die Seite, nicht heftig, aber deutlich. Er sollte ihr zwar die Last des Gesprächs mit dieser aufgeputzten Person abnehmen, aber nicht auf solche Weise. Erstens fand sie Rolfs Anzüglichkeiten nicht geschmackvoll, und zweitens war sie besonders empfindlich, wenn er gerade diese Art von Frauen »anbalzte«, wie sie es abfällig nannte. Denn sie wußte: Das war sein Typ Frau. Nach langen Jahren der Ehe hatte er in einer Minute der Unvorsichtigkeit gestanden, daß seine Vorstellung der idealen Frau mehr in Richtung Marilyn Monroe ging. Renate hatte damals schlagfertig gekontert, ihr hätte eigentlich auch ein Burt Lancaster vorgeschwebt. Und ein solcher war Rolf gewiß nicht. Er war zwar verhältnismäßig groß, etwas über einsfünfundachtzig, aber sehr schmal. Wohlwollend konnte man ihn einen drahtigen Typ nennen, übelwollend einen Hänfling. Letzteres tat Renate manchmal, wenn er sie durch eine Bemerkung an seine Vorliebe für M. M. erinnerte.
Man tat der Nachbarin auf dem Flug nach San Francisco bestimmt zuviel Ehre an, wenn man sie mit der Monroe verglich, aber sie war der verblichenen Diva jedenfalls ähnlicher als Renate.

Die Blonde konnte von Renates Überlegungen nichts ahnen und nahm unbekümmert Rolfs Gedanken an die unbekleideten Damen in Neuguinea auf: »Das würde mir gar nicht schlecht stehen, was meinen Sie? Außerdem wäre es wahnsinnig praktisch. Ich packe nämlich jedesmal zentnerweise Klamotten ein. Harry sagt immer: Mensch, du bist doch nicht auf der Flucht! Er räumt immer Dreiviertel wieder zurück in die Schränke, und trotzdem können wir's kaum schleppen. Harry ist übrigens mein Lebensgefährte, also wir wohnen zusammen. Und ich heiße Sissi.«
Genauso siehste auch aus! dachte Renate.
»Manche finden, ich sehe auch aus wie 'ne Sissi«, fuhr Sissi fort, »aber ich kann's mir ja nicht aussuchen.«
»Den Namen oder das Aussehen?« fragte Renate spitz dazwischen.
»Den Namen«, erwiderte Sissi offenbar arglos. »Meine Eltern sind damals immer rüber in den Westsektor, ich komme nämlich aus Ost-Berlin, müssen Sie wissen, und damals gab's ja noch keine Mauer, also sind sie immer rüber ins Kino, und zu der Zeit gab's gerade diese Filme mit der Romy, und als ich ankam, hieß ich prompt Sissi. Wie heißen Sie überhaupt?«
»Ich heiße Rolf«, sagte Rolf mit einer im Sitzen angedeuteten Verbeugung, »und meine Frau heißt Renate.«
Sissi rief über den Gang hinweg: »He, Harry, das hier sind Renate und Rolf.«
»Dacht' ich mir!« rief Harry fröhlich zurück, und Renate dachte: So ein Blödmann!
»Woher kommen Sie und was machen Sie?« wollte Sissi wissen.
»Wir sind Studienräte, aus Darmstadt.«
»Ach, du kriegst die Tür nicht zu! Zwei Pauker?«
Rolf lachte, aber Renate fand die Bemerkung regelrecht unverschämt und zog derart bedrohlich die Augenbrauen

zusammen, daß sich Sissi erschrocken entschuldigte: »Au weia, da bin ick mit beede Beene in'n Fettnapp jehopst. Bitte um Verjebung! Wissen Sie, für mich war die Schule eine wahnsinnige Durststrecke, wenn Sie verstehen, was ich meine, und deswegen habe ich, sagen wir mal, ein gebrochenes Verhältnis zu Lehrkörpern.«
Renate fand die Worte nicht sehr witzig, aber Rolf schien sehr amüsiert zu sein. Angeregt erkundigte er sich, was Sissi und Harry beruflich machten.
»Obst- und Gemüsehandel, in Frankfurt.« Sie betonte es wie: Juwelen und Pelze en gros.
Renate mußte zum ersten Mal schmunzeln: Gemüsehändler auf Abenteuerurlaub. Wie man doch manchmal auf den ersten Blick recht hatte!
»Aber nicht so 'ne Rotkohlbude«, fuhr Sissi fort, »wir führen weltweite Spezialitäten. Wetten, daß Sie die Hälfte davon noch nie auf'm Tich hatten? Wir sind nämlich auch nicht gerade billiger Jakob.«
»Wie meinen Sie das?« fragte Renate.
Sissi biß sich auf die Unterlippe: »Schon wieder im Fettnapp! Also, ich meine das so: Sie kochen bestimmt wahnsinnig gut und haben selbstverständlich ›essen & trinken‹ abonniert, aber die ganz teuren Sachen . . . Ich meine eben, daß Pädagogen viel Freizeit haben, aber nicht soviel Penunzen.«
Renate verkniff sich eine Entgegnung.

Die Lufthansa servierte ein Frühstück. Jeder war so damit beschäftigt, daß die Konversation vorübergehend erstarb, denn es bedurfte voller Konzentration, um mit angelegten Ellbogen und spitzen Fingern allerhand Plastikbehältnisse zu öffnen, die sich verzeifelt dagegen wehrten.
So ein Mäuschen, dachte Renate, während sie mit möglichst sparsamen Bewegungen eine kraftlos-blasse Semmel zu

halbieren trachtete. Gemüseverkäuferin! Der Eisbergsalat ist heute besonders knackig, gnä' Frau! Die Avocados kann ich Ihnen sehr empfehlen, nicht zu hart, aber auch noch nicht bräunlich um den Stein herum! Gemüse vom Morgen bis zum Abend. Doch damit verdiente man wohl genug Geld, um sich über arme Pauker lustig zu machen. Dieses noch nicht mal echt blonde Nichts! Aber der gute Rolf charmierte wie ein Pennäler beim Abschlußball und parlierte aufs anzüglichste, wie es Renate seit Jahren nicht mehr an ihm beobachtet hatte, am wenigsten zu Hause. Gerade tauchte er nach dem Messer, das Sissi zwischen ihre Füße hatte fallen lassen, unabsichtlich oder auch nicht. Er suchte und suchte und suchte. Mein Gott, wunderte sich Renate, wie lange kann man vorgeben, ein Messer nicht zu finden? Bald beißt er sie ins Knie, dann haben wir den Skandal! Endlich tauchte Rolf auf und überreichte galant seine Trophäe. Na warte! dachte Renate, mit der Landung in San Francisco ist dieser Spaß vorbei.
Die Frühstückstabletts wurden eingesammelt, die Passagiere lehnten sich erschöpft zurück, Zigarettenrauch stieg über den Köpfen auf.
Renate hatte die Amerikareise nicht machen wollen. Amerika sagte ihr nichts, sie war nicht gespannt auf das Land, das ›Dallas‹ und den ›Denver Clan‹ hervorgebracht hatte. Sie liebte als Historikerin die Länder mit den alten Kulturen: Ägypten, Israel, Türkei, Griechenland, Italien. Mit Ausnahme Ägyptens hatten sie diese Länder besucht. Amerika war Rolfs Idee, Rolfs Traum seit langem. Renate hatte sich gesträubt, eigensüchtig, wie sie zugab. Sie hatte aber immer ein gutes Argument gehabt: Das Haus! Seitdem sie in Darmstadt – genauer: etwas außerhalb von Darmstadt – gebaut hatten, war ihr Leben ein fortwährender finanzieller Engpaß. Sie hatten fahrlässig die Faustregel mißachtet: Kalkuliere großzügig und rechne dann das Doppelte. Nie

wieder! hattten sie sich zu spät geschworen. Trotz allem wollten sie gesellschaftlich mithalten, waren im Tennisclub, gingen auf Bälle, gaben Feste, fuhren zwei Autos. Aber dann noch Amerika? Bei diesem Dollarkurs?
Rolf war kürzlich Oberstudienrat geworden und hatte sich aus diesem Anlaß nur eines gewünscht: endlich die Amerikareise. Renate hatte nicht mehr nein sagen können, aber sie hatte Bedingungen gestellt: Erstens müsse ein genaues Programm erarbeitet und eingehalten werden, so daß man in den vorgesehenen dreieinhalb Wochen wirklich alles Wichtige zu sehen bekam. Zweitens müsse sparsam gereist werden. Drittens – und damit hing zweitens zusammen – müsse für das folgende Jahr die Reise zu den Altertümern am Nil fest eingeplant werden. Rolf hatte sich mit allem einverstanden erklärt.
Renate war müde und hätte beim eintönigen Dröhnen der Triebwerke gern ein wenig geschlafen, aber sie mußte zuhören, wie Rolf die Konversation mit seiner Nachbarin wieder aufnahm: »Wo wollen Sie eigentlich hin?«
Sissi machte eine erstaunte Pause, ehe sie sagte: »Nach Amerika.«
»Natürlich. Aber Amerika ist weitläufig. Haben Sie kein bestimmtes Ziel?«
»Da müssen Sie Harry fragen.«
Rolf wandte sich über den Gang hinweg: »Sie haben sicher in Amerika ein bestimmtes Ziel?«
Harry schüttelte den Kopf.
»Einfach so in Blaue?«
Harry nickte.
Rolf mußte sich, um zu verstehen und verstanden zu werden, weit über Sissi beugen. Renate hatten den Eindruck, es sei ihm nicht unangenehm. Das schien auch Harry aufzufallen, er bedeutete Rolf, er möge mit Sissi den Platz tauschen, damit man sich ohne Mühe über den Gang hinweg unterhal-

ten könne, während die beiden Frauen nebeneinander saßen.

Renate nahm aus der Tasche in der Rückenlehne vor ihr eine Zeitschrift und vertiefte sich in die Beschreibung der verschiedenen Flugzeugtypen, die die Lufthansa einsetzte. Sie hatte sich nie für DC-10 und Boeing 747 interessiert, aber jetzt studierte sie angestrengt die technischen Daten.

»Es ist verrückt«, wurde sie von Sissi angesprochen, »aber bis gestern wollten wir noch nach Monte Carlo.«

»Tatsächlich?« fragte Renate, ohne von ihrer Zeitschrift aufzusehen.

»Ehrenwort! Das heißt, ich wollte schon immer nach Amerika, aber Harry wollte nach Monte Carlo. Und wir Frauen geben ja immer nach. Wir hatten alles gebucht, aber gestern beim Abendbrot habe ich ihn rumgekriegt nach Amerika.«

»Soso, beim Abendbrot«, Renate tat möglichst unbeteiligt.

Sissi lächelte vielsagend: »Ich weiß, Männer kriegt man sonst bei anderen Gelegenheiten rum. Aber Ehrenwort, es war beim Abendbrot. Ich habe gesagt, du kannst dein Geld auch in Las Vegas verspielen, statt in Monte Carlo. Das hat ihn am Ende überzeugt.«

Renate lächelte kurz und sah dann kopfschüttelnd aus dem Fenster auf das weiße Wattemeer.

Sie war sauer. Da hatten diese zwei bunten Vögel gestern abend aus einer Laune heraus beschlossen, nun doch nicht nach Monte Carlo zu fahren, sondern nach Amerika. Zwei Studienräte grübelten monatelang, wie sie sich ein paar Wochen Amerika aus den Rippen schneiden konnten, aber diese Grünzeugkrämer entschieden die Frage in der Art wie: Gehen wir heute ins Kino oder in die Disco?

»Sie haben so einen wahnsinnig aufregenden Beruf«, hörte Renate ihre Nachbarin sagen.

»Wenn Sie meinen«, erwiderte Renate, die sich nicht unterhalten wollte.

»Oh, ja. Pauker finde ich wahnsinnig aufregend. Ich habe immer nur mit Kiwis und Zucchinis zu tun, aber Sie mit Cäsar und Goethe und Simmel.«
»Simmel selten«, sagte Renate.
»Trotzdem. Ich würde auch lieber so was wie Sie machen und dafür ruhig ein bißchen weniger Geld verdienen. Aber für Pauker bin ich einfach nicht schlau genug.«
Renate nickte bestätigend und schaute auf ihre Uhr. Es waren noch ungefähr acht Stunden bis San Francisco.

2. Kapitel

Rolf

Rolf schwieg eine Weile und überlegte, wie jemand in einen Jumbo steigen und zehntausend Kilometer weit fliegen konnte, ohne zu wissen, was er am Ziel wollte. Er mußte noch einmal darauf zurückkommen: »Also haben Sie keinen Plan?«
Harry zuckte mit den Schultern: »Ich weiß nicht, ob das in Ihren Augen ein Plan ist, aber ich will irgendwie nach Las Vegas. Das liegt ja in der Nähe von San Francisco.«
Rolf lachte fast ein wenig hämisch: »Natürlich, ganz in der Nähe, keine tausend Kilometer entfernt.«
»Na also«, meinte Harry fröhlich, »dann ist es ja nicht weiter als von Frankfurt nach Monte Carlo.«
Rolf hatte die Reise seit Monaten in allen Einzelheiten ausgearbeitet. In seinem Schreibtisch waren Fächer freigemacht worden für Reiseführer, Straßenkarten, Prospekte und Zeitungsausschnitte. Viele Abende hatte er daran gesessen. Das Ergebnis seiner Arbeit stand in einem kleinformatigen und leicht zu verstauenden Ringbuch: Es enthielt für jeden Tag der Reise die Fahrtstrecke mit Angabe

der Meilen, die Sehenswürdigkeiten mit Öffnungszeiten, die landschaftlichen Besonderheiten sowie die Anschriften von Unterkünften und Restaurants erschwinglicher Preislage.
Rolf zog das Ringbuch aus seiner Umhängetasche und reichte es Harry, der die ersten Seiten aufmerksam las und schließlich fragte: »Dann sind Sie also auf einer Dienstreise?«
»Nein, wieso?« fragte Rolf verwirrt zurück.
Harry schüttelte den Kopf: »Ich fürchte, ich reise völlig verkehrt. Mir gefällt's zwar immer bombig, aber irgend was mache ich falsch. Ich weiß vorher meistens nicht, wo ich lande, und hinterher manchmal nicht, wo ich war. Manchmal erinnere ich mich an einen exotischen Drink, der mich beinahe umgehauen hat, aber ich weiß nicht mehr, auf welcher Insel ich ihn getrunken habe. Oder ich erinnere mich an einen runden braunen Busen am Strand, und zwar so genau, daß ich ihn förmlich fühle, aber ich weiß ums Verrecken nicht mehr, an welchem Strand ich ihn gesehen habe.«
»Wozu reisen Sie denn überhaupt?« fragte Rolf.
»Gute Frage«, gab Harry zu. Dann bestellte er bei der Stewardess vier Piccolo, um auf eine gute Zeit in Amerika anzustoßen. Rolf mußte Renates Piccolo mittrinken, da sie sagte, sie habe keinen Appetit.
Rolf ließ eine Weile die Frage nicht los, wozu einer wie Harry überhaupt reiste, wenn er außer Erinnerungen an oberflächliche Reize nichts mitnahm. Sicher sollte man unterwegs seinen Spaß haben, aber kam es nicht auch oder sogar zuerst darauf an, etwas an Wissen nach Hause zu bringen? Dieser Harry schien sehr einfach gestrickt zu sein. Sissi natürlich auch, aber sie glich es durch andere Vorzüge aus.

Über dem Atlantik bot die Lufthansa ihren Passagieren

einen Spielfilm. Es ging darin um Kämpfe mit intelligenten, aber dennoch kriegerischen Wesen von einem entlegenen Stern. Renate lehnte ab, auch Rolf versprach sich nichts von diesem Kunstwerk, Harry wollte seine Ruhe, nur Sissi war Feuer und Flamme: »Kintopp im Flieger find' ich wahnsinnig komisch.«
Sie ließ sich gegen Leihgebühr ein Paar Plastikkopfhörer aushändigen.
In der Dunkelheit der Kabine überkam Rolf das Bedürfnis, die hübsche Frau zu seiner Rechten zu spüren. Er konnte nicht leugnen, daß sie ihn anzog. Ein altbekanntes Gefühl drängte ihn schon seit dem Start in Frankfurt, mit dieser Frau zu schäkern. Ja, schäkern war wohl das Wort dafür. Oder flirten? Dieses Gefühl, das man seit der Heirat so unterdrücken mußte! Jetzt drängte es ihn, nach dem weichen Leder ihres Kostüms zu tasten. Sie wich nicht aus. Merkte sie es nicht? Oder merkte sie es und wich dennoch nicht aus? Rolfs Phantasie ging mit ihm spazieren, bis er sich zur Ordnung rief und sich anderen Gedanken zuwandte. Er machte sich bewußt, daß er auf dem Weg nach Amerika war. In sieben Stunden würde man landen!
Rolf fand, man müßte eigentlich stilvoller ankommen. Das hatte mit seinem Traum von Amerika zu tun. Schon als ganz kleiner Junge hatte er weniges sehnlicher gewünscht, als eines Tages Amerika zu sehen. Selbst als er begriffen hatte, daß ihm Gary Cooper und Richard Widmark im Kino bloß hundert Jahre alte Geschichten vorspielten, und auch diese noch falsch, selbst dann war seine Sehnsucht nicht gestorben. Er hatte nur angefangen, die richtigen Filme über Amerika zu sehen, die richtigen Bücher zu lesen, und der Reiz war noch größer geworden. Er wußte inzwischen genug auch über die schmutzigen Seiten, aber die Schauplätze und Kulissen der kurzen, rauhen Vergangenheit der USA bewegten seine Phantasie: die schnurgeraden Schie-

nenstränge in staubigen Ebenen, die windschiefen Geisterstädte in den wasserlosen Steinwüsten, die mühsam erkundeten Pfade nach Westen. Renate hatte er allerdings nie anstecken können mit seiner Amerikasehnsucht. Nun sollte er in wenigen Stunden endlich den Boden dieses – nicht gelobten, aber ersehnten – Landes betreten.
Doch das war es ja gerade: Man betrat nicht den Boden, wenn man mit der Lufthansa in San Francisco landete. Man legte an irgendeinem Finger an und geriet durch irgendeine Tunnelröhre in irgendeinen Terminal und war irgendwie da, halb und halb. Früher, ganz früher hatte sich Rolf vorgestellt, mit einem Schiff in die Bucht von San Francisco oder in Gottes Namen auch in die von New York einzufahren und ganz stilgerecht an Land zu treten. Passé! Vor einigen Jahren war man immerhin als Flugpassagier noch eine Gangway hinabgeschritten und hatte, wenn man den Fuß auf den fremden Boden setzte, sagen können: Jetzt! Man mußte dabei nicht so viel Tamtam machen wie der Astronaut Neil Armstrong beim ersten Schritt auf den Mond, man mußte sich nicht kopfüber auf die Rollbahn stürzen wie der Papst, aber man durfte still für sich denken: Jetzt! Passé auch das.
Rolf schlief ein wenig. Als er erwachte, hatte das Kinostück geendet, vermutlich mit der gerechten, also der amerikanischen Sache.
»War der Film gut?« fragte Rolf.
»Ich weiß nicht«, erwiderte Sissi. »Jedenfalls war's kein Kunstwerk, denn ich habe alles kapiert.«
»Nach der geistigen Anstrengung«, versprach Rolf, »gibt's bestimmt bald ein Mittagessen.«
Er hatte recht.
Es war in den engen Sitzen wieder nicht einfach, mit Messer und Gabel zu hantieren, obwohl das Hühnchen in Plastik keineswegs besonders zäh war. Sissi fragte nach längerem

Grübeln, wieso es jetzt Mittagessen gebe, da doch ihre Uhr die fünfte Stunde des Nachmittags anzeige.
Rolf hörte seine Frau anzüglich fragen: »Zeigt Ihre Rolex keine amerikanische Zeit?«
Sissi lächelte entwaffnend: »Glauben Sie wirklich, meine Rolex ist echt? Bin ich bekloppt und gebe so'n Haufen Geld aus, wenn die falsche Rolex genauso aussieht? Aber mal im Ernst: Wie ist das mit der Zeit? Warum sind wir vormittags gestartet, fliegen elf Stunden und landen mittags?«
Rolf wollte es ihr sehr gern erklären. Er nahm die Orange die als Nachtisch vorgesehen war, und vollführte damit eine kreisende Bewegung um Sissis Kopf: »Stellen Sie sich vor, Sie sind die Sonne! Und die Orange ist die Erde. Die Erde kreist um die Sonne und dreht sich dabei um sich selbst. Klar? Von der Erde aus gesehen, wandert die Sonne von Osten nach Westen. Auch klar?«
»Ach, geben Sie sich keine Mühe«, meinte Sissi, »das hat mir noch kein Pauker so erklären können, daß ich's kapiert habe. Auch wenn Sie's mit Charme versuchen . . .«
Oha! dachte Rolf, das klang nicht unfreundlich.
Renate unterbrach ihr Schweigen: »Es ist nicht schwer zu verstehen, es ist nur schwer zu erklären.«
Oho! dachte Rolf, das klang nicht freundlich.
Da haben wir wieder die alte Geschichte: Ich hätte nie und nimmer gestehen sollen, daß mir Marilyn Monroe gefiel. Seither taxiert Renate jede Frau, die in unser Blickfeld gerät. Blondes Haar? Runde Formen? Bei Test positiv gibt es Ärger, sobald ich die Dame nur anschaue.
Irgendwann, dachte Rolf, wird mir das zu dumm, und ich . . .
Ja, was mache ich dann?

Unter dem Flugzeug war plötzlich Amerika. Sissi hatte es entdeckt und teilte es aufgeregt mit. Renate mußte es, da sie

am Fenster saß, früher bemerkt, aber nicht für mitteilenswert gehalten haben.
»Mensch, ich bin in Amerika!« rief Sissi, »ist das nicht bärenstark?«
Renate schaute befremdet: »Überrascht es Sie? Sie hatten es doch gebucht, oder?«
Sissi schaute befremdet zurück: »Wat soll'n det? Wat soll'n det coole Jetue? Wat kapieren denn Sie überhaupt?«
Rolf ertappte sich dabei, wie er innerlich Sissi anfeuerte, die ruhiger fortfuhr: »Ich habe vor ein paar Jahren noch in Ost-Berlin gehockt und auf die Ausreise gewartet. Einmal am Rhein! Und jetzt bin ich in Amerika! Könn' Se nischt mit anfangen, wat?«
»Doch, schön für Sie«, meinte Renate.
Rolf ärgerte sich über seine Frau. Erstens verstand er die Freude, zum ersten Mal in Amerika zu sein, wenn es ihm auch nicht lag, seine eigene Freude laut hinauszuposaunen. Zweitens verstand er, daß Sissi vom Gefühl ›große weite Welt‹ wie betrunken war. Er selbst stammte von ›drüben‹, aus einem Nest in der Mark Brandenburg, war jedoch als Kind in den Westen gekommen, zu einer Zeit, da Sissi noch nicht geboren war. Als Erwachsener hatte er wenige Male die DDR besucht, immer als Lehrer mit seiner Schulklasse. Jedesmal hatte ihn die Enge des eingemauerten Staates bedrückt, jedesmal hatte sich seine Erkenntnis aufgefrischt, er müsse seinen Eltern für den Entschluß dankbar sein, damals die Flucht gewagt zu haben. Wer heute rauswollte, mußte bekanntlich an der Grenze Kopf und Kragen riskieren oder jahrelange Schikane auf sich nehmen, ehe sein Antrag auf »Entlassung aus der Staatsbürgerschaft der DDR« – vielleicht – positiv beschieden wurde. Rolf hatte großen Respekt vor denen, die es wagten.
»Ich freue mich auch, daß ich in Amerika bin«, sagte er.
Sissi sah ihn dankbar an: »Endlich einer, der mich versteht!

Wissen Sie, dem Harry ist es im Prinzip wurscht, ob wir auf die Malediven fahren oder auf den Mond. Hauptsache, sie haben 'n Roulette. Aber für mich ist das hier ein Triumph, verstehen Sie? Von Berlin, Bezirk Prenzlauer Berg, nach San Francisco, USA! Das muß mir erstmal eine nachmachen.«
Rolf nickte nachdrücklich.
»Wie kommt man eigentlich vom Flughafen nach San Francisco rein?« fragte Harry eine halbe Stunde vor der Landung.
»Wir haben einen Mietwagen reserviert«, antwortete Rolf.
»Aha. Wir nicht«, sagte Harry. Dann sagte er bis zur Landung nichts mehr.

Jetzt! dachte Rolf, als die Maschine aufsetzte, jetzt wäre eigentlich der Augenblick. Er schaute auf die Uhr und beschloß, sich zu merken, daß er um 12.39 Uhr Ortszeit im Land seiner Kindersehnsucht angekommen war.
»Naja, dann viel Spaß in Amerika!« sagte Renate, als das Flugzeug am Terminal angelegt hatte. Es klang wie eine unwiderrufliche Verabschiedung, außerdem klang es etwas ironisch.
»Danke, Ihnen auch!« erwiderte Sissi. »Vielleicht sieht man sich ja mal unterwegs.«
»Fast zwangsläufig«, meinte Renate. »Amerika ist ja nicht so groß.«
Auch Rolf verabschiedete sich.
»Wissen Sie, wo's hier lang geht?« fragte Harry.
Rolf wußte es nicht. Aber er war gerne bereit, Harry und vor allem Sissi den Weg zu zeigen: »Laufen Sie uns einfach hinterher!«
Es war nicht schwer, mit etwas Englischkenntnis die Gepäckausgabe zu finden: BAGGAGE CLAIM. Renate und Rolf, Sissi und Harry standen nebeneinander, nicht ganz

sicher, ob sie sich endgültig voneinander verabschiedet hatten oder noch miteinander reden sollten. Rolf sah seinen Koffer heranrollen und nahm ihn vom Band. Renate wirkte ungeduldig. Es kamen in Abständen die vier Koffer von Sissi und Harry. Die zwei hoben ebenfalls ihr Gepäck vom Band, machten jedoch keine Anstalten, zu gehen, sondern blieben unschlüssig stehen. In größeren Schüben kam allerlei auf dem Fließband angefahren, nur Renates Koffer nicht.
»Verdammter Mist!« schimpfte sie.
»War denn was Wichtiges drin?« fragte Sissi teilnahmsvoll.
»Was Wichtiges? Alles!«
»Kann man alles nachkaufen«, tröstete Sissi. »Oder ich borge Ihnen was, ich habe sowieso wieder mal zu viel mit.«
Renate maß Sissi mit einem abschätzigen Blick: » In Ihren Sachen käme ich mir wahrscheinlich etwas verloren vor.«
Sissi griff sich an den Kopf: »Mensch, mein Hut!«
Harry schien nicht überrascht. Er seufzte nur kurz und machte sich auf den Weg zurück zur Maschine.
»Der arme Kerl«, seufzte ihm Sissi nach, »er hat seine Last mit mir. Er nennt mich immer die Mutter des Chaos. Ich fände es freundlicher, wenn er mich die Tochter des Chaos nennen würde, aber im Prinzip hat er recht.«
»Willst du nicht mal nach meinem Koffer schauen?« fragte Renate mit Ungeduld in der Stimme.
»Er wird schon kommen«, sagte Rolf.
Er konnte es nicht ausstehen, wenn Renate diesen Ton anschlug: scheinbar freundlich, aber mit einem Unterton von schneidender Bestimmtheit. Manchmal dachte Rolf, es sei seine Empfindlichkeit, die ihn das heraushören lasse, aber es hatten ihn auch schon Freunde darauf aufmerksam gemacht.
»Mit dem Koffer meiner Frau hat es eine besondere Bewandtnis«, sagte Rolf. »Er fehlt nämlich fast jedesmal. Anfangs dachte ich, es läge an der Lufthansa. Dann richtete

sich mein Verdacht gegen den Koffer. Inzwischen schließe ich nicht mehr aus, daß es einfach an meiner Frau liegt.«
»Mein Mann hält sich für komisch«, bemerkte Renate.
In diesem Augenblick fuhr der Koffer an ihnen vorbei, Rolf rannte hinterher und riß ihn vom Band. Renate drängte zum Aufbruch, aber Rolf widersetzte sich. »Wir können doch Sissi hier nicht stehenlassen, mutterseelenallein mit vier Koffern mitten mit Ausland.«
Er wußte natürlich, daß man konnte. Er wußte auch, daß Renate wußte, daß er wußte, daß man konnte. Er wußte auch, daß sie es ihm verübelte. Aber er wollte sich nicht darum scheren. Der Anlaß schien ihm nichtig, aber genau jetzt und hier in Amerika wollte er doch mal sehen!
Als Harry lange nicht wiederkam, wurde Sissi unruhig und wollte ihn suchen. Rolf riet ihr dringend ab, da sie sich auf diesem Flughafen unweigerlich verlaufen werde, aber sie war nicht aufzuhalten.

»Komm!« sagte Renate, »jetzt können wir mit Anstand verschwinden.«
»Mit Anstand?« fragte Rolf. »Ohne Gruß verschwinden und ihr Gepäck ohne Aufsicht zurücklassen?«
Renate setzte sich auf ihren Koffer, schlug das rechte Bein über das linke, zündete sich eine Zigarette an, rauchte hastig und wippte heftig mit dem Fuß.
Nach etwa zwanzig Minuten kam Harry zurück, den breitkrempigen Cowboy-Hut wie eine Trophäe schwenkend. Er stöhnte: »Wenn ich geahnt hätte, in welches Labyrinth ich hier gerate, hätte ich ihr lieber zehn neue Hüte gekauft. Wo ist sie übrigens?«
»Auf der Suche nach Ihnen.«
»Auch das noch! Wo ist sie lang?«
Rolf zeigte die Richtung, Harry drückte ihm den albernen Cowboy-Hut auf den Kopf und rannte los.

Renate wurde energisch: »Jetzt komm! Wir sind nicht zum Spaß hier, wir haben ein Programm, wir wollen heute noch ins Museum. Statt dessen verplempern wir unsere Zeit mit diesen zwei Chaoten.«
»Das Gepäck«, sagte Rolf. »Wir müssen das Gepäck bewachen. Du weiß doch, die Kriminalität in den USA.«
»Ach so? Als du mir diese Reise schmackhaft machen wolltest, da wußtest du gar nicht, was ich meinte. Kriminalität? Alles übertrieben! Diebstahl? Ach du meine Güte! Dafür haben sie nicht mal eine Vokabel. Aber jetzt mußt du auf diese blöden Koffer aufpassen, weil hier jeder zweite ein Räuber ist. Weißt du, was los ist? Natürlich weißt du's!« Sie sah ihm in die Augen und schrie ihn an: »Du bist scharf auf diese Gemüsemaus!«
»Renate!«
»Ja? Was?«
»Nicht diese Töne! Es paßt nicht zu dir.«
»Aber ich habe recht, oder?«
»Nein«, sagte Rolf, denn was hätte er anders sagen sollen. Ausbrüche dieser Art waren selten in ihrer Ehe. Jede Art von Leidenschaft war selten. Oder selten geworden. Ihre Beziehung hatte sich auf einer gleichbleibenden Frequenz eingepegelt. Sie fragten einander nicht mehr, ob sie sich noch liebten, vielleicht um den anderen nicht in Verlegenheit zu bringen, vielleicht um sich selbst nicht der Gegenfrage auszusetzen. Andererseits kam keine offene Abneigung vor, höchstens war mal versteckte Mißgunst zu spüren, zum Beispiel, als Rolf dieses Jahr befördert wurde und Renate noch nicht. Nun plötzlich, auf dem Flughafen von San Francisco, brach Eifersucht hervor.
Rolf mußte schmunzeln, obwohl ihn die Szene ärgerte. Er beobachtete Renate auf ihrem Koffer, wie sie angestrengt wegschaute und hastig rauchte. Sie wippte wieder heftig mit dem rechten Fuß, dabei rutschte der Saum ihres engen Rocks immer höher. Rolf sah es gern.

Renate war zweifellos eine attraktive Frau. War sie schön? Sie war, ähnlich wie Rolf, sehr schlank. Sie hatte lange Beine, schmale Hüften, einen kleinen Busen. Sie hätte Mannequin werden können. Sie wirkte meistens kühl, trotz ihrer warmen braunen Augen. Das kurzgeschnittene kastanienfarbene Haar unterstrich eine gewisse Strenge. Wahrscheinlich war Renate schön, jedenfalls apart, vielleicht rassig. Und im Augenblick war sie in ihrer Wut eine hinreißende Furie. Elegant war sie in ihrem klassischen braunen Reisekostüm obendrein. Dagegen wirkte Sissi mit ihrem Fransenkostüm wirklich wie im Zirkus. Aber . . .

Aus einer Richtung, die nicht zu vermuten war, kam Sissi: »Da bin ick wieder! Total jeschafft! Wo drückt sich der olle Harry rum?«

»Er sucht Sie«, sagte Rolf und hielt Sissi vorsichtshalber am Handgelenk fest: »Aber Sie bleiben jetzt bitte hier.«

Sissi ließ sich auf einen Koffer fallen: »Das ist ja Wahnsinn hier. Und dann mein Englisch! Ich kann nämlich keins. Nur Russisch, aber das redet hier keiner. Zum Glück habe ich einen Deutschen getroffen, sogar aus Frankfurt, wie wir, einen Journalisten, der hier lebt. Er hat mich gerettet, sonst hätten sie mich vielleicht beim nächsten größeren Umbau irgendwo gefunden. Wir können ihn besuchen kommen, den Journalisten, alle vier. Habe ich gleich arrangiert.«

Sie wies eine Visitenkarte vor, der deutsche Journalist hieß Andy Meyer.

Renate hörte auf mit dem Fuß zu wippen und drängte zum Aufbruch. In diesem Augenblick kam aus einer wiederum ganz anderen Richtung Harry und beklagte aus seiner Sicht die Weitläufigkeit des Flughafens und die unzulänglichen Fremdsprachenkenntnisse der Amerikaner.

Man begab sich gemeinsam zur Paßkontrolle, die lange dauerte, und zur Zollabfertigung, die mit einem kurzen

Blick in Rolfs Umhängetasche und einem längeren in Sissis Augen erledigt war.
»Also, dann viel Spaß!« wünschte Renate ein letztes Mal. Sie zog Rolf mit sich: »Los, sonst fällt den beiden Salatköppen noch irgend was ein.«
»Moment mal!« rief Harry und kam hinterhergerannt.
Rolf blieb stehen.
»Sie gehen doch zum Mietwagenschalter«, sagte Harry, »da gehe ich mit und lasse mir auch irgendeine Karre geben.«
Rolf vermutete, daß es ohne Reservierung keine Karre gebe, und er behielt recht. Sie fragten bei Hertz und Avis, bei Budget und National, auch bei den kleineren lokalen Firmen, aber es gab anstelle eines Autos überall bedauerndes Kopfschütteln: No reservation, no car! Sorry, Sir!
Rolf wußte, daß er einfach sagen konnte: Naja, Pech gehabt, nehmen Sie halt ein Taxi oder den Bus! Niemand konnte von ihm verlangen, daß er zwei wildfremde Menschen nach elf Stunden einer zufälligen Bekanntschaft in seinem Mietwagen durch die Gegend kutschierte. Aber er sagte sich, daß man hilfreich zu sein habe.
Vor allem reizte es ihn natürlich, Sissi eine weitere Stunde zu sehen. Zu sehen, wohlgemerkt, denn alles andere, was einem bei Sissis Anblick in den Sinn kommen mochte, war in der augenblicklichen Lage nicht in die Tat umzusetzen. Die langen Stunden im Flugzeug hatte Rolf sie von der Seite angeschaut, ihre Hände, ihr Haar, das Gesicht meist im Profil. Nun bewegte sie sich vor ihm, und das war gut anzusehen. Das Cowboy-Kostüm erlaubte zwar keine großzügigen Einblicke und bedeckte auch meist die Knie, aber das weiche Leder zeichnete wie eine zweite Haut jede Rundung nach und machte jede Bewegung schmiegsam mit. Rolf wollte sich von diesem Anblick nicht so schnell trennen.

Er wußte, daß er sich viel Ärger ersparte, wenn er jetzt sagte: Also dann, gute Reise! Aber er wollte es nicht.
»Wir nehmen Sie mit in die Stadt«, sagte Rolf

3. Kapitel

Harry

Harry hatte Mühe, in das Auto einzusteigen. Das lag nicht etwa an seiner Leibesfülle, denn wirklich dick war er keineswegs, allenfalls stämmig. Es lag an dem kleinen Auto und dem zahlreichen Gepäck. Der Ford Escort war nicht im Hinblick darauf konstruiert worden, vier ausgewachsene Menschen mit sechs großen Koffern und allerlei Handgepäck zu befördern. Sissi und Harry auf den Rücksitzen mußten je einen schweren Koffer auf den Schoß nehmen, so daß sie nur seitwärts aus dem Fenster schauen konnten.
»So, heben Sie ab!« bat Harry, als er sich verstaut hatte.
Rolf fuhr schweigend los und fädelte sich aus dem verzweigten Flughafengelände hinaus auf einen Highway. Harry spürte die eisige Stimmung auf den Vordersitzen. Renate hatte seit einer Viertelstunde keinen Ton gesagt. Rolf schien sich mehr als nötig aufs Fahren zu konzentrieren, um nicht reden zu müssen. Sissi schwieg unbehaglich. Harry ärgerte sich. Warum hatte er bloß das Angebot angenommen? Warum hatte er nicht ein Taxi herangewunken? Was kostete schon ein Taxi vom Flughafen nach San Francisco! Statt dessen hatte er sich an diese Leute angehängt, sich ihnen quasi ausgeliefert. Gut, sein Englisch war nicht vom Feinsten, aber selbst an der Côte d'Azur hatte er sich ganz ohne Kenntnis der dortigen Landessprache durchlaviert zu seinem Drink und seinem Filetsteak und

seinem Bett. Warum hatte er's hier nicht auf eigene Faust versucht? Harry wußte es nicht und ärgerte sich.
Das allseitige Schweigen wurde peinlich, und Harry unterbrach es: »Sie fahren drauflos, als wär's Ihr täglicher Weg zur Penne.«
»Ich habe die Karte studiert«, erwiderte Rolf.
Harry lauschte der lapidaren Antwort nach und fragte sich, ob sie freundlich oder unfreundlich geklungen hatte. Er konnte sich nicht entscheiden.
In der Stadt, dachte er, werden wir uns ruck-zuck von den Herrschaften trennen. Pauker! Sowieso nicht meine Kragenweite!
Harry hatte früher einen Heidenrespekt vor gebildeten Menschen gehabt. Er selbst hatte sich nach dem neunten Schuljahr von der Mittelschule »getrennt«, wie er sagte, und zwar »wegen unüberwindlicher gegenseitiger Antipathie«. Anfänglich hatte er sich, wie die meisten eingeredet, er habe es aus Faulheit nicht geschafft. Längst hatte er jedoch eingesehen, daß seine Intelligenz auf andere als auf schulische Erfordernisse angelegt war. Auf die Bedürfnisse des Lebens, wie er inzwischen für erwiesen hielt. Es mußte erstmal einer kommen, der mit Papayas und Grünkohl mehr Kohle machte als Harry! Heute konnte er sich leisten, Vergil für ein Medikament zu halten und herzhaft darüber zu lachen, wenn es jemand richtigstellte. Wenn er jedoch ein Auto mietete, um damit durch Amerika zu fahren, dann begnügte er sich nicht mit einem Ford Escort.
»Schaut euch die Silhouette an!« rief Rolf.
»Wo?« fragte Sissi hinter ihrem Koffer.
»Vorn.«
»Ach, Herr Chauffeur, könnten Sie vielleicht mal wenden, det wir uff die billjen Plätze ooch wat sehen!«
Rolf lachte erstmals wieder.

Harry sah durchs Seitenfenster, daß sie den Highway verlassen und die Stadt erreicht hatten. Die Straße führte jetzt steil bergab und war gesäumt von ausgesprochen schmukken drei- bis viergeschossigen Häusern, deren reichgegliederte Fassaden weiß oder pastellfarben waren. So sieht also San Francisco aus, dachte Harry, der ohne eine Vorstellung hierhergeflogen war. Und ohne Ringbuch mit genauen Vorschriften für jeden Tag.

»Wo sind wir gerade?« erkundigte sich Harry.

»Franklin Ecke Broadway«, antwortete Rolf.

»Sie können mir viel erzählen.«

»Ja.«

»Sagen Sie mal«, fragte Harry, »haben Sie sich eigentlich Ihren Einzug in San Francisco so vorgestellt, mit einem überladenen Packesel?«

»Nein. Ich hatte die Idee, mit einer Viermastbark unter der Golden Gate Bridge hindurchzusegeln.«

»Und warum sind Sie davon abgekommen?«

»Ich werde zu leicht seekrank.«

Naja, Witz hat er ja wenigstens, dachte Harry beruhigt.

Rolf fuhr noch einige Häuserblocks weit geradeaus, dann bog er rechts ab und steuerte nach kurzem in einen Hof,wo er hielt. Harry ließ sich erleichtert mitsamt seinem Koffer aus der Seitentür fallen: »Wo sind wir?«

»In einem Motel der unteren Mittelklasse in der Union Street.«

Harry sah sich um. Der Hof war eng, die Zimmertüren zu ebener Erde und im ersten Stock erinnerten ihn an Bilder von Gefängniszellen. Das ganze Etablissement wirkte auf ihn nicht einladend. Passend für Pauker, dachte er schmunzelnd, nichts für Gemüsehändler. Trotzdem dachte er darüber nach, hier abzusteigen, wenigstens für die erste Nacht. Er schätzte zwar einen gewissen Luxus, aber ebenso sehr seine Bequemlichkeit. Der Gedanke, jetzt in der fremden

Stadt in fremder Sprache auf Zimmersuche zu gehen, schreckte ihn.

»Sissi, wir bleiben hier«, verkündete er.

Er fing einen finsteren Blick von Renate auf, aber Rolf strahlte fast: »Ich erledige das für Sie.«

Das Motel war ausgebucht. Nichts mehr frei, no vacancy, sorry, Sir! Der freundliche junge Mann am Empfang war jedoch gerne bereit, für Harry telefonisch nach einer Unterkunft zu suchen. Harry borgte sich, da er noch nicht gewechselt hatte, von Rolf fünfzig Dollar und drückte zehn davon dem jungen Mann in die Hand. Renate und Rolf trugen indessen ihr Gepäck hinauf in ihr Zimmer im ersten Stock.

Sissi sah ihnen nach: »Die Olle is vielleicht stinkig! Wat meenste, wat die dem jetzt vorn Latz knallt: Was fällt dir ein, diese beiden Salatköppe mitzuschleppen? Haben wir das Auto als Taxi für fremde Leute gemietet? Wir haben unser Kulturprogramm und vertrödeln unsere Zeit! Was findest du bloß an diesem dicken Gemüsehändler?«

»Dick sagt sie nicht, so gemein ist sie nicht«, widersprach Harry heftig, aber dann sah er Sissi fast mitleidig an:

»Sag mal, du kleine Ostmaus, merkst du nicht, das diesem Rolf der ganze Gemüsehändler schnurzpiepegal ist, daß er aber die Gemüsehändlerin mit seinen Augen entblättert wie eine Artischocke?«

»W . . .wieso?«

Harry nahm Sissi in die Arme: »Wenn du groß bist, erkläre ich dir alles.«

Sissi strampelte sich aus der Umarmung frei: »Du sollst mich nicht immer ver . . . Meinst du wirklich?«

Harry nickte.

Sissi dachte laut nach: »Jetzt verstehe ich, warum der mich ins Knie gebissen hat, als er nach meinem Messer tauchte.«

Harry raufte sich den blonden Schopf: »Ja, dachtest du, er hätte Hunger?«
Harry staunte oft über Sissi, auch nach vier Jahren noch. Sie konnte ausgebufft bis zur Grenze des Anständigen sein, wenn es um Großhandelsrabatte oder um Minderung der Ladenmiete ging, und längst hatte sich Harry angewöhnt, Sissi bei solchen Verhandlungen vorzuschicken. Aber sie schien naiv bis zur Grenze der Einfalt, wenn sich, was oft vorkam, ein anderer Mann um sie bemühte: Sie merkte es nicht.
Wenn Harry über sein Verhältnis zu Sissi nachdachte, mußte er sagen, daß Liebe nicht darin vorkam. Das war ihm auch recht. Zweimal hintereinander war ihm die ›große‹ Liebe flötengegangen, nun wollte er davon bis auf weiteres nichts mehr wissen. Es kam ihm gelegen, daß Sissi aus anderen Gründen ähnlich dachte. Nach einer Definition ihres Verhältnisses gefragt, hätte Harry antworten müssen: Zweckverbindung mit gelegentlichen Intimitäten, ohne Verpflichtung zur Innerlichkeit.
Er knüpfte das Gespräch wieder an: »A propos Hunger, wir müssen die beiden zum Essen einladen, das ist das mindeste.«
»Renatchen wird sich freuen«, prophezeite Sissi.
Der freundliche junge Mann am Empfang hatte inzwischen mit Fleiß telefoniert, aber seine Miene war dabei traurig geworden: No vacancies! Harry radebrechte mit ihm, verstand nicht viel und beschloß, nun wirklich zum letzten Mal, Rolf um Hilfe zu bitten. Er ging mit Sissi nach oben.
Als sie nach kurzem Anklopfen eintraten, schlüpfte Renate gerade in ein sommerlich luftiges, geblümtes Seidenkleid, während Rolf sich vor einem Spiegel die Haare fönte.
Harry schaute sich im Zimmer um, es war sehr geräumig, besaß zwei breite Betten, Fernseher und Kühlschrank, wirkte etwas verwohnt, aber nicht schmuddelig.

»Na, wie finden Sie's?« rief Rolf unter dem Fön hervor, »einfach, aber geschmacklos, was?«
»Ich wäre froh, wir hätten schon was«, rief Harry zurück. Renate sah ihn fragend an, beinahe besorgt, und Harry wandte sich an sie: »Sie können doch Englisch. Ich habe den Menschen da unten soweit verstanden, daß er von Obst und Gemüse redete. Aber was heißt, bitteschön, ›convention‹?«
»Convention? Das heißt soviel wie Tagung oder Kongreß.«
Harry schlug sich an die Stirn: »Ich hab's mir gedacht! Sie haben haben in San Francisco eine Tagung der amerikanischen Gemüsehändler. Deswegen ist alles ausgebucht. Bis aufs letzte Notbett.«
Renate lachte zum ersten Mal seit Frankfurt: »Sagten Sie Gemüsehändler? Das sind doch Ihre Kollegen. Warum werden Sie nicht schnell Mitglied? Dann kriegen Sie bestimmt ein Zimmer.«
Harry fiel auf, daß Renate, wenn sie einmal lachte, ungewöhnlich reizvoll wirkte. Aber ihren Scherz fand er nicht gut: »Ich mache mir Sorgen. Ich habe dem Menschen da unten noch mal zwanzig Dollar in die Hand gedrückt, damit er telefoniert, bis ihm die Finger wund sind. Aber wenn er nichts findet, muß ich mit Sissi im Park übernachten.«
Rolf hatte zu Ende geföhnt und mischte sich ein: »Erstens ist die Nacht noch weit, und zweitens wüßte ich Schlimmeres, als mit Sissi im Park zu übernachten.«
Harry sah mit schnellem Blick, daß Renate wieder ihren Zorn zügeln mußte. Eigentlich, dachte er, war die Situation witzig: Dieser Rolf hatte sich offenbar verknallt wie ein Pennäler und glaubte, keiner merke es. Seine Frau spuckte Gift und Galle, konnte sich mit Mühe beherrschen. Sissi, seitdem sie den Zusammenhang kannte, schien teils amüsiert, teils geschmeichelt, aber nicht beeindruckt. Dazu gab dieser Rolf, wie Harry fand, auch keinen Anlaß. Nicht, daß

der Pauker ihm richtig unsympathisch war, er sendete nur auf einer völlig anderen Wellenlänge. Dieses alberne Ringbuch mit der Betriebsanleitung für Amerika! Er sah auch nicht unangenehm aus, war nur zu schlank, richtig hager, und sein dunkles, etwas krauses Haar lichtete sich über der Stirn. Er trug inzwischen einen olivfarbenen Sommeranzug mit einem dunkelbraunen Hemd, das nicht recht zum Anzug zu passen schien. Harry fand, alles in allem, diesen Rolf zu unscheinbar für eine Frau wie Sissi.

»Was haben Sie denn als nächstes vor?« fragte Harry.

Rolf zögerte einen Augenblick, dann sagte er: »Eigentlich war heute nachmittag das De Young-Museum dran, aber das lohnt nicht mehr. Wir könnten Chinatown vorziehen.«

»Meinen Sie, das könnte man ausnahmsweise tun?« fragte Harry. »Wenn es Ihnen nicht alles durcheinanderbringt, würden wir Sie gern als Dank für Ihre Freundlichkeit zu einem chinesischen Essen einladen.«

Renate wollte etwas sagen, dankend ablehnen, wie Harry vermutete, aber Rolf kam seiner Frau zuvor: »Das stand ohnehin auf unserem Programm. Ich meine das chinesische Abendessen, nicht die Einladung. Aber so ist es natürlich noch netter. Ich meine nicht die Einladung, sondern Ihre Gesellschaft.«

»Dann ist ja alles paletti«, bemerkte Harry.

Dem Mann am Empfang stellte Harry weitere zwanzig Dollar als Erfolgshonorar in Aussicht, dann machten sie sich zu viert auf den Weg. Sie gingen zu Fuß, da Rolf sie warnte, es gebe in der ganzen Stadt keine Parkplätze. Rolf hatte sein Ringbuch in der Umhängetasche und übernahm die Führung.

Harry fing an zu genießen. Die Sorge um die Unterkunft, obwohl nicht genommen, drückte ihn plötzlich nicht mehr. Irgendwo würden sie unterkommen. Er rief sich, zum ersten Mal seit der Landung, ins Bewußtsein: Ich bin in Amerika!

Harry schaute um sich. Er war überrascht, daß Union Street, an der das unansehnliche Motel lag, eine schöne Straße mit ansehnlichen Häusern war, mit originellen Boutiquen und geschmackvollen Restaurants. Er warf allerdings nur flüchtige Blicke in die Auslagen, während anfangs Sissi, dann auch Renate immer öfter vor Schaufenstern stehenblieb, so daß Harry und Rolf bald fünfzig Meter und mehr voraus waren.
Harry blickte zurück: »So sind sie nun mal.«
Rolf nickte.
Harry hatte plötzlich Lust, Rolf zu verunsichern: »Ihre Renate ist außerordentlich sexy, finden sie nicht?«
Rolf schaute auch prompt irritiert.
»Ich finde sie sehr sexy«, wiederholte Harry. »Ganz im Gegensatz zu Ihnen stehe ich ja auf blonden Frauen mit betont weiblichen Rundungen. Aber ich muß anerkennen, daß Ihre Frau Rasse hat, wie ein edles Rennpferd. Finden Sie etwa nicht?«
»J . . .ja.«
»Natürlich gehört zu so einer schlanken Figur ein kleiner Busen? Ich nehme an, sie hat einen kleinen Busen?«
Rolf nickte wortlos.
»Es ist ja gut«, philosophierte Harry, »daß wir Männer unterschiedliche Geschmäcker haben. Ich liebe Frauen, die wie barocke Wallfahrtskirchen sind, wenn Sie wissen, was ich meine. Sie hingegen lieben Frauen, die wie gotische Dome sind. Das hat die Natur praktisch eingerichtet mit diesen Vorlieben, denn so kommen wir Männer uns nicht immer gegenseitig ins Gehege.«
»Das ist richtig«, bestätigte Rolf ein wenig tonlos.
»Aber ganz unansehnlich finden Sie meine Sissi doch auch nicht, oder?«
»Überhaupt nicht! Im Gegenteil!« sagte Rolf fast zu rasch.
Harry schmunzelte.

An der Ecke Hyde Street kam bimmelnd ein altertümliches Bähnchen den Berg heraufgerumpelt und hielt rasselnd mitten auf der Kreuzung. Harry fiel sofort ein, was das sein mußte: die berühmte Cable Car. Rolf trieb die drei anderen in das Wägelchen, dessen Seiten offen waren, und schon ging es los, mit erstaunlichem Tempo die steile Straße hinauf und hinab, mit quietschendem Halt auf jeder Kreuzung. Rolf zahlte für alle vier, da er Kleingeld besaß. Harry hatte richtig Spaß an der Fahrt. Man saß fast im Freien, der Wind blies einem um die Nase, man schaute hinab auf die Autos, die dem rollenden Museumsstück respektvoll Narrenfreiheit gewährten. Nach elf oder zwölf Stationen gab Rolf das Zeichen zum Aussteigen: Chinatown.
Harry stellte sich unter Chinatown nichts vor. Er fand, das sei von ihm auch nicht zu verlangen, da er rein zufällig nicht in Monte Carlo gelandet war, sondern in San Francisco. Den Zauber Asiens, den er auf ein paar Fernost-Reisen vor Sissis Zeit hier und da verspürt hatte, diesen Zauber erwartete er hier vorsichtshalber nicht. Er hatte recht. Chinatown bestand vorwiegend aus grell aufgeputzten Souvenirläden voll billigem Plunder.
Auch Renate schien enttäuscht: »Drosselgasse made in Hongkong, mäkelte sie.
»Ihr seid übermüdet«, erklärte Rolf. »In Deutschland ist längst Mitternacht vorbei. Euch kann man jetzt sonstwas bieten, ihr seid maulig.«
»Hungrig bin ich«, widersprach Renate.
»Icke ooch«, pflichtete Sissi bei.
Rolf fing an, in seinem Ringbuch zu blättern, aber Harry war es leid, wie beim Wandertag hinter dem Herrn Lehrer herzutrotten. Er marschierte am liebsten vornweg, sogar lieber vornweg in die falsche Richtung als hinterdrein in die richtige.
»Lieber Freund, tun Sie Ihr Buch weg, ich nehme jetzt das

Heft in die Hand. Wir gehen zu einem richtig exotischen Original-Chinamann. Bitte folgen Sie mir!«
Harry steuerte von der belebten Straße weg in ein enges, halbdunkles Gäßchen. Durch offene Türen sah man in kleine Läden hinein, wo genäht und gestickt, gewaschen und gebügelt, gekocht und gebraten wurde.
»In diesem Milieu«, raunte Rolf, »regieren noch die alten chinesischen Geheimbünde.«
»Wahnsinnig!« staunte Sissi.
»Da gibt es Banden«, verriet Rolf, »die schnappen sich blonde Touristinnen und verschleppen sie nach Peking in die Freudenhäuser für ausländische Staatsgäste.«
Sissi blieb stehen und maß Rolf mit einem vernichtenden Blick: »Das können Sie Ihren Knilchen in Heimatkunde erzählen, aber nicht mir!«
Renate strich ihrem Mann übers gelichtete Haar: »Mein Lieber, deine Scherze altern mit dir. Soll ich dir mal neue erfinden?«
Fast bekam Harry Mitleid.
Das Lokal, in das sie gerieten, wäre als Wartesaal zu ungemütlich gewesen. Unter bleichem Neonlicht saßen an wachstuchgedeckten Tischen ausschließlich Chinesen, die schlürfend und schmatzend ihr Mal verzehrten und die Reste desselben geräuschvoll auf das Wachstuch spuckten. Der Kellner, der für einen Gefängnisaufseher zu unfreundlich gewesen wäre, warf eine fettige Speisekarte auf den Tisch, die nur in Chinesisch geschrieben war. Renate gab sich keine Mühe, zu verbergen, wie sie alles anwiderte. Rolf wirkte zumindest unbehaglich.
Sissi schaute sich um: »Bißken viel Folklore, wat?«
Harry küßte sie im Geist: Das Mädel war manchmal unbezahlbar!
Sie bestellten irgend was und bekamen auch irgend was auf den Tisch gestellt.

»Ziemlich speziell«, stellte Sissi fest.
Selbst Harry als Fachmann konnte unter den Gemüsen nur den Bambus und die Morcheln identifizieren, beim Fleisch tappten sie völlig im dunkeln. Renate rührte kaum etwas an, die anderen aßen wenig. Harry zahlte einen lächerlichen Preis und schämte sich, mit seiner Einladung so billig davongekommen zu sein. Beim Aufbruch schlug er vor, ein besseres Lokal zu suchen, aber alle winkten ab.
Die Sonne war untergegangen, ein überraschend kühles Lüftchen wehte durch die Straßen. Renate fröstelte in ihrem dünnen Kleid.
»Das Klima ist hier völlig anders als im Süden von Kalifornien«, wußte Rolf, »das ist eine Folge des kalten Humboldtstroms vor der Küste.«
»Danke«, sagte Renate, »da ich das nun weiß, ist mir nicht mehr kalt.«
Harry zog seinen Pullover aus und reichte ihn Renate. Sie sah ihn erstaunt an, dann nahm sie den Pullover, warf einen kühlen Blick zu Rolf hinüber und gab Harry einen raschen Kuß auf die Wange.
Donnerwetter! dachte Harry.
Sie machten sich auf den Rückweg zum Motel. Ein Stück weit nahmen sie wieder die Cable Car, den Rest liefen sie zu Fuß. Harry beobachtete Renate, die vor ihm neben Rolf ging. Sie hatte eine verteufelt gute Figur, lange Beine, schmale Hüften, nicht zu schmale Schultern. Vielleicht würde ihr langes Haar besser stehen. Harry hatte gegenüber Rolf behauptet, er bevorzuge blonde Frauen mit ausgeprägten weiblichen Formen, aber in Wahrheit bevorzugte er keinen bestimmten Typ. Genauer gesagt: Ihm gefielen Frauen jeden Typs, sofern sie Erotik ausstrahlten. Renate hatte einen ausgesprochen erotischen Gang. Es gab Frauen, die mit Gewalt einen aufreizenden Hüftschwung produzieren wollten und dabei nur ein lächerliches Steißwackeln

zustandebrachten. Renates Hüftschwung schien angeboren. Harry konnte sich daran nicht sattsehen. Wenn sie bloß nicht so eine hochnäsige Zicke wäre, dachte er.

Der junge Mann am Empfang schüttelte traurig den Kopf: »Sorry, Sir!«

Die vier sahen sich lange ratlos an, bis sich Rolf zu einer Feststellung aufraffte: »Sie können ja nicht im Park übernachten.«

Harry achtete auf Renates Reaktion. Er erwartete empörte Ablehnung, aber sie überraschte ihn mit Ironie: »Unmöglich! Der Humboldtstrom!«

»Mir ist das unheimlich peinlich«, entschuldigte sich Harry, »das kommt alles nur davon, daß wir hochgradige Chaoten sind. Morgen finden wir ganz bestimmt eine eigene Bleibe, dann sind Sie uns los.«

Renate warf ihm einen undefinierbaren Blick zu.

Harry war mit sich unzufrieden. So etwas wie heute abend hätte ihm nicht passieren dürfen. Zwar liebte er spontane Entschlüsse und die gewisse Unordnung, die sie mit sich brachten, aber er behielt gern das Heft in der Hand und machte sich ungern abhängig von anderen. Wäre es umgekehrt gewesen, hätte also er Renate und Rolf Unterkunft gewährt, dann hätte er die Situation spaßig und sogar reizvoll gefunden. Aber so herum gefiel sie ihm nicht.

Mit Rolfs Hilfe brachte er das Gepäck hinauf ins Zimmer, wo Renate und Sissi stumm auf je einem Bett saßen.

»Wie sollen wir das jetzt bitte machen?« fragte Renate ihren Mann. »Sissi und ich können uns doch nicht vor euren Augen ausziehen.«

»Warum nicht?« fragte Rolf heiter oder scheinbar heiter.

»Das hast du dir so gedacht!« fuhr ihn Renate an. »Den ganzen Tag über hast du dir das so gedacht!«

Harry spürte Sturm aufziehen und nahm Rolf am Arm: »Kommen Sie, wir gehen noch auf ein Bier!«

Union Street war voller Menschen. Trotz der Abendkühle hatte die Atmosphäre einen südländischen Hauch. Sie wanderten ein paar Häuserblocks weit, fanden zwar keine richtige Kneipe, aber eine Art Pub. Das Bier war hell und dünn und eiskalt und rann wirkungslos die Kehle hinab. Deswegen bestellte Harry beim dritten Mal kein Bier mehr, sondern zwei Whiskys.
»Wie können wir Ihre Frau wieder versöhnen?« fragte er.
Rolf winkte ab: »Die regt sich von selbst wieder ab.«
Harry kannte das: Wenn einer verliebt in eine andere Frau war, sprach er uncharmant von der eigenen. Nach einer Weile klagte er dann, daß seine Frau ihn nicht verstehe, und bald erklärte er seine Ehe zum Martyrium. Wenn Rolf schon am ersten Tag so ungalant über Renate sprach, mußte es ihn ziemlich erwischt haben.
»Hoffentlich haben sich die Damen nicht in der Wolle«, sagte Harry auf dem Heimweg. Sie näherten sich auf Zehenspitzen dem Zimmer im ersten Stock und hörten durch das angelehnte Fenster zum Hof ein angeregtes Gespräch.
»Mein Harry kann eigentlich immer«, erklärte Sissi.
Rolf sah Harry an.
»Das ist bei Rolf anders«, sagte Renate, »morgens ist absolut nichts zu machen, aber ab mittags geht es.«
Harry sah Rolf an.
»Manchmal ist Harry nicht zu bremsen«, berichtete Sissi, »da kommt er sogar noch um Mitternacht damit an.«
»Das ist bei Rolf anders. Abends nach acht kann ich ihn damit überhaupt nicht mehr reizen.«
Rolf und Harry sahen sich an.
»Eigentlich ist das ja besser so«, fand Sissi, »denn das späte Essen setzt ja wahnsinnig an.«

Harry und Rolf platzten fast vor Lachen.
»Ist da wer?« rief Sissi.
»Ja, wir kommen«, rief Harry.
»Wir haben aber nichts an.«
»Macht nichts.«
Sissi öffnete die Tür einen Spalt: »Geht noch ein bißchen spazieren!«
»Aber nicht wieder in die Kneipe!« rief Renate.

»Eigentlich ist das alles ja nicht ohne Witz«, meinte Harry, als er mit Rolf wieder beim Whisky im Pub saß, »und weil das so ist, schlage ich vor, daß wir du sagen. Normalerweise muß das der Ältere vorschlagen, aber da ich nicht weiß, wie alt du bist, schlage ich Ihnen vor, daß es diesmal der Dickere vorschlägt, und das bin ich, einverstanden?«
Rolf nickte, und Harry bestellte zwei Whiskys.

4. Kapitel

Sissi

Sissi hatte sich, sobald sie mit Renate allein im Zimmer war, erstmal auf einem der beiden Betten langgemacht. Sie spürte jetzt in den Waden, daß sie gestern bis spätabends im Laden gearbeitet hatte und seit frühmorgens schon über vierundzwanzig Stunden auf den Beinen war. Vom Bett aus sah sie Renate zu, die ihr Kleid auszog, um eine heiße Dusche zu nehmen.
»Kein Wunder, daß Sie vor Kälte geschnattert haben«, meinte Sissi, »Sie haben ja unter dem Kleid nichts an.«
»Mein Ehemann hat mir alles über den kalifornischen Goldrausch im vorigen Jahrhundert erzählt«, erwiderte Renate, »aber kein Wort darüber, daß es hier abends kühl wird.«

Sissi fiel auf, daß dies der längste Satz war, den Renate bisher zu ihr gesagt hatte.
Sie überlegte, während nebenan die Dusche lief, wie sie die Situation finden sollte. Es war gut, bis morgen früh ein Dach über dem Kopf zu haben und nicht die Bäume eines Parks. Aber lieber hätte sie mit Harry ein Zimmer für sich gehabt. Vielleicht wäre dann endlich wieder einmal passiert, was sie zu Hause wegen Überarbeitung und Müdigkeit von einem Abend auf den anderen verschoben. Verschieben wir's wieder mal! dachte Sissi, heute wären wir sowieso zu kaputt. Sie erinnerte sich, daß Harry trotz der Hektik des Aufbruchs in Frankfurt nicht versäumt hatte, seinen silbernen Flachmann mit Whisky zu füllen und einzustecken. Sie fand ihn, legte sich wieder aufs Bett und nahm einen großen Schluck. Ihr wurde wohlig.
Es war verrückt: Zu viert in dieser Bude! Mit Unbekannten! Zweifellos hatte die Situation eine erotische Seite. Sissi überlegte, ob dieser Reiz größer wäre, wenn sie mit Harry und Rolf allein wäre. Oder mit Rolf und Renate? Oder mit Harry und Renate? Sie kam zu dem Schluß, daß sie heute nacht vor allem ihre Ruhe haben wollte und es daher zu viert am besten sei.
Renate kam vom Duschen zurück und suchte nach ihrem Nachthemd.
»Sie haben eine tolle Figur«, sagte Sissi, »ich beneide Sie richtig.«
Renate richtete sich einen Augenblick auf, als wolle sie Sissis Behauptung unterstreichen: »Danke. Es gibt allerdings Männer, die mich zu mager finden.«
»Ach, Quatsch! Die Kerle wissen in Wahrheit überhaupt nie, was sie eigentlich wollen. Mal wollen sie's schlank, mal griffig, mal eine Handvoll Busen, mal zwei Arme voll. Ich kenne keinen, der sich da festnageln läßt. Wenn man danach geht, müßte man als Frau irgendwie flexibel sein.«

»Das fehlte gerade noch!« widersprach Renate heftig. »Überlegen Sie mal: Sind vielleicht die Männer in vergleichbarer Hinsicht flexibel?«

Sissi überlegte kurz, dann kicherte sie: »Jenau jenomm' ham Se recht!«

Renate fand ihr Nachthemd nicht, war auch des Suchens müde und schlüpfte einfach unter die Bettdecke. Sissi hätte ihr gern mit einem Nachtgewand ausgeholfen, aber sie besaß keines. Renate fröstelte noch immer, und so bot Sissi ihr aus dem Flachmann an. Dabei erinnerte sich Renate, daß sie vorm Abflug im Duty Free Shop eine Flasche Johnny Walker gekauft hatten: »Wenn unsere Kerle einen Zug durch die Gemeinde machen, brauchen wir nicht trocken zu sitzen, oder?«

Als Sissi sich ihrerseits zum Duschen auszog, bemerkte sie, wie Renate ihre Figur betrachtete, jedoch ohne etwas darüber zu sagen.

Unter der belebenden Brause dachte Sissi an Rolf und wie er ihr den Hof machte. Warum beeindruckte sie das nicht? Warum hatte sie es anfangs nicht einmal bemerkt?

Sissi hatte zu Hause in Ost-Berlin eine Reihe von Liebschaften gehabt, alle hatten furchtbar dramatisch geendet. Damals war sie ganz sicher gewesen, daß ihr das Schicksal tragische Verstrickungen vorausbestimmt habe, daß sie zur Romanheldin geboren sei. Heute führte sie es auf ihr damaliges Alter zurück. Jedenfalls war in dieser Hinsicht ihr Bedarf fürs erste gedeckt.

Entscheidend kam jedoch hinzu, daß sie seit der Ausreise aus der DDR ganz andere Dinge im Auge hatte. Sie wollte Geld verdienen, richtiges Westgeld, harte Mark, und sich davon etwas leisten. Liebeslust und Liebesleid konnte sie immer und überall haben, jetzt wollte sie einen guten Job, eine hübsche Wohnung, schicke Kleidung, ein schnelles Auto, schöne Reisen. Wer wollte ihr das verwehren?

Auf der Suche nach einem Job war sie auf Harry gestoßen. Er hatte ihr einen Job geboten, weiter nichts. Alles andere hatte sich daraus ergeben, und hätte sie den Job nicht gut gemacht, hätte sich nichts weiter ergeben, da war sie sicher. Sie lebte gut mit Harry. Sie arbeiteten viel, verdienten viel, hatten wenig Zeit, mußten teure Dinge kaufen und weite Reisen machen, um das Geld auszugeben. Liebe? Manchmal sah es so aus, meistens nicht.

Liebe war zur Zeit kein Thema für Sissi, und ein verliebter Mann amüsierte sie höchstens.

Renate hatte sich im Bett aufgesetzt, hatte die Whiskyflasche geöffnet und bat Sissi, aus dem Badezimmer zwei Plasitkbecher mitzubringen.

»Prost!« sagte Sissi. »Anfangs habe ich Sie überhaupt nicht gemocht.«

»Ich Sie auch nicht.«

»Inzwischen ist es ein bißchen besser geworden.«

»Bei mir auch. Aber richtige Freundschaft würde ich's noch nicht nennen.«

»Muß ja auch nicht sein«, meinte Sissi, »ab morgen gehen wir sowieso getrennte Wege.«

»Na, dann prost!« sagte Renate.

Sissi holte sich vom anderen Bett die Decke und hängte sie um ihre Schultern, denn es war nicht warm im Zimmer.

Renate sah ihr zu: »Richtig dick sind Sie aber nicht.«

»Nein, aber ich habe ein paar Problemfelder.«

Sissi zeigte die Problemfelder, zu denen sie auch den Busen rechnete. Renate versicherte, auch sie könne keineswegs munter drauflos futtern und müsse ab und zu Diät machen. Sie kamen auf die Eßgewohnheiten ihrer Männer zu sprechen, die zwischendurch an der Tür klopften und noch einmal weggeschickt wurden, und schließlich sagte Renate: »Wenn wir schon nachts in San Francisco nackt auf demselben Bett sitzen, können wir auch du sagen. Da

ich freiwillig zugebe, die Ältere zu sein, beschließe ich das hiermit.«
Sie stießen wieder an, und Sissi sagte: »Det find' ick dufte! Ick hab' wat jejen Zoff.«
Weit nach Mitternacht sank Renate mitten im Satz auf die Seite und schlief ein. Sissi kippte sich mit ihrer Decke hinüber ins andere Bett. Sie wachte nur vorübergehend auf, als die beiden Männer hereinkamen und Harry die Whiskyflasche gegen die Lampe hielt: »Mensch Rolf, die Mädels haben heute abend mehr weggeputzt als wir!«

Als Sissi aus dem Schlaf auftauchte, meldeten ihre Haarwurzeln einen Kater, der sie aber nicht beunruhigte, da sie schon weit Schlimmeres erlebt hatte. Sie öffnete millimeterweise die Augenlider und rekonstruierte, wo sie sich befand und wie sie hierhergekommen war. Im Dämmerlicht des Motelzimmers gewahrte sie auch die Whiskyflasche, die noch zu einem knappen Drittel voll beziehungsweise zu gut zwei Dritteln leer war, und sie dachte: Oh! Aber gleich darauf beschloß sie, ihren Kater einfach links liegenzulassen, denn sie hielt sich vor Augen: Ich bin in Amerika! Ich, Sissi vom Prenzlauer Berg, bin leibhaftig in Amerika!
»Good morning!« sagte Sissi laut. Ein paar Worte Englisch konnte sie nämlich doch.
Ein dreifaches ärgerliches Grunzen antwortete ihr.
»Wie spät isses?« fragte Renate, fast ohne den Mund zu öffnen.
Sissi schaute auf ihre unechte Rolex, die sie gestern noch mit Renates Hilfe auf kalifornische Zeit umgestellt hatte: »Fünf nach zehn.«
Renate setzte sich mit einem Ruck im Bett auf, entblößte sich dabei und zog rasch die Decke nach bis zum Kinn: »Was? Zehn? Rolf, wieso haben wir verschlafen?«

»Das hängt mit der Sonne und der Orange zusammen«, erklärte Sissi heiter, »ich meine mit der Zeitverschiebung.«
Renate dachte kurz nach, dann sagte sie: »Unsinn! Da hätten wir eher mitten in der Nacht aufwachen müssen.«
»Immer sage ich alles falsch«, schmollte Sissi. »Aber wenn es nicht mit der Zeitverschiebung zusammenhängt, dann eben mit dem Alkohol.«
»Welchem Alkohol? Ich sehe keinen Alkohol.«
»Eben.«
Harry und Rolf wachten auf und beschwerten sich über das unerträgliche Getöse mitten in der Nacht. Auch als ihnen Renate den wahren Sachverhalt darlegte, wollten sie nicht davon abgehen, daß es Nacht sei. Sissi schlang sich die Bettdecke um den Körper und sprang auf: »Los, ihr Tüten! Macht mal was! Wir sind in Amerika!«

Nach einer Dreiviertelstunde hatten sich alle, im Schichtbetrieb, geduscht und angezogen. Renate und Rolf waren wieder stadtfein, sie in geblümter Seide, er im leichten Sommeranzug. Harry trug eine Khaki-Hose und ein weites blaues Hemd, Sissi weiße Jeans und ein T-Shirt mit Micky-Maus auf der linken und Minnie-Maus auf der rechten Brust.
»Was machen wir?« fragte Rolf in die Runde.
»Wir holen das Museum nach«, antwortete Renate, wobei sie das Wort ›wir‹ sehr betonte.
»Da will ich nicht hin«, sagte Sissi. »Ich hab' früher im Pergamon-Museum immer diese verstaubten Brocken anstarren müssen, das reicht für ein Menschenleben.«
Rolf bemühte sich um einen Kompromiß, der ermöglicht hätte, daß man den Tag gemeinsam verbrachte. Aber Renate war, anders als gestern abend, sehr abweisend und bestand eisenhart auf dem vorgesehenen Programm. Sissi war froh, denn sie wollte in San Francisco das Leben

erleben. Mit diesen zwei Paukern, dachte sie, ist das ja wohl nicht machbar: Die brauchen auch im Urlaub ihr Programm, damit die Tage schön wie Uhrwerke ablaufen.
Harry versprach, bis zum Abend eine Unterkunft zu haben und das Gepäck abzuholen, außerdem Geld zu tauschen und Rolf die fünfzig Dollar zurückzugeben.
»Jetzt aber los!« drängte Sissi.
»Wohin denn?« fragte Harry.
»Egal! Bloß endlich los!«
Sie liefen, da sie keinerlei Ortskenntnis hatten, einfach der Nase nach. Als sie zwei Häuserblocks weit gegangen waren, wollte Sissi ihre Sonnenbrille aus der Handtasche nehmen und hatte plötzlich die Visitenkarte in der Hand, die ihr gestern im Flughafen der deutsche Journalist gegeben hatte: »Den rufen wir an. Der soll uns die Stadt zeigen. Und ein Hotel besorgen.«
Harry bremste: »Du kennst den Menschen doch gar nicht. Du kannst den doch nicht einfach ausnutzen.«
Sissi widersprach: »Er hat freiwillig gesagt, daß ich ihn anrufen soll. Er hätte ja die Klappe halten können.«
»Hast du ihm gesagt, daß du zu zweit bist?«
»Nein. Warum?«

Andy Meyer war erfreut und gar nicht überrascht, als Sissi anrief. Er sagte, sie solle ein Taxi nehmen und gleich vorbeikommen.
»Kann ich Harry mitbringen?«
»Welchen Harry?«
»Meinen.«
»Ich wußte nicht, daß Sie einen haben.«
»Jetzt wissen Sie's. Kann ich oder nicht?«
»Wo soll er sonst hin? Bringen Sie ihn eben mit!«
Andy Meyer war Anfang Vierzig und hatte äußerlich nichts Auffallendes. Er war weder dünn noch dick, weder spießig

noch schick. Sissi fand ihn sympathisch, vor allem, da er nicht so großspurig tat wie die paar Journalisten, die sie kannte. Andy wohnte in einem kleinen, nicht sehr komfortablen Apartment, das ein wenig unpersönlich wirkte. Der einzige Schmuck, der einen Hinweis auf den Bewohner gab, war eine Reihe von sechs großen, gerahmten Fotos mit Frankfurter Motiven, darunter der Main mit dem Eisernen Steg, der Weihnachtsmarkt auf dem Römerberg und eine Sachsenhäuser Äpfelweinwirtschaft. Merkwürdig, dachte Sissi: Ich habe in meinem Zimmer in Frankfurt Fotos von Ost-Berlin hängen, jeder muß wohl ein Stück von zu Hause um sich haben.
Das Apartment hatte einen großen Vorzug: Von hier aus überblickte man die Bucht von San Francisco. Leider lag gerade das meiste davon im Nebel, Andy erklärte trotzdem: Links ragte eine rote Mastspitze der Golden Gate Bridge aus der weißen Watte, mitten in der Bucht war die berüchtigte Zuchthausinsel Alcatraz Island zu erahnen, rechts erkannte man ganz gut die Bay Bridge. Man genoß diesen Blick allerdings nur vom Toilettenfenster aus, was Andy ein bißchen blödsinnig fand: »Ich würde den Sonnenuntergang lieber vom Sofa auch genießen als vom . . .«
Harry fragte, wie Andy nach San Francisco gekommen war.
»Ich mußte mal weg«, erzählte Andy und machte ungefragt drei Bierdosen auf, »mir fiel zu Hause die Decke auf den Kopf. Ich habe einfach gekündigt. Ich war fünfzehn Jahre Lokalredakteur in Frankfurt am Main. Da passierte jeden Tag was Neues, aber wenn man genau hinsah, passierte jeden Tag das gleiche.«
»Nämlich was?« fragte Harry.
»Jeder sucht seinen Vorteil und lügt, er tue es für die anderen. Das ist Tag für Tag die Nachricht, Sie müssen nur die Namen und die Anlässe austauschen.«
»Und wovon leben Sie hier?« fragte Harry.

»Von Storys aus Kalifornien. Die Zeitungen in Deutschland zahlen schlecht, aber ich schreibe viel. Über Kalifornien kann man täglich hundert Storys schreiben, mindestens neunundneunzig handeln von Irren.«
»Ist das besser als der Job in Frankfurt?« fragte Harry.
Andy sah ihn nachdenklich an: »Gute Frage! Ich glaube, es ist nur anders.«
»Und warum machen Sie's dann?« fragte Sissi.
Sie fragte nicht obenhin, sie wollte es wirklich wissen, sie hatte seit ihrem Entschluß zur Ausreise viel darüber nachgedacht, was man tun oder nicht mit sich geschehen lassen sollte.
Andy überlegte: »Warum? Ja, warum! Wahrscheinlich wollte ich nur wissen, ob ich mich noch mal traue, etwas ganz von vorn anzufangen.«
»Gut«, sagte Sissi.
»Aber es steckt noch etwas mehr dahinter«, fuhr Andy fort, »denn wissen Sie, was ich glaube? Ich glaube, man muß in der ersten Hälfte des Lebens rauskriegen, was man eigentlich will, und in der zweiten Hälfte muß man's tun.«
»Gut«, sagte Sissi, »wie alt sind Sie?«
»Ungefähr auf der Hälfte.«
»Dann wurde es allerdings Zeit, mit dem Suchen anzufangen«, sagte Sissi.
Harry versuchte, das Gespräch zurückzulenken zu weniger schwerblütigen Themen: »Sie schreiben über Irre, können Sie mir mal einen beschreiben?«
»Mein Freund Willy, den ich nachher treffe. Er heißt eigentlich Friedrich-Wilhelm, ist gelernter Konditormeister und stammt aus Stuttgart. Eines Tages vor Jahren hatte er die Nase voll von Stuttgart und ist nach San Francisco. Er hatte nämlich gehört, dort sei es schön.«
»Und heute«, vermutete Harry, »betreibt er die größte Käsekuchenkette Kaliforniens.«

»Eben nicht! Mit Kuchen hat er nämlich Pleite gemacht. Dann hat er es nacheinander mit Vogelfutter, Badesalz und getrockneten Steinpilzen versucht. Dreimal pleite! Dann die rettende Idee: Wurst! Deutsche Wurst! Leberwurst, Blutwurst, Knackwurst, Jagdwurst, Weißwurst, Frankfurter, Wienerle. Der Durchbruch!«
»Und heute«, vermutete Harry, »ist er der Wurstkönig von Kalifornien.«
»Nicht ganz! In Kalifornien wird man nicht so schnell König. Wer anderswo König wird, der schafft es in Kalifornien gerade bis zum Landrat. Aber man kann sagen: Willy ist unter den Stuttgarter Konditormeistern in Kalifornien der größte Hersteller deutscher Wurstwaren.«
»Obwohl er nichts von Wurst versteht.«
»Richtig. Aber die Kalifornier auch nicht.«
Sissi wollte Willy umgehend kennenlernen, da Erfolg sie faszinierte, auch Harry war interessiert. Andy versprach es, aber zuerst lud er die beiden in sein italienisches Stammlokal ein. Sie fuhren ein Stück mit der Cable Car und gingen den restlichen Weg zu Fuß. Andy besaß kein Auto: »Ich wäre vier Stunden am Tag auf Parkplatzsuche. Bei normalem Acht-Stunden-Tag wären das sechs Monate im Jahr. Das kann ich mir nicht leisten.«

Das Lokal lag im Italienerviertel, nahe der Kreuzung Brodway und Columbus Avenue, wo San Francisco besonders laut und chaotisch ist. Sissi besah verwundert den Mischmasch aus alten und neuen, niedrigen und himmelhohen Häusern, aus glänzenden Glastürmen und stumpfen, verrotteten Fassaden, aus Abbruchflächen voller Gerümpel und grellbunten Plakatwänden. San Francisco, die schönste Stadt der USA, hatte sie mal gehört, aber jetzt fragte sie sich: Was haben die Leute eigentlich immer gegen Frankfurt?

An den Wänden des Lokals wieder Heimat: Der Vesuv spie so eindrucksvoll wie seit dem Untergang von Pompeji nicht mehr, und die Blaue Grotte war wie satte Tinte. Der Wirt hieß Ettore, stammte direkt aus Neapel und sah so aus, wie sich Sissi Neapolitaner vorstellte. Sogar sie merkte, daß er schlechtes Englisch mit starkem Akzent sprach, aber er konnte auch ein wenig Deutsch, mit dem gleichen Akzent. Er servierte Gnocchi und versprach, es seien die besten Gnocchi der Welt, ausgenommen natürlich jene, die Mamma früher in Napoli gemacht habe. Der Wein kam aus Kalifornien, und Ettore meinte, man müsse ihn nicht für teures Geld aus Italien holen, der hiesige sei ebensogut.

»Ettore ist auch so einer«, bemerkte Andy, »der mit nichts gekommen ist, um in Kalifornien etwas daraus zu machen. Wenn ich nur wüßte, warum sie alle ausgerechnet nach Kalifornien stürzen und sich hier gegenseitig Konkurrenz machen. Warum zum Teufel, gehen sie nicht nach Oklahoma, wo sie fast allein auf weiter Flur wären!«

»Ja, warum?« fragte Sissi.

»Ich weiß es nicht«, gestand Andy. »Als ich erst kurze Zeit hier war, dachte ich, ich hätte es verstanden. Da sah ich nämlich nur die vielen Chancen, die Kalifornien den Mutigen bietet. Jetzt, nach einem Jahr, sehe ich auch die täglichen Schlammschlachten um den Erfolg, und ich kenne viele, die dabei versunken sind. Aber weil hier jeder machen kann, was er will, und weil's die meisten auch tun, wirkt Kalifornien auf Touristen wie ein fröhlicher Zirkus, der rund ums Jahr durchgehende Vorstellungen gibt.«

Zum Espresso gab es, wie in guten italienischen Restaurants üblich, eine Grappa oder einen Sambuca auf Kosten des Hauses. Ettore setzte sich an den Tisch und quittierte lächelnd das Lob für seine Küche. In Wahrheit, sagte er, sei er aber gar kein Gastwirt, vielmehr habe ihn ein neapolitanisches Gangstersyndikat nach San Francisco geschickt, um

eine Filiale aufzubauen. Das Lokal sei nur Tarnung. Das wisse ein jeder hier, denn seine Konkurrenten, die natürlich schlechter kochten als er, hätten es überall verbreitet. Die Gäste kämen trotzdem. Cin-cin!
Andy ging zwischendurch telefonieren.
»Was glaubst du, was unsere Pauker machen?« fragte Sissi.
Harry hatte eine Vermutung: »Sie stehen sinnierend vor einem Stilleben und grübeln, warum der Künstler den Emmentaler zwischen die Artischocke und den toten Fasan gelegt hat.«
Sissi lachte, nahm Harry bei den Ohren und knuddelte ihn: »Ich find's toll, daß wir richtig lebige Leute kennenlernen.«
Andy kam zurück mit der Nachricht, sein Freund Willy habe heute Zeit und freue sich auf Gäste aus Deutschland.

Willy wohnte ebenfalls mit Blick auf die Bucht, die jetzt im Sonnenschein lag. Im Unterschied zu Andys Wohnung hatte die von Willy eine breite Glasfront, hinter der man auf einem Sofa aus Antilopenleder sitzen und bei einem Martini on the rocks zusehen konnte, wie Schiffe unter der Golden Gate Bridge hindurchfuhren und zwischen Rudeln von Segelboten und Windsurfern an Alatraz Island vorbei ihren Weg zum Hafen nahmen.
»Det is ja völlig meschugge!« entfuhr es Sissi. »Det ist ja wie Reklame aus ›Schöner Wohnen‹!«
»Ha no!« bestätigte Willy auf Schwäbisch.
Sissi schätzte, daß Willy Mitte Vierzig war, und nahm sich vor, es genau herauszubekommen. Für einen, der sich von berufswegen erst mit Sahnetorten und jetzt mit Würsten befaßte, war er bemerkenswert schlank, beinahe dünn. Schön ist er ja nicht, dachte Sissi, nicht mal attraktiv, aber freundlich und nicht uninteressant.
Willy trug zu leichten Sommerhosen ein kurzärmeliges Hemd mit einer dezenten Krawatte, so daß er sich mit

einem Griff zum Jackett in einen ordentlichen Businessman verwandeln konnte. Soweit Sissi es beurteilen konnte, sprach er Deutsch mit amerikanischem Akzent und Amerikanisch mit süddeutschem Akzent, aber wenn er einen Gedanken nachdrücklich unterstreichen wollte, bediente er sich des Schwäbischen.

Willy tat, als seien Sissi und Harry uralte Freunde, die endlich mal wieder reingeschaut hatten. Er führte sie mit erkennbarem, aber unaufdringlichem Stolz durch seine auserlesen eingerichtete Wohnung und legte dabei besonderen Wert auf die alten Stiche seiner Heimatstadt Stuttgart. Dann setzten sie sich wieder aufs Sofa und schlürften Martini.

Sissi fühlte einen jener Momente nahen, in denen der Mensch vor Glück platzen möchte. Sie war in Amerika! Sie hatte nette Menschen kennengelernt, Andy, Ettore, Willy. Sie saß da und schaute auf die Bucht von San Francisco. Die Sonne schien, und vor ihr lagen ein paar Wochen voller unbekannter Abenteuer.

Sissi mußte plötzlich an ihre Familie denken, an ihre Eltern und ihre zwei jüngeren Schwestern. Wenn sie Glück hatten, bekamen sie dieses Jahr wieder einen Platz im FDGB-Ferienheim im Erzgebirge. Ostsee war ja nur alle paar Jahre mal drin, da freute man sich dann ein Loch in den Bauch, und Erzgebirge war allemal besser als irgendein Kuhdorf im Flachland. Ob sie überhaupt noch mal an die Ostsee kamen? Das war eine Auszeichnung. Wurde die einem noch zuteil, wenn die ältere Tochter dem Staat den Rücken gekehrt hatte? Die Familie hatte damit genug Ärger bekommen, die Eltern am Arbeitsplatz, die Geschwister in der Schule. Natürlich hatte Sissi das gewußt bei ihrem Antrag, sie hatte ihn trotzdem gestellt und es nie bereut. Aber gerade in Momenten wie diesen dachte sie oft an die Familie am Prenzlauer Berg.

Willy wollte wissen, was für ein Business Sissi und Harry in Frankfurt hätten, und sie erzählten von ihrem Geschäft. Willy hörte aufmerksam zu, dann fragte er unvermittelt: »Warum machet ihr des G'schäft net hier in California?«
Die Frage überraschte Sissi so, daß sie erst nach einigen Schrecksekunden sagte: »Jute Frage! Weeß ick ooch nich.«
Harry schüttelte energisch den Kopf: »Wie stellen Sie sich das vor? Ich bin heilfroh, daß ich in Frankfurt so was auf die Beine gestellt habe. Aber hier? Ich weiß ja nicht mal, was Kohl auf Englisch heißt.«
»Cabbage«, sagte Sissi. »Das weiß ich, weil wir eine amerikanische Kundin haben, die wissen wollte, wer bei uns regiert.«
Willy sah Harry ernst an: »Ich habe das nie bereut, daß ich hierher bin. Auch nicht nach der dritten Pleite. Überleg dir das mal! Wir sagen doch du, oder?«
Dann wechselte Willy unvermittelt das Thema: »Ich geh' heute zum Lake Tahoe. Geht ihr mit?«
»Logo!« antwortete Sissi, denn es gab nichts, was sie heute nicht mitgemacht hätte. Harry widersprach nicht, und Andy schien schon auf den Ausflug eingerichtet.
Willy holte seinen Wagen aus der Garage, es war ein Mercedes: »E Stuagarter fahrt e Auto aus Stuagart.«
Sie fuhren aus der Stadt hinaus, Sissi erkannte nach einiger Zeit zur Linken den Flughafen, auf dem sie am Vortag gelandet waren. »Jetzt sind wir gleich da, oder?« Willy nickte, blieb aber auf dem Highway. Erst nach einer weiteren Viertelstunde bog er ab und steuerte auf ein riesiges Flugfeld, wo in langen Reihen Hunderte ein- und zweimotorige Privatmaschinen geparkt waren. Er fuhr bis zum Ende des Feldes, hielt vor einer Halle, schloß eine der hohen stählernen Schiebetüren auf und schob sie zur Seite. Drinnen stand eine knallrot lackierte zweimotorige Maschine.
»Wat nu?« fragte Sissi perplex.

Willy schob mit Andys Hilfe das Flugzeug aus der Halle und fuhr das Auto hinein. Dann kontrollierte er sorgfältig die Maschine, maß den Ölstand der zwei Motoren, untersuchte die Treibstoffleitungen, prüfte den Reifendruck. Er ging derart ernsthaft zu Werke, daß Sissi nichts zu sagen oder zu fragen wagte. Nach zwanzig Minuten bat Willy zum Einsteigen.
Die Kabine war zwar so niedrig, daß man nur gebückt darin gehen konnte, aber Sissi zählte zu ihrer Überraschung sechs Sitzplätze. Die Sessel, der Teppichboden, die Wandverkleidung und die Vorhänge vor den kleinen runden Fenstern waren einheitlich in einem grau und rosa gemusterten Design gehalten, so daß die Kabine auf Sissi sehr geschmackvoll und fast anheimelnd wirkte.
Willy schob Sissi auf den Co-Pilotensitz. Sie mußte wohl ziemlich erschrockene Augen machen, denn Willy zwinkerte ihr zu: »Angscht vorm Fliege?«
Sissi schüttelte den Kopf: »Nee, aber ick warte, det der Pilot endlich kommt.«
Willy lachte prustend, klemmte sich auf den Pilotensitz und begann, verschiedene Knöpfe zu drücken und Hebel umzulegen. Aus dem Funkgerät über seinem Kopf drang ein Salat krächzender Geräusche, und Willy antwortete etwas in ein Mikrofon. Nacheinander warf er die beiden Motoren an, die Maschine schüttelte sich wie ein Hund, der aus dem Wasser kommt, dann rollten sie langsam zur Startbahn.
Sissi war in den letzten Jahren öfter geflogen, auch früher schon einmal mit Interflug von Berlin-Schönefeld nach Budapest und zurück. Aber heute war es etwas ganz anderes, heute war es, als flöge der Pilot für sie persönlich.
Willy startete. Die Maschine überflog niedrig das Feld voller Flugzeuge, daneben wurde der Higway sichtbar, über den sie gekommen waren, dann stieg die Maschine in den Himmel. Unter sich erblickte Sissi die Wasserfläche der Bucht

von San Francisco, eine kilometerlange Brücke verband die beiden Ufer. Sissi fragte, was die großen rechteckigen, weiß oder pastellfarben schimmernden Flächen am Rande der Bucht seien. »Dort wird Salz gewonnen«, erklärte Willy.
Je höher sie stiegen, desto deutlicher erkannte Sissi den fast lückenlosen Kranz von Städten rund um die Bucht, herausragend auf den Hügeln seiner Halbinsel San Francisco mit den Wolkenkratzern. Dahinter lag der Pazifik. Willy nahm Kurs ins Landesinnere.
Nach zwanzig Minuten, in denen alle vier schweigend das Land unter sich betrachtet hatten, fragte Willy, ob Sissi die Maschine mal steuern wolle.
»Bist du lebensmüde?« fragte sie entgeistert.
Er zeigte ihr, wie sie den Steuerknüppel ihres Co-Pilotensitzes bedienen mußte, und sie erlebte das aufregende Gefühl, daß sich das Flugzeug auf den Druck ihrer Hände hin sanft nach oben oder unten, links oder rechts aus seiner Bahn bewegte. Bald wurde Sissi so mutig, daß sie eine ganze Schleife flog.
»Lake Tahoe«, sagte Willy und deutete nach vorn.
Der See lag tiefblau zwischen hohen Bergen. Willy erzählte: Lake Tahoe, das Ferienparadies, bei dessen Erwähnung die Augen der meisten Amerikaner zu glänzen beginnen. Wassersport und Wandern im Sommer, im Winter Skifahren in Squaw Valley und Heavenly Valley, dazu das ganze Jahr über Glücksspiel und Shows in den Casinos.
Die Maschine setzte auf der Piste am Südufer des Sees auf und rollte an dem kleinen Flughafengebäude vorbei zu einem Abstellplatz. Als sie ausgestiegen waren, schritt Willy zielstrebig auf einen grauen Geländewagen zu und schloß ihn auf.
»Det jibt's in keen Russenfilm!« rief Sissi.
»Wie bitte?« fragte Willy.
»Das sagen wir immer in der DDR«, erklärte Sissi, »wenn

was ganz und gar unglaublich ist: Das gibt's in keinem Russenfilm.«
»Wieso?« fragte Willy.
»Det verstehste nich. Nu fehlt bloß noch 'ne Datsche am See und 'n kleener Außenborder.«
Willy fuhr los. Nach zehn Minuten hielt er vor einem zweistöckigen Holzhaus, dessen Rückseite auf einen Kanal blickte. Am Steg war ein Motorboot festgemacht.

»Ick sach's ja: in keen Russenfilm!« murmelte Sissi vor sich hin.
Im Inneren des Hauses, das mit einer Holztreppe zum ersten Stock und einer umlaufenden Galerie recht originell gestaltet war, fiel Sissi auf, daß es wenig Möbel und noch weniger schmückende Gegenstände gab. Das Haus wirkte merkwürdig unbewohnt, ihm fehlte Atmosphäre. Sissi teilte Andy ihre Beobachtung mit, und dieser erklärte es ihr: »Willy hat das Haus kurz vor der Scheidung gekauft, und noch weiß keiner, wer es kriegt. Deswegen stellt keiner was rein. Außerdem kaufen und verkaufen die Amis sowieso ihre Häuser genau wie ihre Aktien. Die wollen kein trautes Heim für den Rest ihrer Erdentage.«
Wie konnte man sich von Willy scheiden lassen? fragte sich Sissi. Von einem so netten Kerl, der obendrein im Geld schwamm? Vielleicht hat er Macken, überlegte sie, vielleicht ist er schwierig zu bekochen oder liebt abwegige Praktiken im Bett. So was sah man ja keinem an. Wenn aber so viel Geld nicht reichte, um Risse zu kitten oder wenigstens zu übertünchen, mußte etwas Ernsthaftes vorliegen. Sissi wollte es herausbekommen.
Andy, der sich hier auszukennen schien, brachte gekühlte Getränke, während Willy oben auf der Galerie telefonierte. Sissi verstand nur, daß es um Wurst ging, und zwar um erhebliche Mengen derselben, denn mehrfach war von Ton-

nen die Rede. Willy wurde im Verlauf des Telefonats immer ungehaltener, bis er plötzlich erregt etwas rief und den Hörer auf die Gabel knallte.
Sissi, die nicht verstanden hatte, was passiert war, ließ sich von Andy aufklären: »Der Verkaufsleiter soll irgend jemanden feuern, bevor er selbst gefeuert wird. Ja, der liebe Willy kann bitterböse werden, wenn seine Leute nicht spuren.«
Als Willy wieder nach unten kam, war von seinem Zorn nichts mehr zu spüren: »Jetzetle, was machet mir?« fragte er fröhlich.
Da niemand gleich antwortete, tat er es selbst: »Immer das gleiche, keiner hat eine Idee. Also muß ich was vorschlagen.«
»Moment, laß mich raten!« rief Andy: »Wir gehen ins Spielcasino?«
»Wieso?« fragte Willy.
»Wieso heute nicht?« fragte Andy.

Auf der kurzen Fahrt im Geländewagen übernahm Andy die Rolle des Fremdenführers. Den Lake Tahoe, erklärte er, durchschnitt ziemlich in der Mitte die Grenze zwischen Kalifornien und Nevada. In letzterem Staat war das Glückspiel erlaubt, weswegen man nach dem Baden oder Bootfahren gern den zweiten Teil des Urlaubsvergnügens drüben suchte.
Sie stellten den Wagen auf einem Parkplatz ab, der noch in Kalifornien lag, durchschritten das Portal von Harrah's Hotel und waren im sündigen Nevada. Willy gab die Parole aus, jeder solle sich auf seine Weise vergnügen, Treffpunkt sei, spätestens um Mitternacht, die Bar im obersten Stockwerk.
Sissi riß die Augen auf. So eine Hotelhalle hatte sie noch nicht gesehen: Dicht an dicht standen Reihen blitzender, blinkender, ratternder, rasselnder Spielautomaten. Das also

waren die berühmt-berüchtigten ›einarmigen Banditen‹, die dem kleinen Mann die letzten Groschen aus der Tasche zogen. Vor fast jedem dieser verchromten Beutelschneider stand jemand oder saß auf einem Hocker, fischte mit teilnahmsloser Miene Münzen aus einem Plastikbecher, steckte sie gelangweilt durch einen Schlitz in die Maschine, zog mechanisch den Hebel an der rechten Seite des Apparats nach unten und verfolgte ohne Anzeichen von Erregung den Lauf der Walzen mit den bunten Symbolen, die nacheinander zum Stand kamen. Meistens geschah darauf nichts, manchmal klapperten Münzen blechern in einen Trog am Fuß der Maschine, doch auch das brachte die Spieler nicht aus ihrer Lethargie.

Sissi besah nachdenklich die Szene und fragte sich, ob das nun die westliche Dekadenz sei, von der sie früher in der Schule oft gehört hatte.

Harry stieß sie an: »Na? Willste mal?«

Sissi schüttelte den Kopf. Sie wußte, Harry hätte sie gern angesteckt mit seiner Spielleidenschaft, um sich selbst nicht immer rechtfertigen zu müssen, wenn er samstags zum Roulette nach Bad Homburg oder Wiesbaden oder Baden-Baden fuhr. Sissi nahm ihm diese Leidenschaft nicht übel, zumal sie wußte, daß er kein Hasardeur war, der Haus und Hof und Frau verspielte. Sie fand das Spiel nur unsinnig, da erfahrungsgemäß auf lange Sicht nichts dabei herauskam – und das im günstigsten Fall!

»Komm! Zehn Dollar!« lockte Harry.

»Quatsch!«

»Zehn Dollar! Keinen Cent drüber. Es ist eine Lebenserfahrung. Man muß den Feind studieren, um ihn zu besiegen. Hat schon Lenin gesagt. Oder irgendein anderer Schlauberger.«

»Und wenn's der Kanzler gesagt hätte: Nein!«

»Wenn dich das alles so wenig interessiert, hättest du auch in Ost-Berlin bleiben können.«

»Gib her!«
Harry besorgte ihr zehn Dollar in 25-Cent-Münzen. Sissi wagte den ersten Quarter, die Maschine spulte ihr Programm ab, gab nichts wieder her, blinkte nur aufgeregt, um erneut gefüttert zu werden. Sissi steigerte den Einsatz auf zwei Münzen. Ohne Erfolg.
»Sei mal tollkühn!« stachelte Harry sie an, »riskier mal den Höchsteinsatz! Sind ja nicht mal vier Mark.«
Sissi riskierte fünf Quarters. Im Anzeigefenster erschienen drei Melonen, das mußte wohl was bedeuten, und tatsächlich hob ein schepperndes Geräusch an, das erst nach etwa zehn Sekunden verstummte. Sissi wühlte mit beiden Händen in Münzen: »Wahnsinnig!«
»Jetzt mußt du aufhören«, mahnte Harry.
»Jetzt? Wo's läuft?«
Harry lächelte vielsagend und machte sich auf zum Roulette.
Auch Andy hatte sich verzogen. Sissi konzentrierte sich auf ihr Spiel. Es lief mal so, mal so, nach einer halben Stunde hatte sie alles verspielt und suchte nach Harry. Sie sah ihn beim Roulette neben Willy sitzen und beobachtete die beiden eine Zeitlang. Sie ließ sich von Harry ein paar Dollar geben und fuhr hinauf in die Bar, wo Andy schon saß. Sie bestellte eine Bloody Mary und lauschte einer jungen Schwarzen, die, sich selbst am Piano begleitend, mit eindrucksvoller dunkler Stimme Evergreens sang. Unter den Piepsmäusen in Deutschland, dachte Sissi, wäre das Mädel wie eine Bombe unter Platzpatronen, aber hier schien sie nicht sehr berühmt.
»Sag mal, Andy«, fragte Sissi, »wie heißt denn die blonde Dame an dem Roulettetisch, an dem Willy spielt?«
»Welche?«
»Na, diese wohlgeformte Croupierin. Oder sagt man Croupieuse? Jedenfalls die junge Dame, der Willy dauernd tief in

die Augen und sonstwohin schaut, wenn sie ihm einen Gewinn rüberschiebt.«
»Ich habe keine Ahnung, wovon du redest.«
Sissi sah Andy verwundert an: »Ich denke, du bist ein Reporter?«
»Ja. Und?«
»Also einer, der das Heu schon geerntet hat, bevor die ganz Fixen das Gras wachsen hören.«
»Davon lebe ich zumindest.«
»Da müßtest du eigentlich schon verhungert sein. Merkst du nicht, daß dein Freund Willy an diesem Roulettetisch nur auf einen einzigen Gewinn scharf ist? Und zwar auf den blonden Hauptgewinn?«
Andy schüttelte den Kopf: »Unsinn! Ich war doch die letzte Zeit jede Woche mit Willy hier.«
»Na, also! Hast du vielleicht gemerkt, daß er immer am selben Tisch spielt? So, das hast du also mitgekriegt, du Reporter. Und warum spielt Willy immer am selben Tisch? Weil dort das Tuch so grün ist? Und die Kugel so rund? Nein, weil dort die Croupieuse so blond ist. Nun krieg mal wenigstens raus, wie sie heißt und ob sie verheiratet ist!«
Andy schien völlig erschüttert: »Donnerwetter! An dir ist eine Star-Reporterin verlorengegangen.«
»Noch können wir ja tauschen«, meinte Sissi, »ich schreibe in San Francisco deine Storys, und du hilfst Harry, Grünzeug verhökern. Ich schätze, ich werde dabei berühmt und Harry geht pleite.«
Es machte Sissi Spaß, daß Andy nichts mehr sagen konnte und ihr stumm eine neue Bloody Mary spendierte.

Gegen Mitternacht kamen auch Harry und Willy in die Bar. Harry hatte knapp zweihundert Doller gutgemacht und versprach Sissi, sie dürfe nächstes Mal doppelt soviel

einsetzen wie heute. Willy wußte nicht, ob er gewonnen oder verloren hatte: »I hen net druff geachtet.«
Sissi und Andy sahen sich vielsagend an.
»Wie nennt man eigentlich so eine Dame am Roulette?« fragte Sissi.
»Welche?« fragtre Willy zurück.
»Na, zum Beispiel die hübsche Blonde an deinem Tisch.«
Willy bekam ein Leuchten in die Augen: »Findest du sie hübsch? Sie heißt Jessica.«
»Ich wollte nur wissen, ob sie Croupierin oder Croupieuse heißt«, sagte Sissi und blinzelte Andy unauffällig zu.

Auf dem Rückweg im Geländewagen dachte Sissi zum ersten Mal daran, daß ihre Zahnbürste noch in San Francisco war.

5. Kapitel

Renate

Renate wollte gerade die Zimmertür hinter sich zuziehen, Rolf war schon unten am Auto, da klingelte das Telefon. Nicht abheben! dachte Renate. Das konnten nur die zwei Gemüsechaoten sein, und was sollten sie anderes vorhaben, als ihr und Rolf einen weiteren Urlaubstag zu vermasseln? Aber vielleicht wollten sie auch ihr Gepäck holen und sich endgültig verabschieden.
Renate hob ab: »Hallo?«
»Ja, hier auch! Hier ist Sissi. Rat mal, wo wir sind!«
»Keine Ahnung. Wieder in Frankfurt?«
»Ach wat! Wir sind am Lake Tahoe. Wir haben uns gedacht, ihr kommt auch her und bringt unser Gepäck mit.«
Renate verschlug es sekundenlang die Sprache, dann brach

es los: »So, habt ihr euch gedacht? Gute Idee! Jetzt hör mir mal zu! Gestern abend sind wir nicht aus dem Haus, damit ihr eure Koffer abholen konntet. Und ihr? Habt nicht mal angerufen! Jetzt wollen wir gerade los und unser Programm beginnen, da rufst du an und sagst, wir sollen euch erstmal euer Gepäck nachtragen. Bist du eigentlich noch richtig im Kopf?«
Am anderen Ende der Leitung blieb es sekundenlang still.
»Bist du noch da?« fragte Renate, »wo seid ihr überhaupt?«
»Sag' ich doch, am Lake Tahoe. Wir sind gestern mit Andy und Willy hierher geflogen, Willy ist der Wurstkönig von Kalifornien, nicht ganz, aber fast, und Willy hat hier am See eine Wahnsinns-Datsche und will ein paar Tage bleiben, weil er jeden Abend am Tisch von Jessica spielen muß, hast du mich verstanden?«
»Nein.«
»Macht nichts! Kommt einfach her, dann erklären wir's euch!«
Renate zog, was Sissi nicht sehen konnte, drohend die Augenbrauen zusammen, ehe sie mit mühsam gebremster Wut ganz langsam artikulierte: »Ihr holt heute euren Plunder ab, sonst steht er abends als Sperrmüll auf der Union Street.«
Wieder war Stille, dann sagte Sissi: »Gib mir doch mal Rolf!«
Renate wollte einfach auflegen, aber sie überlegte kurz. Sollte Rolf doch auslöffeln, was er angerührt hatte. Sollte er sich doch aus der Zwickmühle befreien. Sie knallte den Hörer neben den Apparat, ging hinunter und schickte Rolf hinauf. Sie setzte sich ins Auto und rauchte. Je länger Rolf wegblieb, desto größer wurde ihre Schadenfreude. Mochte ihm der kalte Schweiß auf die Stirn treten, mochte er sich winden wie ein Aal, um Sissi den Wunsch abzuschlagen!
Es dauerte fast eine Viertelstunde, bist Rolf kam. Er druck-

ste ein wenig, ehe er vorsichtig begann: »Wir sollten uns mal ganz vorurteilsfrei überlegen, ob wir nicht doch hinfahren an diesen Lake Tahoe.«
Renate war empört: »Du hast nicht gesagt, das kommt nicht infrage?«
»Ich habe nicht zugesagt.«
»Also willst du hin. Gib es zu!«
Rolf bat um eine Zigarette. Da er fast nie rauchte, hatte er keine bei sich. Er kam mit den amerikanischen Streichhölzern nicht zurecht, nach dem dritten Versuch nahm er den Zigarrenanzünder vom Armaturenbrett.
»Dieser Willy muß ein wunderschönes Haus haben, direkt am See«, sagte Rolf, »und er soll sehr gastfrei sein.«
Renate rauchte und sah aus dem Autofenster.
»Findest du nicht«, fuhr Rolf fort, »daß wir auch mal was Spontanes tun könnten? Einfach mal ausbrechen? Müssen wir dauernd nach Plan Sehenswürdigkeiten abhaken?«
»Nach deinem Plan«, betonte Renate. Sie wußte, daß es unfair war, aber sie wollte jetzt nicht fair sein.
Rolf blieb ruhig: »Ja, nach meinem Plan. Du weißt, warum und für wen ich ihn gemacht habe. Aber jetzt möchte ich den Plan mal vorübergehend außer Vollzug setzen. Wir haben eine Einladung an einen interessanten Ort und zu interessanten Leuten. Ich würde gern hinfahren.«
Renate plazierte eine weitere Boshaftigkeit: »Du willst das Geld fürs Motel sparen.«
Sie spürte, wie Rolf innerlich aufbrauste, aber er hielt sich im Zaum: »Es war dein Wunsch, daß wir wenig ausgeben, denn du hattest ja festgestellt, daß die Reise eigentlich sinnlos ist.«
Renate hatte das Gefühl, sie müsse nun einen Pflock einschlagen: »Wir fahren nicht! Du willst nämlich nicht an diesen See, weil du spontan bist, das bist du nie, warum solltest du's heute sein? Und die interessanten Leute, die du

dort treffen willst, kenne ich schon. Es handelt sich übrigens nur um eine einzige Person.«
Das müßte wohl genügen! dachte Renate.
»Wir fahren«, sagte Rolf.
»Wie bitte?«
Renate fühlte sich wie vor den Kopf geschlagen: Das war eine offene Kriegserklärung! Begriff dieser Mann nicht, daß er den Bruch riskierte? Oder nahm er seine Frau nicht mehr für voll? Hatte er durchgedreht, hatte ihn diese Sissi in so kurzer Zeit derart verwirrt? Verwirrte, dachte Renate, muß man wie rohe Eier behandeln. Also ruhig Blut! Rolf würde nicht ›aussteigen‹, das konnte er sich nicht leisten. Man bedenke den Skandal: Der Herr Oberstudienrat brennt mit einer Gemüseverkäuferin durch! Aus der Traum vom Rektor! Das konnte er sich abschminken. Gesellschaftlich war er bei einer Trennung untendurch. Und finanziell am Ende: das Haus. Also ruhig Blut!
Renate beschloß, Rolf nicht zu reizen und ihm vorsichtig ein Stück entgegenzukommen: »Möchtest du allein hinfahren und morgen zurückkommen?«
»Nein, ich möchte, daß wir zusammen hinfahren. Laß uns packen und aufbrechen, damit wir von dem Tag noch was haben. Nach San Francisco kommen wir ja am Schluß zurück.« Renate gab nach. Sie räumten wortlos zusammen, was im Zimmer umherlag, auch Sachen von Sissi und Harry.
»Vergiß nicht im Bad den großen BH!« rief Renate anzüglich.
»Ist er von dir?« fragte Rolf frech zurück.
Renate biß die Zähne zusammen. Sie trug nie einen BH, weil es, ehrlich gesagt, nicht lohnte.
Rolf checkte aus dem Motel aus, was reibungslos ging. Nach einem kurzen Blick auf seine Straßenkarte fand er sofort den Weg zur Bay Bridge. Renate bewunderte immer seine

Fähigkeiten im Kartenlesen und Wegefinden, aber heute wollte sie ihn nicht loben. Die Bay Bridge war viele Kilometer lang, leider versperrten Sichtblenden den Blick auf die Bucht. Hinter der Brücke kam Berkeley. Renate hätte gern einen Abstecher zum Campus der berühmten Universität gemacht, von wo in den 60er Jahren die weltweite Studentenrevolte ihren Ausgang genommen hatte. Aber Renate sagte nichts, sie hatte sich geschworen, auf der Fahrt überhaupt nichts zu sagen.

»Es sind gut zweihundert Meilen bis zum Lake Tahoe«, erklärte Rolf, »wir werden vier bis fünf Stunden brauchen.«

Sie folgten dem Interstate Highway 80 durch eine endlos weite Ebene bis Sacramento, dann bog Rolf auf den U. S. Highway 50 ein, der sich nach einiger Zeit hinaufzuarbeiten begann ins Gebirge, das mit jedem Kilometer an landschaftlichem Reiz gewann und schließlich alpinen Charakter annahm.

Renate schaute stumm und dachte nach. Er kann nicht aussteigen, überlegte sie, er kann es sich einfach nicht leisten. Aber was wäre eigentlich, wenn ich nicht mehr wollte? Will ich überhaupt noch? Ist nicht die Leidenschaft längst verflogen? Ist unsere Ehe noch etwas anderes als ein Bündnis zur Finanzierung des gemeinsamen Hauses und zur gegenseitigen Förderung der beruflichen Karrieren durch gesellschaftliche Repräsentation? Wenn wir Kinder hätten! Naja, das war zu spät. Nicht wegen des biologischen Alters, es wäre gerade noch gegangen, aber jetzt noch das ganze Leben auf den Kopf stellen? Nein, dazu war es wirklich zu spät. Also blieb übrig: die Hypotheken abtragen und die nächste Beförderung anstreben. Waren das nicht etwas dürftige Motive für eine lebenslange Bindung? Eigentlich, dachte Renate, sind wir beide freier als wir denken. Beide!

Als sie am frühen Nachmittag vor Willys Ferienhaus hielten,

waren Renates Überlegungen in einen Plan gemündet. Lieber Rolf, dachte sie, du wirst dich umgucken!
Sissi kam aus dem Haus gestürzt und riß die Autotür auf: »Toll, daß ihr gekommen seid!«
Renate sprang hinaus, nahm Sissi in die Arme und küßte sie stürmisch auf beide Wangen: »Liebste Freundin, wie schön, dich so bald wiederzusehen!«
Sissi küßte erschrocken zurück, und ihre Augen fragten verwirrt: Was hat sie denn plötzlich?
Renate grinste. Rolf gab Sissi zurückhaltend die Hand, Renate grinste noch einmal. Harry trat aus dem Haus. Renate überfiel auch ihn mit einer herzlichen Umarmung. Etwas zurückhaltender, da sie ihr noch ganz fremd waren, begrüßte sie schließlich Willy und Andy mit angedeuteten Wangenküssen.
»Very nice«, fand Willy, »um net zu sage: arg nett!«
Es war wenig Zeit für Renate und Rolf, sich umzuschauen oder gar die Koffer auszupacken. Die vier anderen hatten einen Plan für den Nachmittag gemacht und das Motorboot hinterm Haus mit allem Notwendigen für ein Picknick bepackt. Keine zehn Minuten nach der Ankunft von Renate und Rolf warf Willy den Motor an und steuerte hinaus auf den See.
Es war ein sonniger, windstiller Tag, aber es war nicht heiß hier oben in den Bergen, und der Fahrtwind tat ein übriges. Als Renate eine Hand ins Wasser hielt, erschrak sie, so kalt war es. Nach ein paar Meilen stellte Willy den Motor ab, das Boot trieb noch ein Stück weit, dann schaukelte es leicht auf seinen eigenen Wellen, ehe es regungslos lag. Nur wenige Boote waren an diesem Werktag auf dem See, das nächste bestimmt drei Kilometer entfernt. Alles war still, nur das Motorengeräusch eines Lastwagens war kurze Zeit vom weit entfernten Ufer her zu hören. Die Wasserfläche kräuselte sich kaum und spiegelte die hohen Berge ringsum, die

noch einzelne Schneeflecken trugen. Jetzt wärmte auch die Sonne angenehm.
So, dachte Renate, dann wollen wir mal!
Sie knöpfte ihre Bluse auf, zog sie aus und lehnte sich mit geschlossenen Augen zurück in die Sonne. Sie wußte, daß sich fünf Augenpaare auf sie richteten. Mit besonderem Interesse schauten natürlich Harry, Willy und Andy. Wie hatte Sissi vorgestern abend gesagt: Keiner war endgültig festgelegt auf kleine oder große Busen, und ansehen kostete nichts. Allerdings mußte die arme Sissi jetzt in einem Zwiespalt sein: Sollte sie sich auch fröhlich freimachen, oder kam ihr stattlicher Busen nett verpackt besser zur Geltung? Und dann Rolf: Er durfte sich erstmal wundern. Renate genoß die wärmende Sonne und die Blicke, die sie nicht sah.
»Also dann!« sagte Willy nach einer Weile, warf den Motor an und steuerte genau der Sonne entgegen, die noch recht hoch am tiefblauen Himmel stand. Nach einer Viertelstunde Fahrt näherten sie sich dem südwestlichen Ufer des Sees, wo erst spät eine enge Durchfahrt erkennbar wurde, hinter der sich eine etwa zwei Kilometer lange Bucht auftat. Willy umrundete ein Inselchen, auf dem ein Gemäuer thronte, das einer romantischen deutschen Ruine nachempfunden sein konnte. Dann legte er am sandigen Ufer an, sprang als erster hinaus und vertäute das Boot an einem Baum.
Renate wartete, bis alle von Bord waren, dann ließ sie sich von Harry hinaushelfen. Sie glitt vom Bootsrand in seine Arme und bemerkte, daß er sie länger als nötig festhielt, ehe er sie ans Ufer setzte. Diese Kerle! dachte sie amüsiert.
Während die Männer das Boot entluden und das Picknick vorbereiteten, setzte sich Renate neben Sissi in den Sand.
»Na, liebste Freundin«, fragte sie freundlich, »willst du bei diesem schönen Wetter so züchtig verhüllt bleiben?«
»Mensch, du weißt doch«, flüsterte Sissi.
Natürlich wußte Renate. Ihr war ja vorgestern abend im

Motel nicht entgangen, daß sich Sissi unbekleidet am besten gemessen bewegte und jedenfalls besser nicht umhersprang.
»Du brauchst ja nicht zu hüpfen«, sagte sie.
Sissi wurde ärgerlich: »Wat soll'n det? Ist hier Wettbewerb in Freizügigkeit angesagt? Für wen denn? Du führst doch was im Schilde!«
Sie ist gar nicht so dumm, dachte Renate und sah Sissi geradeheraus an: »Stimmt! Aber wenn du meine Freundin bist, dann fragst du nicht viel und zierst dich nicht.«
»Also gut.«
Renate war sonst nicht sehr für Freizügigkeit, und schon gar nicht außerhalb der eigenen vier Wände. Zu Hause in Darmstadt wäre es auch problematisch gewesen, denn in allen Bädern und an allen Baggerseen konnte man Schüler treffen, und die konzentrierten sich im Unterricht schon viel zu sehr auf den Stoff ihres Kleides statt auf den Lehrstoff. Aber hier, an diesem entlegenen Ufer, war es etwas anderes. Renate bekam Spaß daran, die Teilnehmer der Picknick-Party zu verwirren und Rolf zu ärgern.
»Ist eigentlich in Kalifornien FKK erlaubt?« fragte Renate, »richtig von Kopf bis Fuß?«
Andy schaltete am schnellsten: »Nur in dieser Bucht. Und nur für Ausländerinnen.«
»Also dann!« rief Renate.
»Also gut«, seufzte Sissi.
Als sie nebeneinander im Sand lagen, fragte Sissi leise: »Machst du mir bitte ein Sandwich? Ich möchte nicht aufstehen.«
»Du bist blöd«, antwortete Renate. »Wir sind so schön, wie wir sind, und allemal schöner als die vier Herren, die Angst haben, ihre adonishaften Gestalten zu entblößen.«
»Haste ooch wieder recht!«
Rolf und Harry, Willy und Andy standen etwas verstört umher, als die beiden Frauen aufstanden und sich etwas zu

essen machten. Renate amüsierte sich immer mehr: Wenn jemand uns beobachtet, muß er einen Teil der Strandparty für verrückt halten, aber welchen Teil?
Beim Essen und danach war endlich Zeit, miteinander zu reden. Renate und Rolf erfuhren alles Nötige über Willy und Andy und über den vergangenen Tag und berichteten ihrerseits von der planmäßigen Erkundung San Franciscos, die sie heute abgebrochen hatten. Renate war fröhlichster Laune und hörte aufmerksam zu, bereitete aber gleichzeitig im Geist die nächste Gemeinheit vor.
»Wer von euch«, fragte sie die vier Männer, »wagt denn ein Bad in dem kalten Wasser?«
Niemand meldete sich freiwillig.
»Es gibt einfach keine richtigen Männer mehr«, klagte Renate mit gespielter Enttäuschung. »Früher gab es Gladiatoren und Nibelungen und Raubritter, die hätten sich jetzt spontan durchbohrt und wären, noch mit dem Schwert in der Brust, kopfüber in den nächsten Strudel gesprungen. Aber heute? Komm, Sissi, wir machen es ihnen vor!«
Willy gab sich einen Ruck: »Auf, Männer! Hosen runter und rein!«
Er machte es vor, schleuderte seine Badehose in den Sand und stürzte sich mit Indianergeheul in den eisigen See. Die drei anderen stürzten hinterher. Renate nickte zufrieden.
»Welcher würde dir am besten gefallen?« fragte sie.
»Meinst du, wenn ich wählen könnte?«
»Du kannst immer wählen. Welchen würdest du nehmen?«
Sissi überlegte: »Man müßte sich vielleicht aus den vieren einen zusammenbauen.«
Die vier kamen nach ein paar hastigen Schwimmbewegungen prustend aus dem Wasser und schüttelten sich heftig.
»Na, ihr Helden«, meinte Renate, »laßt mal sehen, ob ihr's schadlos überstanden habt.«

Sie schaute alle vier genau an, dann sagte sie: »Rolf bei dir war's offenbar am kältesten.«
Sissi lachte kreischend, die anderen fielen ein, nur Rolf verzog keine Miene.

Drei Stunden später, beim Kofferauspacken in einem der Gästezimmer von Willys Haus, sagte Rolf wütend zu Renate: »Du warst unmöglich!«
»Ich? Wieso denn!«
»Deine Entkleidungsszenen waren doch bloß eine billige Retourkutsche! Weil du ein einziges Mal nicht bestimmen durftest, was gemacht wird.«
Renate freute sich über seinen Ärger und spielte weiter die Unwissende: »Ich weiß nicht, warum du dich so echauffierst. Es war doch ein köstlicher Nachmittag. Alle haben sich allerbestens amüsiert.«
»Ja, über mich.«
Renate zog die Schultern hoch: »Was soll man machen, wenn es die Natur so will? Dafür bist du Oberstudienrat.«
Sie sah, daß Rolf beinahe platzte, als er sagte: »Ich weiß ja nicht, ob ich Striptease machen würde, wenn ich deinen Busen hätte.«
Renate lächelte ihn sanft an: »Also gibst du immerhin zu, daß ich einen habe.«
Rolf rannte aus dem Zimmer und knallte die Tür hinter sich zu. Renate lachte. So war es richtig, so sollte es sein: Sissi war als Verbündete so gut wie gewonnen, die Männer ließen sich mit dem kleinen Finger dirigieren, Rolf spuckte Feuer und Schwefel. Der Plan ging auf, es war nett am Lake Tahoe, die Fahrt hatte sich gelohnt.

Willy wollte abends ins Spielcasino, und so zwängten sie sich zu sechst in den Geländewagen und fuhren los. Vor Ort verabschiedete sich Willy sofort zu seinem ›Stamm-

tisch‹, wie er sagte, Harry folgte ihm, Andy strebte in die Bar.
Renate blickte, wie tags zuvor Sissi, staunend um sich, denn auch sie hatte so etwas wie diese Hotelhalle noch nicht gesehen.
»Komm, Renate«, sagte Sissi, »wir verspielen ein paar Dollar.«
Rolf mahnte: »Ich glaube, das ist nicht das, wofür wir nach Amerika gefahren sind.«
Das stimmte. Renate hatte ihm vor der Reise das Versprechen abgenötigt, keinen Cent auszugeben für Glücksspiel und Las Vegas, auch nicht für Disneyland und anderen US-Kitsch.
»Prima!« sagte Renate und ließ sich von Sissi am Arm davonziehen, »spielen wir ein bißchen!«
»Treffpunkt oben in der Bar!« rief Sissi Rolf zu.
Renate ließ sich die Bedienung der ›einarmigen Banditen‹ zeigen und gewann schnell über fünfzig Dollar, während neben ihr Sissi verlor. Das sei aber gerecht, fand diese, denn als Lehrerin habe man kein Geld zu verpulvern. Renate erinnerte sich, wie sie sich noch im Flugzeug über derartige Bemerkungen erbost hatte. Sie half Sissi großzügig mit einem Kredit von einer Handvoll Münzen aus. Nach einer Stunde hatten sie beide kein Geld mehr. Sissi schlug vor, Jessica zu besichtigen, und Renate war, als sie den Hintergrund erfuhr, sofort einverstanden. Sie fand Jessica recht attraktiv, aber ein wenig kühl.
»Das ist bestimmt nur ihr Dienstgesicht«, vermutete Sissi, »privat ist sie sicher anders.«
Als Renate und Sissi in die Bar kamen, trafen sie Andy und nutzten die Gelegenheit, ihn unter sechs Augen nach Willys geschiedener Frau zu fragen. Andy erzählte. Wendy war ursprünglich Einkäuferin einer Supermarktkette gewesen und hatte mit Willy so knüppelhart um Wurstpreise

gefeilscht, daß er sie kurzerhand für seinen Verkauf abgeworben hatte. Dabei hatte sie eiskalt gepokert, bis sie den zweithöchsten Job und das zweithöchste Gehalt in Willys Firma bekam. Willy behauptete gern, er habe Wendy geheiratet, um ihr Gehalt einzusparen, aber Andy war der Ansicht, sie sei ihn danach wesentlich teurer gekommen. Es hatte sich erwiesen, daß die Liebe nicht groß genug war, von beiden Seiten nicht. Und jetzt, bei der Scheidung, kehrten sich die Fähigkeiten, deretwegen Willy einstmals Wendy engagiert hatte, gegen ihn.
»Die Hälfte von allem wird ihm bleiben«, schätzte Andy.
»Verhungern wird er nicht«, meinte Sissi.
»Nein. Nicht mit einem Kühlhaus voll Wurst.«
Als später Willy zu ihnen stieß, fragte Sissi: »Na?«
»Wieso na?«
»Red nicht drumherum!«
Willy grinste: »Mädle, du kannscht frage!«

Renate fand, sie habe einen herrlichen Tag erlebt. Erst beim Aufbruch wurde ihr bewußt, daß sie Rolf seit Stunden weder gesehen noch vermißt hatte.
Er wartete draußen am Auto.
»Na, du alter Trübspitz!« sagte sie und küßte ihn auf die Nase.

6. Kapitel

Rolf

Rolf schlief schlecht. Morgens gegen drei überlegte er, ob sie zurückfahren sollten nach San Francisco. Oder weiterfahren zum Yosemite Park oder ins Death Valley. Irgendwohin, denn der Ausflug an den Lake Tahoe war verunglückt.

Was war geschehen? Er hatte eine Entscheidung getroffen und sich dabei über Renates Willen hinweggesetzt. Das kam fast nie vor und wirkte daher wie ein Aufstand. Fällig gewesen war so etwas seit langem, nun war es aus vergleichsweise nichtigem Anlaß geschehen, wegen einer zufälligen Begegnung im Flugzeug und einer noch zufälligeren Einladung eines wildfremden Menschen. Aber Renate vermutete offenbar mehr dahinter, sie hatte Sissi als Konkurrentin ausgemacht.
Mein Gott, dachte Rolf: Wer war Sissi? Eine hübsche, witzige, fröhliche junge Frau, mit der man im Urlaub bestimmt Spaß haben konnte. Gut, ein wenig Erotik war dabei, aber kam die nicht sogar im Lehrerzimmer manchmal vor? Und was konnte man unter den Augen der Ehefrau schon wagen: einen kleinen Flirt mit Blicken oder Gesten, eine leise Berührung hier und da, einen anzüglichen Scherz ab und zu. Und wenn man ein Lächeln erntete, war das Spielchen gespielt. Renates Reaktion war ein viel zu schweres Geschütz.
Rolf schlief wieder ein, und beim Aufwachen sah er die Sache gelassener. Renates Konter schien ihm immer noch wie mit Kanonen auf den Spatz geschossen, aber gleichzeitig mußte er anerkennen, daß seine Frau ein raffiniertes Biest war. Und daß sie, wenn sie herausgefordert wurde, ganz erstaunliche Dinge tun konnte. Es könnte reizvoll sein, überlegte er, ihre Strategie zu unterlaufen und ihre ›beste Freundin‹ Sissi aus der eifersüchtigen Umgarnung herauszulocken. Warum nicht? dachte Rolf.

Willy wollte in Ruhe frühstücken und dann nach San Francisco fliegen und in seiner Firma nach dem Rechten sehen: »Sonst tanzen die Mäuse auf dem Tisch! Aber abends bin ich zurück. Stammtisch, ihr wißt schon.«
Von den anderen wußte nur Andy, was er heute tun wollte.

Er hatte von einer aufregenden Tropfsteinhöhle erfahren, eine Stunde von hier, in der Sierra Nevada. »Die Höhle wurde erst kürzlich entdeckt«, erzählte er, »die Begehung ist fast eine Expedition, es geht überhaupt nur mit Führung. Die beginnt um zwölf. Ich will darüber eine Story schreiben.«

»Womit du dein Geld verdienst«, wunderte sich Willy.

»Das kann dir doch Wurst sein«, erwiderte Andy.

Rolf reizte die Höhle: »Ich würde gern mitkommen.«

»Ich auch«, sagte Sissi.

Das trifft sich gut, dachte Rolf.

»Noch jemand?« fragte Andy.

Renate schüttelte den Kopf: »Ich habe keinen Nerv für Abenteuer.«

Das trifft sich noch besser, dachte Rolf.

Über den Sinn von Abenteuern hatte er mit Renate noch nie übereingestimmt. Warum mußte man im Roten Meer tauchen, wenn man dabei ertrinken konnte? Warum in den Alpen klettern, wenn man herunterfallen konnte? Um sich zu beweisen, was für ein Kerl man sei? Nein, hatte Rolf erwidert: Ich möchte manchmal etwas erleben, was nicht jeder Pauschalreisende erlebt, und ich möchte manchmal wissen, wie weit ich mich wage, ehe ich vor Angst umkehre.

Das erste Argument, hatte Renate zugegeben, könne sie noch verstehen, das zweite sei nichts als unsinniger Männlichkeitswahn. Vor der Amerikareise hatte Rolf allerdings so lange auf Renate eingeredet, bis sie ihm versprach, die Schlauchbootfahrt durch den Grand Canyon mitzumachen, fünf Tage lang unter kundiger Führung durch die Stromschnellen des Colorado. Ein befreundetes Ehepaar im Tennisclub hatte begeistert davon berichtet und Dias gezeigt. Nach Monaten des Zögerns war Renate endlich bereit gewesen, und Rolf hatte die Tour lange im voraus gebucht.

»Ich würde gerne nach Reno fahren«, erklärte Harry, »dort ist das größte Automuseum der Welt.«
»Das würde mir auch Spaß machen«, sagte Renate.
Rolf wunderte sich. Wenn es Apparaturen gab, zu denen Renate gar kein Verhältnis hatte, dann waren es Automobile. Ihr war auch gleichgültig, welches Auto sie fuhr, sie legte nur Wert darauf, daß ihr Wagen nicht kleiner war als der seine und nicht als Zweitwagen bezeichnet wurde. Sie konnte, weil sie es nicht wollte, keinen Mercedes von einem Audi oder BMW unterscheiden. Sie fuhr sicher und ziemlich flott, gab aber zu, noch nie unter die Motorhaube geschaut zu haben. Nun wollte sie in dieses Museum. Rolf wunderte sich.
»Dann ist ja alles klar«, stellte Andy fest. »Ich schlage vor, Harry und Renate nehmen für den kürzeren Weg nach Reno den Geländewagen, die Höhlenexpedition nimmt Rolfs Escort und setzt unterwegs Willy am Flugplatz ab.«
Willy schaute Andy bewundernd an: »Kannscht du mir net mal mei Fabrik durchorganisiere?«
»Wieso? Fehlt schon wieder 'ne Wurst?«

Die Fahrt zur Höhle führte durch eine herrliche Berglandschaft und über einen fast dreitausend Meter hohen Paß. Rolf staunte über die dichte Vegetation, denn in den Alpen hatte er so hoch oben nur blanken Fels angetroffen.
Es erwies sich, daß Andy über die Landschaft viel zu erzählen wußte, vor allem über die Geschichte des ›Mother Lode Country‹, das sie zuletzt durchfuhren. Hier hatten Mitte des 19. Jahrhunderts die Reichtum verheißenden Erzadern des großen Goldrausch ausgelöst. Man konnte darüber nachlesen bei Mark Twain und anderen Autoren, die es miterlebt hatten.
Rolf stellte fest, daß Andy zum Teil die gleichen Bücher kannte wie er, daß er ebenso empfänglich war für den

Zauber der alten Geschichten aus rauher Vergangenheit, und er dachte: Wir könnten uns gut verstehen.
Nur kurz kam Rolf unterwegs das Merkwürdige der Situation in den Sinn: Er war mit seiner Frau zu einem minutiös vorbereiteten Besuch nach Amerika geflogen, nun fuhr sie mit einem ihr flüchtig bekannten Mann in ein Museum, das sie auf keinen Fall interessierte, während er selbst, Rolf, mit der Freundin dieses Mannes durch eine Höhle kriechen wollte. Das gibt's in keinem Russenfilm! dachte er.

Zu der Höhlentour hatten sich bereits zehn oder elf Personen eingefunden, darunter zwei Jungen von etwa zwölf Jahren und ein älterer Mann von über sechzig, aber keine einzige Frau.
»Au weia!« bangte Sissi, »ick verdrück mir besser in die nächste Kneipe.«
»Ich paß auf dich auf«, versprach Rolf.
Zwei junge Leute um die Zwanzig stellten sich als die Führer vor, und Sissi beruhigte sich sogleich, denn es war ein Mädchen dabei. Sie hieß Pam, eigentlich Pamela, der junge Mann hieß Sid, eigentlich Sidney. Sid erinnerte daran, daß jeder Teilnehmer in ›excellent physical condition‹ sein müsse und keinesfalls an ›claustrophobia‹, also Angst vor geschlossenen Räumen, leiden dürfe.
Pam kassierte von jedem 25 Dollar, während Sid graublaue Overalls ausgab. Aus einem großen Haufen Schnürstiefel durfte sich danach jeder ein passendes Paar aussuchen, und Sid erklärte, man müsse unbedingt Schnürstiefel tragen, da jedes andere Schuhwerk unweigerlich und unwiederbringlich im zähen Schlamm der Höhle verlorenginge. Dann verteilte er schwarze Gummihandschuhe und gelbe Plastikhelme mit einer Lampe obendrauf, wie man sie von Bergleuten kannte. Andy wollte seinen Fotoapparat mitnehmen, aber Pam warnte ihn: Aus dieser Höhle habe noch niemand

seinen Fotoapparat heil herausgebracht, lieber solle er die Teilnehmer jetzt und nachher knipsen, der Unterschied werde ihn überraschen. Andy schoß ein Gruppenbild, dann fotografierte er Rolf mit Sissi und ließ sich von Rolf mit Sissi fotografieren.
Das kann ja was werden, dachte Rolf etwas beklommen, als es schließlich losging.
Sid zündete eine Fackel an und ging als erster, Pam übernahm mit ihrer Fackel die Nachhut. Die Teilnehmer, die sich gerade noch mit lautem Hallo in die ungewohnte Kluft gezwängt hatten, schwiegen unbehaglich. Rolf spürte, wie Sissi nach seiner Hand tastete und griff freudig zu.
Die Höhle war anfänglich übermannshoch und mehrere Meter breit, dann weitete sie sich gar zu einem Saal. Sid erläuterte, in diesem Raum hätten vor über hundert Jahren die Goldgräber der benachbarten Camps wilde Feste gefeiert, daher seien Wände und Decken rußgeschwärzt und alle Tropfsteine leider abgebrochen. Jetzt aber komme jener Teil der Höhle, den man erst vor ein paar Monaten zufällig entdeckt habe. Sid forderte die Teilnehmer auf, das Loch zu finden, durch das es weitergehe.
Alle stocherten mit dem trüben Strahl ihrer Helmlampe an den Wänden umher, niemand entdeckte einen Ausgang aus dem Saal. Sid bewegte sich zielstrebig zu einer bestimmten Stelle, hielt seine Fackel in einen nicht mal kniehohen Felsspalt und triumphierte: »Look here, folks!«
Sie versammelten sich im Halbkreis, staunten gehörig und fragten sich murmelnd, wie man durch dieses Loch hindurchkomme. Sid machte es vor: Er löschte seine Fackel, legte sich flach auf den Bauch, streckte die Hände nach vorn und zwängte sich bis zur Hüfte in den Felsspalt. Dann gab ihm Pam Hilfestellung, indem sie ihre Stiefel gegen die seinen stemmte, bis er ganz verschwunden war.
»Come on!« rief Sid fröhlich von drinnen.

»Ick will auf'n Arm!« maunzte Sissi.
»Sei kein Frosch!« sagte Rolf, dann kroch er in das Loch. Normalerweise hätte er abgewartet, bis es drei oder vier andere geschafft hatten, aber unter Sissis Augen wollte er der erste sein. Obwohl er wirklich schlank war, mußte Rolf hart arbeiten, ehe er bis zur Hüfte in dem Loch steckte. Dann wurde er von Sid an den vorgestreckten Armen hindurchgezerrt. Hinter dem engen Schlund fiel die Höhle etwa eineinhalb Meter ab, aber Sid fing Rolf auf und stellte ihn auf die Füße. Genauso solle er es nun mit dem nächsten tun, erklärte Sid.
»Sissi, auf geht's!« rief Rolf.
Zuerst kamen zwei schwarze Handschuhe, die er ergriff, dann ein gelber Helm mit einer Lampe, endlich ein Gesicht, dessen Ausdruck alles andere als heiter war.
Rolf zog Sissi zu sich heran und küßte sie auf den Mund. Sie fuhr ihn an: »Unhold! Du weeßt jenau, det ick hilflos bin!«
»Eben«, sagte Rolf und küßte sie noch einmal.
Als er Sissi auf die Füße gestellt hatte, haute sie ihm eine herunter, daß die Lampe auf seinem Helm ausging. Dann packte sie ihn an beiden Ohren und küßte ihn: »Unhold!«
Ein Höhlentourist nach dem anderen wurde durch das Loch gezerrt, dann kroch Sid auf allen vieren weiter voran. Es war feucht-kühl hier unten und ziemlich dunkel, denn die Batterielämpchen leuchteten nicht einmal bis zur nächsten Biegung des gewundenen Ganges. »Watch your head!« warnte Sid immer wieder laut, und jeder hatte die Warnung nach hinten weiterzugeben. Vor dem nächsten Engpaß sammelten sich alle, diesmal mußten sie sich in Kopfhöhe durch einen Felsspalt zwängen, der Hintermann schob von unten. Rolf fühlte sich an Alpträume erinnert, die ihn manchmal plagten: Er war in einem engen Schacht gefangen und kam weder vor noch zurück. Psychologen sagten, solche Träume

hätten mit unbewußter Erinnerung an die Geburt zu tun. Rolf litt sonst nicht unter Klausthrophobie, aber in diesem dunklen Schlauch bekam er immer stärker das Verlangen, aufzustehen und aufrecht davonzugehen, hinaus ins Licht und an die Luft. Er fragte sich zum ersten Mal, warum er nicht in dieses Automuseum gefahren war.

Sissi schien ähnliche Empfindungen zu hegen: »Det ist ja schlimmer wie in 'ner Höhle!«

Weiter ging es auf allen vieren, manchmal war der Gang so niedrig, daß man den Bauch auf den Boden pressen mußte, um sich mit Ellenbogen und Zehenspitzen zentimeterweise vorwärtszuschieben. Vor sich sah Rolf nur die dicken Profilsohlen von Sids Schnürstiefeln. Er dachte an die Grundausbildung beim Bund: Hintern runter! Sonst schießt Ihnen der Russe die Arschbacken ab! Endlich konnte man mal anwenden, was man zur Verteidigung des Vaterlands gelernt hatte!

Dann weitete sich der Gang. Rolf merkte es zuerst nur daran, daß die Stimmen anders klangen, nachhallten. Einer nach dem anderen kam angekrochen, und mit jedem Lämpchen mehr war besser zu erkennen, daß sie sich nun in einem großen Saal befanden. »Beautiful, isn't it?« sagte Sid fast andächtig.

Was Rolf im Schimmer der Lampen erblickte, war von außerordentlicher Schönheit. Von der Decke der Halle hingen Hunderte zartester Tropfsteine, oftmals mehrere Meter lang, aber nicht dicker als ein kleiner Finger, dabei hohl und dünnwandig wie filigranes Glas. Alle schienen von diesem märchenhaften Anblick ergriffen, denn alle schwiegen. Nach einer Weile begann Pam im Flüsterton zu erklären: Diese feinen Gebilde hätten vielleicht eine Million Jahre zum Wachsen benötigt, aber ein lauter Pfiff könne sie womöglich zerspringen lassen. Sie seien nur deshalb unversehrt, weil noch vor Monaten niemand von ihnen gewußt

habe, und auch seither hätten nur wenige Menschen das Wunder erblickt. Sie und ihre Freunde, sagte Pam, würden diese Schönheit verteidigen wie ihr eigenes Leben.
Rolf schmunzelte über den heiligen Ernst dieser Worte: Tropfsteine verteidigen. Aber dann war er gerührt: Was hatten Menschen schon alles verteidigt, oft genug unfreiwillig. Diese Youngsters wollten freiwillig etwas verteidigen, das niemandem nutzte, aber jeden, der es sah, erfreute. Macht mal! dachte Rolf.
»Schön was?« flüsterte Sissi. Sie hatte sich an Rolf gelehnt. Er nickte.
»Aber ick wüßte furchtbar jern«, sagte sie, »ob et vorwärts oder rückwärts schneller ins Freie jeht.«
»Vorwärts«, versprach Rolf.
Als der Trupp wieder bei Kräften war, meinte Sid, nun käme der beschwerliche Teil.

Die Höhle verengte sich auf einen guten Meter Breite. Ihr Boden bestand jetzt aus einem zähen schwarzen Schlamm. Entlang der linken Wand lief ein Stahlseil, befestigt an Haken, die alle zwei Meter in den Fels geschlagen waren. Sid machte vor, wie man damit umging: Er stemmte sich mit den Schultern gegen die linke, mit den Stiefeln gegen die rechte Wand der Höhle, so daß er waagerecht mit dem Hintern über dem Schlamm hing, dann packte er mit beiden Händen das Stahlseil hinter seinem Kopf und zog sich ruckweise seitwärts voran. »No problem!« rief er und entschwand.
Rolf sehnte sich nach dem Automuseum. Oder nach der Bucht am Lake Tahoe. Renate hatte recht: Wozu waren Abenteuer gut? Aber es half nichts, er mußte durch, vor allem mußte er Sissi unbeschädigt ans Tageslicht bringen. Auf geht's! sagte er zu sich.
Rolf war ungefähr zwanzig Meter weit, ihn schmerzten

schon die Schultern, mit denen er sich gegen den Fels stemmte, da hörte er hinter sich einen ängstlichen Schrei. Sissi war in den Schlamm gefallen.
»Ich bin schon da!« rief er und kämpfte sich hastig zurück. Sissi sah ihn groß an und sank wortlos in den Brei. Rolf packte sie unter den Armen und stemmte sich so kraftvoll wie möglich mit Schultern und Füßen ab. Er zog Sissi langsam hoch, bis sie quer über ihm lag.
»Au weia!« ächzte sie.
»Nun mach was«, rief Rolf, »sonst versinken wir beide!«
Ehe Sissi etwas machte, rutschte Rolf mit den Stiefeln von der feuchten Wand und plumpste in den Schlamm. Mit der Rechten umkrampfte er noch das Stahlseil. Sissi hing an seinem Hals und strampelte mit den Beinen. Nun sanken sie gemeinsam.
Rolf holte tief Luft. Die Lage war noch nie so ernst! Alles andere bisher war blasse Theorie, dachte er, auch der Unterricht vor der Klasse, das hier ist die Wirklichkeit des Lebens. Tu was!
»Pack mal das Stahlseil!« sagte er.
»Was?«
»Das Stahlseil!«
Sissi gehorchte.
»Halt dich erstmal nur fest!«
Von Sissis Gewicht befreit, konnte sich Rolf mit großer Anstrengung aus der klebrigen Masse befreien. Dann zog er Sissi ein zweites Mal heraus.
»Ich will hier nicht sterben«, jaulte sie.
»Das ist auch nicht vorgesehen«, antwortete Rolf keuchend.
»Diese blöde schwarze Pampe!« schimpfte sie.
Rolf mußte fast lachen. Er war erleichtert, daß Sissi nicht hysterisch wurde. Er dachte an Renate und war froh,daß er diese Situation nicht mit seiner Frau durchstehen mußte.
Es dauerte eine Viertelstunde, bis die Schlammstrecke über-

wunden war und Rolf und Sissi wieder festen Boden unter den Füßen hatten.
Sid empfing sie grinsend: »Funny, isn't it?«
»Ick will mein Jeld zurück!« fauchte ihn Sissi an.
Sid verstand nicht, aber er grinste weiter: »It's not dangerous, it's only three feet deep.«
Du Hund! dachte Rolf. Da steht man Ängste aus, daß einen die Hölle zu sich herabzieht, dabei ist das Ganze nur einen Meter tief!
Sissi wollte wissen, was Sid gesagt hatte.
»Er meint, du hättest noch mal Schwein gehabt. Er hatte dich schon aufgegeben.«
»Quatsch!« sagte Sissi und gab Rolf einen Kuß.
Die übrigen Höhlentouristen kämpften sich heran, Sissi sah ihnen amüsiert zu: »Weißt du, woran mich das erinnert? An einen DEFA-Film über westliche Dekadenz. Da haben sie einen Schlammringkampf gemacht. Damals habe ich gedacht, so was mache ich nie. Und nun . . .«
Andy kam als vorletzter, unmittelbar vor Pam, und strahlte mit verschmiertem Gesicht: »Tolle Story, was?«
»Wahnsinnig!« bestätigte Sissi.
Sid ordnete eine Verschnaufpause an. Er verteilte aus einem wasserdichten Brustbeutel Traubenzuckertabletten und empfahl, von dem sauberen Wasser der Höhle zu trinken. Man sei zur Hälfte hindurch, von hier sei es vorwärts und rückwärts gleich weit und gleich schwierig.
»Was machst du, wenn ich hier sitzenbleibe?« fragte Sissi.
»Dann bleibe ich bei dir«, antwortete Rolf.
»Ich meine aber, wenn ich nicht mehr weitergehe. Nie mehr.«
»Dann lasse ich einen Stollen bohren und hole dich heraus.«
»Das ist beruhigend zu wissen«, sagte Sissi, »dann kann ich ja weitergehen.«

Der zweite Teil der Höhle war, entgegen Sids Ankündigung, leichter zu bewältigen als der erste. Vielleicht half auch, daß die Touristen im ersten Teil Übung erworben hatten.
Viel geschickter zwängten sie sich jetzt durch enge Spalten, schoben sich über den Schlamm, das Körpergewicht gut verteilend auf alle viere und den Bauch, so daß sie nicht einsinken konnten. Mehrfach sahen sie Säle mit den wunderbar zarten Tropfsteinen. Nachdem sie insgesamt über vier Stunden unterwegs waren, kamen sie an einen unterirdischen See. Er lag wie verwunschen im fahlen Licht der Lämpchen, weder Durchmesser noch Tiefe waren zu schätzen. Am Rand lag ein kleines Schlauchboot.
Das Ufer war sehr steil und glitschig. Sid machte vor, wie man sich von oben hineingleiten ließ in das schwankende Fahrzeug: »If you miss it«, beruhigte er, »the water is only a hundred feet deep.«
Rolf übersetzte wieder für Sissi: »Bloß dreißig Meter tief. Und unten liegen die ganzen Touristen, die danebengehopst sind.«
Rolf wagte sich wieder als erster hinunter, um Sissi auffangen zu können. Sid ruderte sie zum anderen Ufer und wendete, um die nächsten zwei zu holen.
Rolf empfand den Anblick und den Augenblick als sehr romantisch. Da lag der dunkle, unergründlich tiefe See, den erst so wenige Menschen zu Gesicht bekommen hatten. Im leichtbewegten Wasser spiegelten sich irrlichternd die Lämpchen vom jenseitigen Ufer. Die Stimmen von drüben klangen gedämpft, dennoch hallten sie wie Echo. Sissi lehnte an Rolfs Schulter.
Jetzt muß ich aufpassen, dachte er, daß ich mich nicht verliebe.

»Look, daylight!« rief Sid.
Tatsächlich war irgendwo da vorn, in schwer zu schätzen-

der Entfernung, ein heller Punkt auszumachen, der nicht wie eine Lampe wirkte. Der Punkt schien Anziehungskraft zu haben, denn plötzlich drängten alle vorwärts. Auch Rolf lief schneller. Das letzte Stück des Weges führte über eine eiserne Treppe. Rolf stieg hastig hinauf zum Licht, als sei ihm jemand auf den Fersen und wolle ihn zurückholen in das dunkle, feuchte Labyrinth. Er kletterte ins Freie, blinzelte in die Helligkeit, streckte die Arme aus und befreite sich mi einem lauten: »Uff!«
Sissi kam, Rolf half ihr heraus. Sie sah ihn im Tageslicht von oben bis unten an: »Du siehst ja aus wie'n Wildschwein!«
»Sieh dich doch selbst an, du Schlammringkämpferin!«
Auch Andy und die anderen waren vom Helm bis zu den Stiefeln beschmiert mit schwarzem Schlamm, der teilweise aschon bröckelig trocknete. Es hub ein großes Hallo an, eine laute Fröhlichkeit wie nach einer Befreiung.
Der Fußmarsch zurück zum Ausgangspunkt der Tour dauerte zwanzig Minuten. Rolf nahm Sissi bei der Hand, sie lachten und alberten, genossen die Luft um die Nase und die Sonne im Gesicht.
Sissi blieb stehen: »Es war furchtbar, aber es war toll!«
Rolf umarmte und küßte sie.
Er stellte sich vor, wie es wäre, zu zweit in ein nettes Restaurant zu fahren und sich abends ein hübsches Hotel zu suchen. Warum konnte man das nicht? Warum konnte man nicht mal 24 Stunden Urlaub von der Ehe nehmen? Nicht nach Plan wie die Spießer, die getrennt zum Fasching gehen, um sich auszutoben. Nein, spontan, weil die Stimmung danach war. Heute! Jetzt!
Die Tour war zu Ende, die Teilnehmer pellten sich aus den verkrusteten Overalls, die auf eine Leine gehängt und mit einem Schlauch abgespritzt wurden.
»Halt!« rief Sissi, ehe sie sich auszog, »Macht noch ein Foto von mir!«

Andy fotografierte sie: schwarz, verschmiert und sichtlich abgekämpft, aber froh über das Erlebte und stolz auf das Geleistete.
»Muß ick doch olle Harry zeijen«, sagte sie. »Schade, det er nicht mit war.«
Rolf nickte: »Es hätte ihm bestimmt gefallen.«
In diesem Augenblick war er ein bißchen traurig.

7. Kapitel

Harry

Harry fand, er war zu dem Ausflug mit Renate gekommen wie die Jungfrau zum Kind.
Er hatte nur gesagt, er wolle nicht in diese Höhle, und das mußte jeder verstehen. Er hatte zu Hause bis zur letzten Minute geschuftet, härter noch als sonst, denn es war viel zu tun, ehe man sein Geschäft für ein paar Wochen den Angestellten überlassen konnte. Dann hatte ihn Sissi bezirzt, nach Amerika zu fliegen. Hektik! Die Visa in letzter Minute, die beinahe verpaßte Maschine, in San Francisco kein Hotel, der Flug an den Lake Tahoe, die Ungewißheit um das Gepäck – es reichte! Harry war keineswegs nach Amerika geflogen, um hier auf einer Terrasse zu sitzen und Löcher in die Luft zu gucken. Aber auf allen vieren in einer feuchtkalten, stockdunklen Höhe herumkriechen? Nein danke! Ein paar schöne alte Autos besichtigen, gut essen, ein wenig spielen – das war ein Programm für einen Tag wie diesen.
Und plötzlich hatte er Renate am Hals!

»Dann wollen wir mal«, sagte Harry, als er den Geländewagen anließ und sich mit der Schaltung vertraut machte.

Die Straße nach Reno führte zunächst am Ostufer des Lake Tahoe entlang und bot zahllose schöne Ausblicke auf den See, dann wandte sie sich ostwärts in die Berge. Bald veränderte sich die Landschaft, das satte Grün der Wälder wich den gelblichen und bräunlichen Tönen einer trockenen und fast schon wüstenhaften Gegend. Die Straße stieß hinab nach Carson City, das sich mit der Tafel am Ortseingang als die Hauptstadt Nevadas auswies, aber keinen großartigen Eindruck machte. Auf einem breiten Highway ging es sodann nach Norden. Die Sonne brannte jetzt vom wolkenlosen Himmel, und Harry fragte, ob er das Verdeck öffnen dürfe.
»Alles, was du willst«, antwortete Renate.
Versprich nicht zuviel, dachte Harry.
Der Fahrtwind war jetzt sehr angenehm, zumal Harry nicht schneller als die erlaubten 55 Meilen pro Stunde fuhr. Renate trug wieder, wie in San Francisco, die geblümte Seide, die ihr wirklich gut stand. Sie genoß mit geschlossenen Augen die Sonne, der Wind zauste ihr kurzes Haar und wirbelte ihr luftiges Kleid. Harry mußte immer wieder den Blick von der Straße auf seine Beifahrerin lenken.
Warum hatte sie sich heute ihm angeschlossen? Harry war überzeugt, daß sie nichts spontan entschied. Als Intellektuelle mit Staatsexamen und Beamtenstatus war sie sozusagen zu überlegtem Handeln verpflichtet. Und dieser Verpflichtung kam sie nach. Harry hatte sie gestern beobachtet, auf dem Motorboot, am Strand, im Casino, an der Bar. Er war sicher, daß jedes Wort, jeder Blick, jede Geste, jede Bewegung geplant und abgezirkelt waren. Sie hatte ihre Entkleidung förmlich zelebriert und die beabsichtigte Wirkung genossen. Was steckte hinter der Inszenierung? Am nächsten lag die Vermutung, sie wolle ihren Mann dafür bestrafen, daß er mit Sissi flirtete und

die Fahrt zum Lake Tahoe durchgesetzt hatte. Wahrscheinlich ging das Theaterstück heute weiter.
Die Stadt Reno war lieblos in die kahle Landschaft geworfen. Harry fühlte sich an Filme über ähnlich unansehnliche amerikanische Städte erinnert. Kilometerweit ging es an Tankstellen und Drive-in's der verschiedensten Art vorbei, dazwischen schaute man in Nebenstraßen mit langweiligen Bungalows. Harry hielt sich an den ausgeschilderten Weg zu Harrah's Automobile Collection.
Nach zehn Minuten wußte Harry, daß er in diesem Museum Herz, Sinne und Verstand verlieren konnte. Er war ein Autonarr. Er hatte zu Hause in der Garage ein erstklassig restauriertes 53er BMW 501 Cabrio, das er an trockenen Sommersonntagen spazierenfuhr, ganz für sich und nie auf Rallyes. Er kannte in Deutschland und Europa viele einschlägige Museen und hatte natürlich von diesem hier in Reno gehört. Aber was er vorfand, verschlug ihm die Sprache: Da standen, in Reih und Glied, wie Zinnsoldaten, Hunderte und aber Hunderte tadellos restaurierte Autos aller Marken und Epochen. Die Wagen trugen legendäre Namen, bei deren Nennung ein Auto-Fan mit der Zunge schnalzte: Pierce-Arrow, Mercer, Thomas, Franklin, Stutz, Duesenberg, Packard, Bugatti, Hispano-Suiza. Angesichts von fast 1500 Autos entschloß sich Harry zu einem raschen ersten Rundgang, der ihm einen Überblick geben sollte. Aber immer wieder mußte er stehenbleiben: »Guck dir das an! Eine ganze Armada von Duesenbergs!«
»Ist das eine Automarke?« fragte Renate.
»Nein, das ist ein Mythos, eine Legende! Das ist wie Raffaels Werkstatt. Oder Rembrandts Schule. Ja, eine Automarke ist es natürlich auch.«
Harry schritt andächtig die Reihe der Duesenbergs ab und zählte neunzehn davon, einer schöner als der andere: »Die Autos hatten damals noch Charakter«, schwärmte er.

»Wieso?« fragte Renate.
Harry sah sie traurig an: »Du siehst nur, daß jedes vier Räder hat, oder?«
»Das ist in der Tat ihr auffälligstes gemeinsames Merkmal.«
»Weißt du was? Ich setze dich ins Café und hole dich nachher wieder ab.«
»Das hast du dir so gedacht«, widersprach sie. »Du willst es dir leichtmachen, aber so kommst du mir nicht davon. Du hast mich in dieses Museum geschleppt, jetzt mußt du mir die Sache auch nahebringen. Du muß mein Interesse wecken.«
Harry sah in zwei braune Augen, die ihn herausfordernd anblitzten.
Da habe ich mir ja was angetan, dachte er. Renate hatte mit Sicherheit nicht die leiseste Absicht, sich für alte Autos interessieren zu lassen. Nein, sie wollte nur, daß er sich mühte und abstrampelte. Am Ende würde sie sagen: Sehr nett, aber es interessiert mich immer noch nicht. Und was hieß überhaupt: Du hast mich in dieses Museum geschleppt! Wer hatte sich heute morgen wem aufgedrängt?
Renate lächelte ihn an: »Erklär mir was!«
Warte, du Biest! dachte Harry.
Er nahm Renate an der Hand und ging mit ihr zurück zum Anfang der Ausstellung, wo die ältesten Autos standen, vorsintflutliche Benzinkutschen, fast noch Pferdewagen mit Hilfsmotor. Er begann bei einem Oldsmobile Runabout von 1902 und erläuterte die Konstruktionsmerkmale, wobei er viel schummeln mußte, denn mit den ganz alten Autos kannte er sich weniger aus. Dann kam ein Franklin Light Roadster von 1903 mit luftgekühltem Vierzylindermotor, schließlich der berühmte Thomas Flyer, der 1908 das große Rennen New York-Paris gewonnen hatte. Harry

erklärte alle Details, kehrte auch mit Renate zurück zu älteren Wagen, um im Vergleich Fortschritte deutlich zu machen. Wenn sie sich etwas nicht gemerkt hatte, begann er von vorn.

Renate machte anfangs das Spiel lächelnd mit, unterbrach auch mit offenbar bewußt blödsinnigen Fragen, aber nach eineinhalb Stunden war sie völlig erschöpft: »Okay, Harry, du hast gewonnen!«

»Ein leichter Sieg«, Harry lächelte, »ich dachte, du hältst länger durch. Willst du jetzt ins Café?«

Renate wollte weiter Autos gucken, aber nichts mehr verstehen müssen. Harry führte sie zum Höhepunkt der Sammlung, zu den beiden Bugatti Royale, Limousinen fast von Lastwagengröße, aber ungemein elegant wirkend durch den harmonischen Schwung ihrer Karosserien.

»Davon gibt's nur sechs auf der Welt«, erklärte Harry.

»Und was kostet so einer?« fragte Renate.

»Ein Bugatti Royale kostet nichts, weil er nicht zu kaufen ist.«

»Aber wenn?«

»Es ist egal. Du kannst sagen: fünfhunderttausend Dollar. Du kannst auch sagen: fünf Millionen Dollar. Es ist egal, man kann ihn nicht kaufen.«

»Einfach preislos? Wie die Nofretete?«

»Genau.«

»Toll«, sagte Renate einfach, und Harry hatte zum erstenmal das Gefühl, sie habe etwas nicht aus Berechnung gesagt.

»Hunger?« fragte Harry, nachdem fünf Stunden wie im Flug vergangen waren.

»Wie ein Bär.«

»Wie möchtest du essen?«

»Gepflegt französisch.«

Harry suchte die Stadt ab nach einem französischen Restaurant.
Er fand amerikanische, chinesische, italienische, polynesische Restaurants, sogar ein deutsches, und viele Steak-Häuser, aber nichts Französisches. Er fing an, sich zu ärgern. Warum hatte man als Mann bloß diesen blödsinnigen Ehrgeiz, immer erfolgreich zu sein? Auch in den kleinen Dingen des Alltags durfte man sich nie eine Niederlage leisten. Wenn die Dame mitten in der Wüste von Nevada französisch zu speisen wünschte, hatte man ein passendes Restaurant zu finden, durfte sich nicht den zugigen Platz gegenüber der Toilettentür anweisen lassen, mußte den Ober mit dem nicht richtig temperierten Wein zurückscheuchen, mußte ihm Beine machen, damit er den Kaffee brachte, wenn die Dame zum Aufbruch drängte. Man war immer im Streß. Manche Frauen schienen das zu genießen. Renate zum Beispiel.
»Ich glaube«, sagte Harry nach einer Dreiviertelstunde entnervt, »hier gibt es kein französisches Restaurant.«
»Das hätte mich auch gewundert«, entgegnete Renate. »Ich würde ohnehin am liebsten einen Hamburger essen.«
Harry küßte sie erleichtert aufs Haar: »Zwei Hamburger, wenn du willst.«
Sie nahm nur einen: »Wegen der Linie.«
»Du?« wunderte sich Harry, »du hast doch die Ideallinie!«
»Was du da sagst, ist nicht charmant gegenüber deiner Lebensgefährtin.«
»Sissi? Die hat dafür andere Vorzüge.«
Im selben Augenblick ärgerte sich Harry über diese Antwort, in die ihn Renate geradezu hineingelockt hatte. Verdammt! dachte er, sie ist noch schlauer als ich dachte. Man konnte sie mal austricksen, wie vorhin im Museum, aber man mußte jede Sekunde auf der Hut sein.
Ja, Sissi: Sie war nicht Harrys Traumfrau. Unter seiner

Traumfrau hatte er sich nie eine vorgestellt, die Gemüse verkaufte. Sissi hatte eines Tages in seinem Laden gestanden: Haben Sie Arbeit für mich? Was können Sie denn? hatte er gefragt. Alles, hatte sie geantwortet, am besten Gemüse verkaufen. Dabei hatte sie ihn mit frechen Augen selbstbewußt angeschaut. Ob das Arbeitsamt sie geschickt habe? Nee, ich komme aus der DDR. Das hatte geklungen wie: Ich weiß, wo's langgeht, ich mache alles, und zwar besser als die anderen. Harry hatte sie eingestellt, und sie hatte alles besser gemacht als die anderen. Sie war auch immer nach Ladenschluß am längsten dageblieben, und so war es eines Abends passiert zwischen ihr und Harry. Bald war sie zu ihm gezogen, sie lebten gut miteinander, arbeiteten viel, leisteten sich viel. Vom Heiraten hatten sie noch nie gesprochen.

»Nichts gegen Sissi«, sagte Harry.

»Warum, glaubst du«, fragte Renate, »sind wir heute in verkehrter Besetzung losgezogen: du mit mir, Sissi mit Rolf?«

»Weil du und ich keine Höhlen mögen.«

»Aber ich mag keine Autos, und daß Sissi Höhlen mag, halte ich für zweifelhaft. Es muß was anderes sein. Warum läßt du Sissi einfach ziehen?«

Harry wollte das Thema nicht diskutieren, sondern schnell vom Tisch haben: »Jeder kann tun, was er will, wir sind nicht verheiratet.«

»Sehr formalistisch gesehen«, rügte Renate.

»Ich glaube eben noch ans Standesamt«, gab Harry zurück.

Renate hatte wieder den herausfordernden Blick: »Wenn du das so formalistisch siehst, dann könntest du ja ohne Bedenken mit mir schlafen.«

Harry mußte erstmal schlucken, aber nach der Schrecksekunde antwortete er kühn: »Ohne Bedenken. Wann? Wo?«

Renate schien sekundenlang verblüfft.

»Oder willst du lieber einen zweiten Hamburger?« fragte Harry.
»Auch nicht, danke.«
Harry wollte nach dem Hamburger in ein Spielcasino, aber Renate wäre gern ein bißchen durch Reno gegondelt. Harry seufzte und gondelte los. Außer einigen pompösen Hotels und Casinos sowie verschiedenen gepflegten Parks fand er an der Stadt nichts bemerkenswert. Wieder ärgerte er sich: Wäre er jetzt mit Sissi unterwegs, wären sie in ein Spielcasino gegangen, aber von Renate, die ihn nichts anging, ließ er sich den Nachmittag vorschreiben.
»Warum tue ich eigentlich, was du willst?« fragte er.
Sie schaute ihn harmlos an: »Damit ich keine schlechte Laune kriege.«
Harry gondelte weiter.
Als sie zum vierten Mal am MGM Grand Hotel vorbeifuhren, fragte Renate: »Wollten wir nicht ein bißchen spielen?«
»Sag mal, willst du mich auf den Arm nehmen?«
Sie hatte wieder das bestrickende Lächeln: »Wenn möglich.«
»Und du meinst, das geht so einfach?«
»Das siehst du doch.«
Ich werd's dir zeigen! schwor sich Harry.

Die klimatisierte Halle des MGM übertraf alles, was selbst Harry als häufiger Gast vieler Casinos kannte oder sich hatte vorstellen können. Dies hier war Glücksspiel als Großindustrie, eine gigantische Maschinerie zum Zwecke, jedem, der mutig oder unvorsichtig die Nase hineinsteckte, den Geldbeutel bis auf den Grund zu leeren. Alles diente diesem Zweck. Wohlgeformte, spärlich bekleidete junge Damen servierten mit einstudiertem Lächeln Gratis-Drinks. Schwere Teppiche und prunkvolle Kronleuchter erzeugten ein Gefühl, als sei man bei Fürstens eingeladen und müsse

dankbar sein, den Luxus schauen zu dürfen. Sanfte Musik aus verborgenen Lautsprechern schmeichelte dem Ohr und steigerte das Wohlbefinden bis zu dem Punkt: Wenn sie dir das alles kostenlos bieten, mußt du ein paar Dollar riskieren!
»Am einfachsten«, erklärte Harry beim Roulette, »setzt du auf Rouge oder Noir, auf Pair oder Impair, auf Passe oder Manque. Da hast du einfache Chance. Alles andere ist für Anfänger höhere Mathematik.«
Renate ließ sich die einfachen Chancen genau erklären, dann meinte sie, wenn man auf Rouge und Noir gleichzeitig setze, gewinne man doch in jedem Fall.
»Das ist immerhin ein Stück weit logisch gedacht«, spottete Harry, »aber versuch mal, zu Ende zu denken. Na?«
Renate biß sich ärgerlich auf die Lippe: »Klar, ich gewinne auf Rouge und verliere auf Noir. Für die Katz! Also setze ich nur auf Rouge. Wieviel soll ich setzen?«
Jetzt kommt's! dachte Harry und sagte möglichst gleichgültig: »Fang halt mal mit hundert Dollar an!«
Renate riß die hübschen braunen Augen auf: »Bist du verrückt? Das ist unser Etat für einen ganzen Reisetag.«
»Da habt ihr aber knapp gerechnet, hoffentlich kommt ihr damit hin«, sagte Harry voller Teilnahme. »Aber du kannst mit einem Schlag dafür sorgen, daß ihr euch mal richtig sattessen könnt. Nur Mut!«
Renate setzte zehn Dollar auf Rouge, es kam Rouge, der Croupier schob ihr zwanzig Dollar hin. Sie setzte die zwanzig Dollar wieder auf Rouge und bekam vierzig. Beim dritten Mal hatte sie achtzig.
»Ein Versuch noch«, sagte sie. Es kam Noir.
»Jetzt habe ich achtzig Dollar verloren.«
»Nein, zehn«, widersprach Harry.
Sie wollte nicht mehr. Damit sie am Tisch blieb und nicht zum Aufbruch drängte, schlug Harry vor: »Ich setze bei

jedem Spiel zehn Dollar extra auf eine Zahl zwischen eins und sechsunddreißig, und wenn die Zahl kommt, kriegst du den Gewinn. Wann hast du Geburtstag?«
»Am dreiundzwanzigsten Mai.«
»Gut, dann setze ich auf dreiundzwanzig. Ich kann aber auch auf dein Geburtsjahr setzen.«
»Du bist unverschämt!«
»Wieso?«
»Weil ich dann spätestens sechsunddreißig geboren sein müßte.«
»Oh, Verzeihung! Dann setze ich besser auf dein Alter.«
»Das wäre letztes Jahr noch gegangen.«
Harry fand, Renate sähe jünger aus als siebenunddreißig.
»Also nehmen wir den dreiundzwanzigsten Mai«, sagte er, »den Tag des Grundgesetzes.«
Renate lächelte spöttisch: »Muß man das wissen, wenn man mit Gemüse handelt?«
Harry lächelte zurück: »Nein. Du mußt von deiner Bildung deinen Lebensunterhalt bestreiten, aber ich verdiene Geld und leiste mir ein bißchen Bildung als Hobby.«
Bloß gut, dachte er, daß mir ab und zu so was einfällt!
Harrys Spiel lief nicht besonders, Gewinne und Verluste hielten sich die Wage, aber nach einer halben Stunde passierte es: »He! Die Dreiundzwanzig!« rief Renate.
Harry nahm den Gewinn, dreihundertfünfzig Dollar, und drückte ihn Renate in die Hand.
»Das kann ich nicht annehmen«, protestierte sie schwach.
»Ich weiß«, sagte Harry, »steck's bitte ein!«
Renate drückte ihm einen Kuß auf die Wange.

Kurz vor Sonnenuntergang waren alle wieder in Willys Haus versammelt, jeder berichtete von seinem Tagewerk. Als sie damit fertig waren, wurden hinterm Haus Würstchen gegrillt. »Eigene Produktion?« fragte Harry.

Willy schüttelte kauend den Kopf: »Für meine Gäste kaufe ich die guten.«
»Wie geht's eigentlich weiter?« fragte Sissi.
Niemand antwortete ihr.
Harry wußte so gut wie die anderen, daß die Entscheidung anstand: Blieb man zusammen oder ging jeder seiner Wege? Merkwürdig: Heute morgen wäre ihm die Antwort leichtgefallen. Denn was sollte man sich im Urlaub an fremde Menschen hängen, und noch dazu an diese beiden sparsamen Pauker ohne Lebensart? Sie waren die ersten Tage nützlich gewesen, aber langsam wurden sie eher hinderlich. So hatte Harry gedacht, bevor er mit Renate nach Reno fuhr. Jetzt hatte er plötzlich Lust, das Spiel mit ihr fortzusetzen, das gegenseitige Austricksen, den augenzwinkernden Kampf um Plus- und Minuspunkte, der zur Zeit unentschieden stand. Warum, dachte Harry, probieren wir's nicht noch eine Zeitlang? Es kam nur darauf an, das Heft in der Hand zu behalten, den Ton anzugeben, Pilot zu sein, nicht Co-Pilot.
»Ja, wie geht's weiter?« fragte Harry und sah Rolf an: »Was habt ihr vor?«
Rolf mußte erst sein Ringbuch holen, dann begann er: »Also übermorgen wollten wir San Francisco verlassen.«
»Gute Idee«, kicherte Sissi.
»Dann wollten wir über Sacramento und Reno nach . . .«
»Reno kannst du vergessen«, unterbrach Harry, »da gibt es kein vernünftiges Museum, nur eins für Autos.«
». . . und über Reno nach Salt Lake City«, fuhr Rolf unbeirrt fort, »und von dort hinauf zum Yellowstone Park, das ist der mit den heißen Quellen und Geysiren. Und Bären gibt's dort auch.«
»Will ick hin!« rief Sissi.
Rolf ließ sich nicht aus dem Konzept bringen: »Zurück nach Salt Lake City, am vierundzwanzigsten müssen wir in

Page in Arizona sein, da startet unsere Bootsfahrt durch den Grand Canyon. Die ist schon bezahlt und verfällt, wenn wir nicht pünktlich sind. Aber bis zum vierundzwanzigsten sind wir flexibel.«

»War das mit mir abgesprochen, daß wir flexibel sind?« fragte Renate.

»Nein, aber . . .«

»Also!«

Harry verstand, daß Rolf eine Reise zu viert wollte und sich nur nicht traute, ein zweites Mal so energisch aufzutreten, als er die Fahrt zum Lake Tahoe durchgesetzt hatte.

Auch Harry war entschlossen. »Kommt bei euch Las Vegas vor?« fragte er.

Rolf mußte diesmal nicht in seinem Ringbuch nachsehen: »Nein. Das heißt, die Grand Canyon Tour endet dort, aber wir wollen uns nicht in Las Vegas aufhalten.«

»Warum nicht?« fragte Renate.

»Weil. . . , weil wir das nicht wollten. Weil uns das nicht interessierte.«

»Und wenn wir uns geirrt haben?«

»Ja, dann . . .«

Harry nahm das Heft in die Hand: »Ich mache euch einen Vorschlag. Ich miete ein richtiges Auto für uns vier, und wir fahren zusammen weiter. Ich verspreche euch, alles mitzumachen, wenn ihr mir versprecht, daß wir mindestens drei Tage in Las Vegas bleiben.«

»Tolle Idee!» rief Andy, den es gar nicht anging, »und wir besuchen euch in Las Vegas, nicht wahr, Willy?«

Willy nickte: »Wenn bis dahin die Wurst nicht in der Krise ist.«

Renate und Rolf, die es anging, waren überrascht und unschlüssig. Harry versetzte sich in ihre Köpfe: Da sparen wir viel Geld, wenn die das Auto mieten. Und wir bleiben trotzdem am Drücker, denn diese Grünkohlkrämer kennen

sich in Amerika nicht aus, haben nichts vorbereitet und können kaum Englisch.
Nur Mut! dachte Harry, ihr werdet schon sehen.
»Das können wir nicht annehmen«, sagte endlich Rolf.
»Schade«, meinte Harry.
»Oder was meinst du?« fragte Rolf schnell seine Frau.
Renate sah Harry mit ihrem herausfordernden Lächeln an, dann wandte sie sich zu Rolf: »Die Reiseplanung ist deine Sache.«
Gewonnen! dachte Harry.

Spätabends fuhren alle sechs wieder hinüber ins Casino. Die Atmosphäre war viel angenehmer als am Tag zuvor, auch Willy war bester Laune, da ihn Jessica mit einem leisen, aber unübersehbaren Lächeln begrüßte, das sie jedesmal wiederholte, wenn sie ihm einen Gewinn über den Tisch schob.
»Wird langsam, was?« fragte Harry.
Willy nickte: »S'isch au nix ohne Mädle.«
Später, bei einem Drink, erkundigte sich Harry, wie sich Willy in Amerika durchgesetzt habe.
»Schwer. Viermal pleite. Immer wieder von vorn: Schuften, Schulden bezahlen, auf Pump neu anfangen. Das nervt. Manchmal wollte ich zurück nach Stuttgart. Aber des hen i mir g'schwore: Arm kommscht net hoim!«
»Ich hatte nur zwei Bauchlandungen«, erzählte Harry: »Mit Bauernschränken kam ich zu spät, da war alles aufgekauft, und mit biologisch-dynamischem Gemüse kam ich zu früh, das war noch nicht in Mode.«
Willy bestellte zwei weitere Drinks und sagte: »Du gefällst mir. Schade, daß ich dich nicht engagieren kann.«
»Wofür?«
»Für meinen neuen Betrieb in Monterey. Schon mal gehört: Monterey, John Steinbeck, ›Straße der Ölsardinen‹? Morgen muß ich wieder hin. Ich fange dort ganz klein an, aber eines

Tages wird bei Monterey kein Mensch mehr an Ölsardinen denken. Für den Laden dort suche ich einen wie dich.«
»Mit meinem Englisch?«
»O Jesses! Du hättest mein Spätzle-Englisch hören sollen, als ich herkam. Außerdem sollst du nicht Literaturprofessor werden.«
Harry schüttelte den Kopf: »Ich hab' gern meinen eigenen Laden, das verstehst du?«
Willy nickte.

Am nächsten Morgen dauerte die Planung des neuen Tages lange, aber am Ende des Frühstücks war man sich einig: Renate und Sissi flogen mit Willy nach Monterey und machten sich dort einen schönen Tag. Rolf und Harry fuhren mit dem Escort nach Reno, um ihn gegen einen größeren Wagen umzutauschen und ins Automuseum hineinzuschauen. Andy stromerte mit dem Geländewagen um den See, da er schon lange eine Story über Squaw Valley im Sommer schreiben wollte. Abends würden sich alle wieder treffen, für den nächsten Morgen war allgemeiner Aufbruch vorgesehen.
Harry und Rolf redeten wenig auf dem Weg nach Reno. Harry erinnerte sich an den ersten Abend in San Francisco, als sie einen trinken gegangen waren, damit sich die Frauen bettfertig machen konnten. Seither hatte sich die Stimmung merkwürdig verändert, vor allem seit gestern. Sissi hatte abends sehr witzig von der ›Schlammschlacht‹ in der Höhle erzählt, aber wenn man genauer überlegte, mußten sich Sissi und Rolf dabei reichlich nahe gekommen sein. Gut, jeder konnte tun und lassen, was er wollte, aber immerhin . . .
»Jetzt immer geradeaus«, sagte Harry hinter Carson City. Vielleicht, schoß ihm durch den Kopf, überlegt Rolf das

gleiche wie ich? Woher soll er wissen, was ich weiß: daß nichts war zwischen Renate und mir? Fast nichts.

»Jetzt rechts ab zum Airport und dann zum Hertz-Schalter!«

Was wäre, dachte er, wenn ich jetzt sagte: Rolf, deine Frau küßt phantastisch?

Harry hatte das größte Auto bestellt, das vorrätig war, einen Ford Ltd Crown Victoria. Er setzte sich ans Steuer und probierte alles aus, die Automatik, die Aircondition, die elektrischen Fensterheber, die Stereoanlage, die automatische Antenne. Mit so einem Auto durch das weite Land, das würde Spaß machen.

Harry hatte nie wie Rolf einen Drang nach Amerika verspürt. Er war lieber nach Ostasien gefahren, ja, zugegeben, auch nach Bangkok wegen der Mädchen, aber das sah er heute als Jugendsünde an. Amerika hatte ihn nicht angezogen, auch nicht abgestoßen, aber wenn er sich eine Amerikareise vorgestellt hatte, waren darin zwei Dinge vorgekommen: Las Vegas und ein großer Achtzylinder.

Auf dem Weg zum Automuseum druckste Rolf etwas, ehe er begann: »Vielleicht hältst du mich für verrückt, aber ich muß dich was fragen.«

O Gott, dachte Harry und sagte: »Nur Mut!«

»Also gut. Du warst doch gestern mit Renate in diesem Automuseum.«

»Das haben wir ja erzählt«, antwortete Harry vorsichtig.

»Ja, und es war sicher auch sehr schön.«

»Wie meinst du das?« fragte Harry.

»Ich meine, ihr hattet sicher ein schönes Erlebnis.«

»Ja, es ist eine interessante Sammlung.«

»Würdest du es verstehen«, fragte Rolf, »daß ich nicht dorthin will?«

»O Gott, sensibel ist er auch noch! dachte Harry und sagte:

»Ich bitte dich Rolf, ich kann dir, Hand aufs Herz, versichern . . .«
». . . daß es sich lohnen würde, ich weiß. Aber ich würde lieber nach Bodie fahren.«
»Aber gern!« rief Harry erleichtert.
Er wußte nicht, was Bodie war, aber Rolf erklärte es ihm sogleich: Bodie lag zwei Autostunden südlich, hoch oben in den Bergen der Eastern Sierra Nevada, und galt als schönste und interessanteste Geisterstadt des Westens.
»Und schon sind wir unterwegs!« meldete Harry und lenkte sein weißes Wüstenschiff in südlicher Richtung aus Reno hinaus.

»Dieses Bodie«, fing Rolf irgendwann an, »hat eine kurze, aber außerordentlich wilde Geschichte. Soll ich sie dir mal erzählen?«
Harry interessierte sich eigentlich nicht dafür, schon gar nicht, ehe er das Nest gesehen hatte, aber er merkte, daß Rolf sein Wissen loswerden mußte: »Erzähl!«
»Im Herbst 1859 waren vier Goldsucher in den Bergen, fast 2800 Meter hoch, fündig geworden und hatten verabredet, ihr Geheimnis bis nach der Schneeschmelze im Frühjahr zu hüten. Aber der eine, ein gewisser Bill Bodey, nach dem später die Stadt benannt wurde, brach das Versprechen und ging schon im Winter mit einem neuen Kumpel hinauf. Bodey erfror in einem Schneesturm. Nach ihm kamen vereinzelte Goldgräber, aber es dauerte zwei Jahrzehnte, bis reiche Adern gefunden wurden und die Stadt 1879 einen ebenso heftigen wie kurzen Boom erlebte.«
»Wieso weißt du das alles, und dann noch auswendig?« fragte Harry.
»Gelesen«, antwortete Rolf schlicht.
»Weißt du was? Wenn du diesen gewaltigen Aufwand an

geistiger Kraft auf etwas weniger Nutzloses konzentrieren würdest, könntest du ein reicher Mann werden.«
Rolf lächelte und erzählte weiter. »In Bodie lebten damals zehntausend Menschen, vor allem natürlich Goldgräber und Minenarbeiter aus ganz Amerika und der halben Welt, die meisten ohne Frau und Familie. Händler aller Art, Hotel- und Saloon-Besitzer mit ihrem Personal und was sonst noch an Kräften gebraucht wurde, um dieses Nest, so primitiv es war, am Leben zu erhalten. Ja, bis hin zum Totengräber, und der hatte gut zu tun. Eine Stadt wie Bodie zog viel zwielichtiges Volk an, nicht nur harmlose Dienerinnen der käuflichen Liebe und versoffene Glücksspieler, nein, auch jene berüchtigten Revolverhelden, die zuerst abdrückten, ehe sie etwas fragten. Bodie war berühmt für seine bleihaltige Luft«, erläuterte Rolf stolz, als habe er mitgeschossen.
»Und das findest du toll?« fragte Harry.
»Wieso toll?« fragte Rolf verwundert zurück.
»Naja, du redest, als wolltest du bei uns einführen, daß man nicht mehr zum Rechtsanwalt geht, sondern sich gleich eine verplättet.«
Rolf wehrte erschrocken ab: »Nein, da hast du mich falsch verstanden. Ich will nur sagen, daß auch das Geschichte ist. Nicht nur die Dynastien und die Erbfolgekriege, auch das hier. Nur das wollte ich sagen.«
Harry schaute möglichst ernst auf die Straße vor sich, als er sagte: »Das beruhigt mich. Denn das klang richtig gefährlich. Man hört ja immer von Radikalen im Öffentlichen Dienst. Vor allem im Schuldienst.«
Aus dem Augenwinkel beobachtete er, daß Rolf sichtbare Schwierigkeiten mit dieser Bemerkung hatte. Harrys Freunde kannten seine Art von Ulk längst und ließen sich nicht mehr aufs Glatteis führen. Wie schön, dachte er, daß es sogar bei einem Oberstudienrat klappt!

Die Fahrt dauerte länger als gedacht. Sie waren schon zwei Stunden unterwegs, hatten die Wüstenlandschaft verlassen und fuhren zwischen hohen bewaldeten Bergen. In einem Städtchen namens Bridgeport nahmen sie ein Omelet Mexican Style zu sich, das höllisch in der Kehle brannte und nach viel kaltem Bier verlangte.
Kurz darauf bog die Straße nach Bodie ab. Einige Meilen weit war sie noch asphaltiert, dann begann eine »dirt road«, was Rolf wörtlich mit Drecksstraße übersetzte. Steine schlugen gegen die Karosserie, hinter sich ließ der Wagen eine Staubwolke in der unbewegten Luft stehen. Das ausgedörrte Tal, das sie hinauffuhren, war mit stachligem Gestrüpp bewachsen, nichts deutete auf menschliche Ansiedlungen hin, eine Ewigkeit lang kam ihnen kein Auto entgegen.
»Langsam kann ich mir vorstellen«, brummelte Harry, »daß hier oben Totschießen die einzige Abwechslung war.«
Dann sahen sie Bodie vor sich.
Sie standen am Rande eines weiten Tals, fast einer Hochebene. Die kahlen Berghänge glühten in rötlichem Nachmittagslicht. Ein paar Dutzend Holzhäuser waren in dem Tal verstreut, scheinbar planlos. Auf den ersten Blick ließ sich ein einziger Straßenzug ausmachen, er senkte sich geradlinig auf die Sohle des Tals und stieg auf der anderen Seite wieder hügelan. Kein Mensch war zu sehen, nur eine Handvoll Kühe streunte zwischen den Häusern umher. Der Parkplatz war leer, offensichtlich waren sie ganz allein in Bodie. Eigentlich, dachte Harry, müßte Rolf jetzt andächtig auf die Knie sinken.
»Ich muß mal verschwinden«, sagte Rolf, »das Bier von vorhin will raus.«
Harry war einige Minuten allein und lauschte der Stille. Rolfs ausschweifende Beschreibung von Bodie hatte ihn nicht beeindruckt, aber jetzt kam plötzlich die merkwürdige

Atmosphäre dieser längst gestorbenen Stadt ganz nah an ihn heran. So nah, daß er sie einerseits gern ungestört genossen hätte, andererseits froh war, nicht allein hier oben zu sein.
»Na, dann wollen wir mal!« rief Rolf und winkte Harry hinter sich her.
Rolf schritt zielstrebig voran, als sei er schon öfter hier gewesen, und erzählte alles, was er wußte. Durch beinahe staubblinde Fensterscheiben sah man Wohnstuben, in denen noch Möbel und Öfen standen. Rolf wußte, daß die Menschen oft nur das Nötigste mitnehmen konnten, wenn ihnen die Stadt keine Existenz mehr bot. Rostige Autowracks lagen umher, gegenüber dem Hotel stand eine Tanksäule, wie man sie aus ganz alten Filmen kannte. Rolf wußte, daß Bodie noch ein Stück Autozeitalter mitgemacht hatte und erst nach einem großen Feuer 1932 gänzlich ausgestorben war. Auf dem Friedhof am Stadtrand verfielen die Gräber, am ärgsten im östlichen Teil. Rolf wußte, daß dort die ›outcasts‹ lagen, von denen die anständigen Bürger auch im Tod gebührenden Abstand halten wollten.
Manchmal hörte Harry gar nicht zu. Irgendwie, überlegte er, entspricht dieser Rolf meinem Feindbild vom typischen Pauker: Er weiß alles und kann sein Wissen nicht bei sich behalten. Renate ist nicht so. Sie ist ein hochmütiges Biest, aber gestern auf dem Ausflug nach Reno hatte sie Witz, Charme und sogar ein wenig Wärme erkennen lassen. Rolf hingegen ist wie ein Blechspielzeug, das sich selbst aufziehen konnte. Er schien nicht zu spüren, daß man jetzt schweigen und schauen mußte: Wie das Abendlicht die Landschaft rötete, wie der Abendwind kleine Staubspiralen auf der Main Street tanzen ließ, wie sich die Sonne hinter die Berge verkroch, wie der Schatten ein Haus nach dem anderen verschlang. Man mußte die Stille hören, die blöd

sinnigerweise ab und zu vom Muhen einer Kuh gestört wurde. Man mußte sich auch auszumalen versuchen, wie vor hundert Jahren die Menschen um diese Stunde von der Arbeit in den Minen kamen, in den Hütten ihr Essen bereiteten, in den Saloons ihr Bier tranken, in den Hinterstuben pokerten, wie sie bei einer Nutte Schlange standen, wie sie sich prügelten und schossen, wie sie ins Bett gingen, allein oder zu zweit.

»Stell dir mal vor«, sagte Harry, »wir wären vor hundert Jahren hier gewesen.«

»Vor hundert Jahren«, wußte Rolf, »war der ganz große Boom der Stadt schon vorbei. Da waren die meisten weitergewandert in andere Goldgräberzentren.«

»Ist ja gut, ist ja gut! Stell's dir trotzdem mal vor! Stell dir vor, wir beide hätten uns nach Sonnenuntergang hier auf dem Friedhof getroffen, um ein tödliches Duell auszutragen. Ist das nicht eine romantische Vorstellung?«

»Was für ein Duell?« fragte Rolf.

»Ist ja ganz egal. Ist ja nur eine Phantasie, nur ein Gedankenspiel. Nehmen wir an, du hast dich in meine Geliebte verliebt, hast sie in eine Höhle entführt und hast sie geküßt. Das würde doch reichen, um blutige Rache zu nehmen, oder?«

Rolf sagte nichts.

»Kannst du dir so eine Situation nicht vorstellen?« fragte Harry.

»Vor hundert Jahren?«

»Wann sonst? Heute gibt's ja so was nicht mehr.«

Die Sonne war untergegangen. Ein leichter Wind erhob sich und raschelte in den Sträuchern. Eine Kuh muhte. Minutenlang sagten sie nichts.

Harry griff an seine Hüfte, zog blitzschnell und rief: »Bum, bum!«

Rolf fuhr zusammen.

»Jetzt wärst du tot«, erklärte Harry.
»Was soll der Quatsch? sagte Rolf.
Sie gingen zum Auto und fuhren zurück.

8. Kapitel

Sissi

Sissi mußte aufpassen, daß sie nicht überschnappte. Schon wieder flog sie, als sei es selbstverständlich, mit ihrem Privatpiloten in Amerika herum: vormittags vom Lake Tahoe nach Monterey, nachmittags zurück. Auf dem Hinflug saß sie hinten, damit Renate vorn Willy zuschauen und zwischendurch auch einmal den Steuerknüppel bedienen konnte.
Wenn ich das alles meinen Leutchen schreibe! dachte Sissi. Oft saß sie an einem Brief an ihre Familie in Ost-Berlin und überlegte, was sie schreiben sollte und was nicht. Sie war sicher, daß ihre Eltern und Geschwister teilhaben wollten an ihrem Leben im Westen, das sich durch Selbstvertrauen, Fleiß und Glück so überraschend schnell zum Guten entwickelt hatte. Aber konnten sie wirklich neidlos gönnen, ohne mit dem eigenen Dasein noch unzufriedener zu werden? Sissi hatte die Wohnung fotografiert, die sie mit Harry bewohnte, und Abzüge nach Hause geschickt. Ihre Mutter hatte herzlich dazu gratuliert, aber zwischen den Zeilen stand: Wenn wir doch in diesem Leben auch noch mal . . .
Und so ging es mit Sissis Cabrio, mit ihren Kleidern, mit ihren Reisen. Immer öfter verschwieg sie in ihren Briefen neue Anschaffungen und schilderte dafür, wie hart sie arbeiten mußte. Natürlich schickte sie Pakete, was das Zeug hielt, vor allem für die kleinen Schwestern.
In Monterey mietete Willy einen Wagen und setzte die

beiden Frauen am Hafen ab, ehe er zu seinen Geschäften fuhr. In drei Stunden wollte er sie wieder abholen.
Im Hafen von Monterey gab es eine hölzerne Pier mit Läden und Restaurants, die ins Wasser hinausgebaut war: Fisherman's Wharf. Sissi und Renate bummelten und schauten sich die Auslagen an: Souvenirs, Kitsch, Plunder, darunter auch origineller Plunder. Am Ende der Pier blieben sie vor einem Fischrestaurant stehen, das Rappa's hieß und von sich behauptete, man müsse es besucht haben, sonst habe man Fisherman's Wharf nicht erlebt.
»Weißt du was«, sagte Sissi, »ich habe einen mörderischen Appetit auf toten Fisch.«
»Ich auch«, sagte Renate, »aber ich habe dummerweise kein Geld eingesteckt.«
»Ich stecke nie welches ein, dafür gibt's Harry.«
»Hm, dann müssen wir hungern.«
Sissi fielen augenblicklich das Herz und der Magen nach unten. Sie war sicher, daß sie nicht drei Stunden bis zu Willys Rückkehr ohne Essen durchstand. Konnten sie nicht hineingehen, schön essen und sitzenbleiben, bis Willy kam und sie auslöste?
Sissi schaute Renate an: »Meinst du nicht . . .?«
»Klar!« sagte Renate.
Ein spanisch aussehender Kellner nahm sie in Empfang, geleitete sie wortreich zu einem Tich mit besonders schönem Blick auf den Hafen und die Stadt und legte ihnen riesige Speisekarten vor. Sissi ließ sich von Renate übersetzen, konnte sich schwer entscheiden und wollte am Ende einen gegrillten Red Snapper, weil der Name so ulkig klang und Renate ihn auch nur mit Roter Schnapper übersetzen konnte. Renate nahm Schwertfischsteak, dazu bestellten sie einen kalifornischen Weißwein, der einen französischen Namen hatte.
Nach dem ersten Schluck lehnte sich Sissi behaglich

zurück: »Ich find's wahnsinnig, ohne Geld in Amerika zu sitzen, wie der Herrgott in Frankreich. Hast du übrigens schon mal von diesem Nest hier gehört?«
Renate lächelte ein wenig überlegen: »Es spielt eine gewisse Rolle in der Literatur, bei John Steinbeck. Und früher, unter mexikanischer Herrschaft, war es sogar mal die Hauptstadt Kaliforniens.«
»Ist ja Wahnsinn!«
Hätte ich das wissen müssen? dachte Sissi. Sie war Gemüseverkäuferin, Renate Studienrätin, irgendwie mußte man diesen Unterschied merken. Es war ja auch keine Schande. Oder sollte sie lieber vorsichtiger fragen? Sich nicht dauernd Blößen geben? Andererseits: Warum? Wußte sie nicht auch einiges, wovon Renate und überhaupt die ›Westler‹ wenig wußten: über die DDR und die ruhmreiche Sowjetunion? Darüber hatte man ihr genug eingebleut. Mit diesem Wissen konnte man zwar im Westen keinen Blumentopf gewinnen, aber mußte man sich eigentlich dumm vorkommen, nur weil man viel über die SU und weniger über die USA gelernt hatte?
Sissi ging offensiv vor: »Steinbeck? Nie gehört. Ist das ein richtiger Schriftsteller?«
»Kennst du nicht ›Straße der Ölsardinen‹? Das spielt hier in Monterey. Oder ›Der rote Pony‹? Oder ›Von Mäusen und Menschen‹?«
»Also hat er mehr Tierbücher geschrieben?«
Renate blickte verzweifelt, wie eine Lehrerin auf ihre begriffsstutzigen Schüler blickt: »Kennst du denn wenigstens ›Früchte des Zorns‹? Auch nicht? Oder ›Jenseits von Eden‹?«
»Mit James Dean?« fragte Sissi. »Alles klar!«
Der Fisch war zart und delikat, der Wein wunderbar frisch und herb, der spanisch aussehende Kellner vor allem um Sissi bemüht, offensichtlich nach dem Motto: Blondheit geht vor Alter.
»Ich find's wirklich wahnsinnig!« rief Sissi noch mal. »Wenn

ich bloß dran denke, wie du in Ost-Berlin vor 'ner gastronomischen Einrichtung stehst, der Magen hängt dir in Höhe der Kniekehle, die Zunge trieft vor Gier, das Auge bricht vor Schwäche, an der Tür steht ›Sie werden plaziert‹, aber der Kollege Kellner guckt immerzu an dir vorbei. Und dann sitzt du endlich auf deinen vier Buchstaben, es gibt sogar was zu essen, aber die Suppe ist eiskalt, das Schnitzel bricht dir fast den Kiefer, aber du sagst nichts, damit der Kollege Kellner dich nicht schimpft. Und hier? Wahnsinnig!«
Renate hatte wieder das leicht anzügliche Lächeln: »Ich find's schön, wie du so ganz kritiklos dieses Amerika genießen kannst.«
Sissi legte ihr Besteck nieder. Was sollte das nun wieder? War es verboten, im Urlaub das Schöne zu genießen und das weniger Schöne nicht unbedingt zu suchen? Was tat denn Renate selbst? Vielleicht Waisenhäuser besuchen und selbstgebasteltes Spielzeug verteilen? Nein, sie vergnügte sich mit Roulette, dem dekadenten Spiel der Bourgeoisie, und mit andeutungsweiser Erotik am Strand des Lake Tahoe. Komm du mir mit deinem intellektuellen Hochmut, dachte Sissi, dann komme ich dir mit was anderem, das dich ärgert!
Sissi aß weiter und sagte freundlich: »Ich bin halt im Kopp immer noch ein bißchen DDR-Bürgerin. Ich freue mich eben, daß ich mir so'ne teure Reise leisten kann. Für dich ist das nichts Besonderes.«
Sissi registrierte befriedigt, daß Renate nicht antwortete, sondern mit ärgerlicher Miene konzentriert ihr Schwertfischsteak zerlegte.
Nach einer Weile gespannten Schweigens begann Renate: »Bitte, versteh mich nicht falsch, ich habe dir keine Vorhaltungen zu machen, ich möchte nur etwas klären, vor allem für mein eigenes Verständnis: Warum bist du aus der DDR weg?«

»Um eines Tages am Pazifik zu sitzen und diesen Fisch hier zu essen.«
Renate schüttelte den Kopf: »Ich meine es ernst.«
»Ich auch«, sagte Sissi.
»Also bist du nur weg, um besser zu leben?«
»Genau«, bestätigte Sissi, obwohl es nicht stimmte. Aber sie wollte jetzt auf Renates dumme Fragen die passenden Antworten geben.
Renate fuhr fort: »Ich will mal eine These aufstellen und dich fragen, was du davon hältst: Ich behaupte, jeder wird vom Leben an einen bestimmten Platz gestellt und hat sich dort mit allen Kräften dafür einzusetzen, daß die Verhältnisse besser werden. Was denkst du darüber?«
Jetzt schoß Sissi der Zorn ins Blut: »Jute Idee! Haste dir wat Schlauet ausjedacht! Das kannste prima sagen, wenn dich das Leben ins Gymnasium in Darmstadt gestellt hat und nicht in die HO-Kaufhalle am Prenzlauer Berg. Da setz dich mal mit aller Kraft dafür ein, daß die Verhältnisse besser werden! Aber was machste, wenn's die fünfte Woche keine Tomaten gibt? Sagste den Leuten: Ich hab 'n Tip für Sie, im KaDeWe gibt's Avocados? Den ganzen Tag packst du schlaffe verschrumpelte Möhren in Zeitungspapier, in der kurzen Mittagspause rennst du nach den weißen Turnschuhen, die's auch nicht gibt, abends hockst du vor der West-Glotze und guckst ›Traumschiff‹ und überlegst, wen du womit bestechen kannst, damit du nächstes Jahr mal wieder auf den Campingplatz an der Ostsee kommst.«
»Ist ja gut«, versuchte Renate zu dämpfen, denn Sissi war so laut geworden, daß andere Gäste interessiert herüberschauten.
»Nee, ist gar nicht gut! Du hörst dir das jetzt mal an, damit du nicht mehr so blöde Thesen aufstellst. Vor ein paar Jahren habe ich mal abends dagesessen und mir vorgerechnet: Wenn alles seinen sozialistischen Gang geht, dann

kriegst du frühestens in fünf Jahren deine Ein-Raum-Wohnung und kannst zu Hause ausziehen, in neun Jahren kriegst du deinen Trabant, so heißt der DDR-Volkswagen, in fünfzehn Jahren kriegst du mit sehr guten Beziehungen vielleicht einen Telefonanschluß, und in achtunddreißig Jahren darfst du als Rentnerin besuchsweise in die BRD. Nein, danke, nicht mir mir! habe ich gesagt. Ich habe ein Stück Papier genommen und einen Ausreiseantrag geschrieben, noch am selben Abend. Hast du irgend etwas von dem verstanden, was ich die ganze Zeit erzähle?«

Renate antwortete leise und versöhnlich: »Subjektiv hast du vielleicht richtig gehandelt, und ich selbst bin froh, daß mir so eine Entscheidung nie abverlangt wurde. Andererseits können nicht alle einfach zu uns kommen und die Zahl der Arbeitslosen hochtreiben.«

»Det nu ooch noch!« rief Sissi. »Ick war nich arbeitslos! Ich bin in Frankfurt sofort losgerannt und habe ungefähr in hundert Läden gefragt, ob sie mich brauchen können. Neunzig brauchten mich nicht, neun wollten mich unverschämt mies bezahlen, aber der hundertste war ein Treffer. So macht man das! Wenn du natürlich von der Uni kommst und mit deinem Zeugnis wedelst, bis dir einer deine Pensionsberechtigung auf dem Tablett überreicht . . .«

»So ist das ja nun auch wieder nicht«, sagte Renate, wieder versöhnlich.

Auch Sissi nahm jetzt einen Zahn zurück: »Ich weiß. Ich muß auch noch 'ne Menge lernen über diese Republik. Der Witz ist nur: Mein Leben lang haben sie mich drüben mit Politik zugequatscht, jetzt will ich nichts mehr davon hören. Mir ist auch schnurzpiepegal, wer in Bonn regiert, wenn er mir nur nützt. Ich werde wählen gehen, aber vorher frage ich jeden Kandidaten, was er für die Gemüsehändler getan hat, verstehst du, getan hat, nicht was er zu tun gedenkt. Und dann gehe ich wählen.«

Renate lächelte: »Ein wenig naiv bist du aber schon, nicht wahr?«
Sissi lächelte zurück: »Ja, aber die meisten Männer mögen das.«
»Sagen wir, eine bestimmte Art von Männern.«
Sissi strahlte sie an: »Deiner mag's auch.«
Mit einem Schlag versteinerte Renates Gesicht, ihre Augen wurden ganz klein, sie ließ ihr Fischbesteck laut scheppernd auf den Teller fallen, sprang auf und stürmte zum Ausgang. Der spanisch aussehende Kellner rief ihr etwas nach, was Sissi nicht verstand, aber Renate war nicht aufzuhalten.
»Wat is'n nu kaputt?« fragte sich Sissi erschrocken. Diesen kleinen Scherz konnte doch eine intelligente Frau nicht ernstgenommen haben. Zumal eine, die selbst gern mit vollen Händen Anzüglichkeiten austeilt. Aber vermutlich war sie in diesem speziellen Punkt besonders reizbar. Sissi ging ein Licht auf: Von der ersten Minute an im Flugzeug war Renate giftig gewesen, seit ihrem Eintreffen am Lake Tahoe jedoch unnatürlich freundlich. Beides war nicht normal, hatte aber denselben Grund: Eifersucht. Wie schön, dachte Sissi, und wie gut zu wissen!
Sissi aß ihren Fisch auf, trank den Wein aus und überlegte, was zu tun sei. Sie saß in einer wildfremden Stadt am Pazifik, konnte so gut wie kein Englisch, hatte keinen Cent bei sich, kannte nicht mal Willys Telefonnummer. Sie winkte den Kellner herbei und erklärte ihm, daß sie kein Geld habe, aber einen Schnaps brauche. Der Kellner verstand erst gar nichts, dann die Hälfte, denn er brachte einen Schnaps, aber auch die Rechnung.
Sissi schaute hinunter in den Hafen und entdeckte einen leibhaftigen Seehund, der auf dem Rücken schwamm und mit der Flosse zu winken schien. Sie mußte plötzlich lachen: Der Seehund erinnerte sie mit seinem kahlen runden Kopf und dem trostlos hängenden Schnauzbart an ihren ehemali-

gen Vorgesetzten. Nach ihrem Ausreiseantrag hatte er sie zu einer Aussprache bestellt. Natürlich durfte sie ab sofort nicht mehr vorn im Laden anständige DDR-Bürger bedienen, aber immerhin noch hinten im Lager leere Flaschen sortieren. Sie wurde zwar nicht auf die Straße gesetzt, aber sie war ausgestoßen aus der sozialistischen Gemeinschaft, in der sie noch auf unbestimmte Zeit, vielleicht sogar für immer, würde leben müssen. Wenn mir damals, dachte Sissi, einer gedroht hätte, ich müßte gut gesättigt in einem netten Fischrestaurant am Pazifik sitzen und hätte nur das Problem, gerade kein Geld bei mir zu haben – ich hätte mich totgelacht!

Sissi ließ sich Zeit. Sie bestellte noch einen Schnaps, danach einen Eisbecher, was einfach ging, da es eine Dessertkarte mit Fotos gab. Dann überlegte sie einen Weg, vorübergehend zu entschlüpfen, um Willy am Treffpunkt zu erwarten und zum Zahlen zurückzukehren. Es gab keinen Ausweg, der nicht an der Kasse vorbeiführte. Sissi sagte sich, daß sie bluffen mußte.

Sie stand auf und zog ihr T-Shirt stramm, auf dem gedruckt stand: »Not open to the public«. Sie liebte T-Shirts mit albernen Sprüchen auf der Brust. Leider hatte sie etwas Sauce Tartar auf den linken Busen gekleckert, trotzdem streckte sie jetzt die Brust vor und schwebte auf hohen Hacken dem Ausgang zu. Der spanisch aussehende Kellner und der Mann an der Kasse blickten ihr gebannt entgegen, nicht direkt in die Augen, eher drei Handbreit tiefer. Sissi neigte anmutig den Kopf, lächelte süß, zeigte nach draußen und flötete: »Rolls Royce!« niemand hielt sie auf.

Nach wenigen Minuten lief sie Renate und Willy in die Arme. »Liebste Freundin!« rief Renate, »wir wollten dich gerade auslösen. Hast du lange gewartet?«

Sissi lächelte wie Honig: »Weißt du nicht mehr, wann du wütend weggerannt bist?«

»Hattet ihr Streit?« fragte Willy.
»Was für ein böses Wort!« empörte sich Renate.
»Es sind richtig die Fetzen geflogen«, sagte Sissy, »aber jetzt sind wir wieder ganz lieb. Und was machen deine Geschäfte?«
»Alles in Butter«, sagte Willy nur.

Sissi ließ Renate auch auf dem Rückflug vorn sitzen. Sie selbst schaute durchs Seitenfenster auf die Landschaft und dachte nach. Die liebste Freundin Renate war also eifersüchtig und wollte ihre vermeintliche Konkurrentin mal spitzzüngig wegekeln, mal zuckermäulig umgarnen. Wenn man das wußte, konnte man über beides lachen. Aber warum wirkte Renate meistens gereizt und unzufrieden? Du bist Studienrätin, dachte Sissi, das ist doch ein angesehener Job, nicht so angesehen wie ein Arzt, aber viel angesehener als zum Beispiel ein Politiker. Außerdem: Zehntausende wollen werden, was du bist, haben es auch studiert, werden aber nicht genommen. Ihr habt sogar zwei Planstellen. Rolf hat eine höhere, ist es das, was dich wurmt? Du hast vielleicht Sorgen! Wahrscheinlich hättest du gern Kinder. So wie du sehen Frauen aus, die gern Kinder hätten, wenn es nicht so viele Umstände machte. Aber daß du ins Wochenbett gehst und Rolf zum Dienst, das willst du dir gar nicht erst vorstellen. Ja, wenn es umgekehrt ginge. Dabei brächte es mal Leben in die Bude. Ich kann's mir richtig vorstellen: Jahr für Jahr dieselben Gesichter im Lehrerzimmer, beim Tennis-Ball, bei der Geburtstagsparty, beim Advents-Kaffee. In der DDR haben wir gesagt: Es geht seinen Gang. Und jeden Tag derselbe Mann. Dabei ist Rolf ja nett und charmant und sieht passabel aus, mir würde zu ihm etwas einfallen. Aber Tag für Tag und Jahr um Jahr? Liebste Freundin, was dir fehlt, ist Abwechslung.

»Da vorn ist die Sierra Nevada«, rief Willy nach hinten, »da seid ihr vorgestern durch den Schlamm gekrochen.«
»Es war nett!« rief Sissi zurück.»
»Wir werden ein Gewitter kriegen«, kündigte Willy an.
»Dann gib mal 'n bißchen Gas!«

Ich selbst, dachte Sissi weiter, habe keinen angesehenen Job. Und schon gar keinen sicheren. Gemüseverkaufen muß man können, sonst verkauft man nur die Hälfte, aber wenn ich mal in besseren Kreisen meinen Beruf nenne, sagen sie höchstens: Ach, wie originell! Und sicher? Wenn ich mit Harry krache, kann ich wieder ganz kleine Brötchen backen. Wenn auch nie mehr so kleine wie zu Hause in Ost-Berlin. Ich müßte Harry heiraten, dann gehörte mir auch was. Aber ich will nicht. Ich will, daß es mit mir nicht seinen Gang geht!
Über der Sierra Nevada hatte sich wirklich ein Gewitter aufgebaut und versperrte den Weg zum Lake Tahoe, Willy konnte es nicht umfliegen. Sissi hatte keine Angst, sie vertraute einfach Willys Künsten und der Stabilität des Flugzeugs, außerdem hatte sie einen unempfindlichen Magen. Das Maschinchen wurde bald heftig gebeutelt und fiel manchmal sekundenlang wie ein Stein. Nach zehn Minuten wandte sich Renate mit bleichem Gesicht hilfesuchend um. Sissi holte sie nach hinten und hielt ihr eine Tüte unter die Nase.
»Ich bin halbtot«, stöhnte Renate.
»Det mußte anders sehen«, tröstete Sissi: »Du bist noch halb lebendig.«
Sie nahm die beste Freundin in den Arm und fächelte ihr Luft zu. Als sie eine halbe Stunde später landeten, lag der Lake Tahoe friedlich in der Nachmittagssonne.

Harry und Rolf kamen erst zwei Stunden nach Dunkelwerden und führten im Schein der Hausbeleuchtung das große weiße Auto vor, das sie aus Reno geholt hatten. Beim Abendessen erzählten sie von der Geisterstadt Bodie, aber Sissi fand ihre Flucht aus dem Fischerestaurant viel aufregender. Sie fragte sich, ob sie sich darauf freuen sollte, ab morgen zu viert durch Amerika zu fahren. Sie hatte das Gefühl, es würde keine sehr ruhige Reise werden.

9. Kapitel

Renate

Renate wartete, bis sie abends mit Rolf alleine war: »Was war in der Höhle los?«
»In der Höhle?«
»In der Höhle, in der du mit Sissi warst.«
Rolf lachte: »In der Höhle war die Hölle los. Eine Orgie im Schlamm. Da lag man übereinander und durcheinander. Da zog man sich an Armen und Beinen und schob sich an den Hinterbacken, um sich durch die engen Löcher zu quetschen. Und dahinter fiel man sich in die Arme, vor Freude, daß man's geschafft hatte.«
»Und küßte sich?«
»Natürlich! Aber ganz unerotisch. So wie ich Rummenigge küssen würde, wenn er ein Tor geschossen hat.«
»Ich glaube dir nicht«, sagte Renate.
»Und wie war's in Reno?« fragte Rolf, »war's nett?«
Er fragte in so anzüglichem Ton, daß Renate augenblicklich einschnappte und nichts erwiderte. Sie machte sich wortlos fertig zum Schlafen und ging ins Bett.
Da war es wieder passiert: Ein böses Wort zog ein anderes nach sich, man schwieg feindselig, ging stumm zu Bett, wartete auf das versöhnliche Wort des anderen, wollte

selbst eines finden und fand es nicht, glitt hinein in bittere Gedanken an Trennung und Scheidung, in Resignation, auch in Haß, schlief irgendwann ein. Oft in ihrer Ehe hatten sich Renate und Rolf geschworen, diese Situation nicht zuzulassen, aber immer öfter wichen sie ihr nicht aus.

»Meinst du wirklich, wir sollen mitfahren?« fragte Renate morgens. »Ich glaube, es wird nicht übermäßig lustig mit uns beiden.«
Rolf gab sich kühl: »Erstens wird es nicht lustiger, wenn wir allein fahren. Zweitens ist nicht von Mitfahren die Rede, sondern wir fahren zusammen. Und drittens können wir jetzt nicht mehr aussteigen.«
»Wir können uns wieder ein eigenes Auto mieten«, gab Renate zu bedenken.
»Ich mache mich doch nicht lächerlich«, erwiderte Rolf in abweisendem Ton.
»Vor wem denn? Vor zwei Leuten, die du nie wieder siehst, wenn du ihnen jetzt sagst: Ich hab's mir anders überlegt.«
»Nein«, sagte Rolf, »vor mir selbst will ich mich nicht lächerlich machen.«
Renate packte ihren Koffer.
Warum lasse ich mich wieder darauf ein? frage sie sich wütend. Seit der Ankunft in San Francisco ließ sie sich ein, obwohl sie nicht wollte. Und der kesse Plan für das Unternehmen Lake Tahoe war auch nicht aufgegangen. Beziehungsweise nur anfänglich. Bis sich Rolf erdreistet hatte, mit Sissi in die Höhle zu kriechen. Sissi! Diese unverschämten Töne gestern im Fischrestaurant! Aber noch viel schlimmer: die eigene ungeschickte Reaktion darauf. Renate knüllte ihr geblümtes Kleid in den Koffer. Sie dachte daran, wie sie es auf dem Weg nach Reno im Fahrtwind hatte flattern lassen – und wie unruhig Harry dabei geworden war. Es war ein witziger Ausflug gewesen, mit dem Wett-

streit um gegenseitiges Austricksen. Harry hatte sich zu ihrer großen Verwunderung als amüsant und keineswegs uncharmant entpuppt. Renate nahm das Seidenkleid noch einmal heraus, glättete es, legte es sorgfältig zusammen und tat es behutsam zurück in den Koffer.

»Wohin strebt denn heute das Kalifornische Quartett auf seinem Weg ins Blaue?« fragte beim Frühstück Sissi aufgekratzt.
»Richtung Yellowstone Park«, erklärte ihr Rolf, »wo die Bären in den heißen Quellen plantschen.«
»Wie weit ist das?«
»Ungefähr zwölfhundert Kilometer.«
»Ach so. Nicht mehr? Dann sind wir ja morgen abend vielleicht schon da.«
Willy und Andy wünschten gute Fahrt und gute Nerven und versprachen: »Am neunundzwanzigsten in Las Vegas! Punkt acht am Eingang von Cesars Palace!«
Die vier bedankten sich für die schöne Zeit in Willys Haus und gingen ihr Auto beladen. Im neuen Mietwagen war reichlich Platz für das Gepäck. Renate wartete gespannt auf die Verteilung der Sitzplätze. Normalerweise saßen ja die Männer vorn, da der eine fahren, der andere die Karte lesen mußte und natürlich beide beides besser konnten als Frauen. Renate beobachtete Rolf, wie er Sissi die rechte hintere Tür aufhielt. Sissi nickte lächelnd, ging an ihm vorbei und stieg vorn ein. Rolf versteinerte einen Augenblick, dann ließ er sich mit mißmutigem Gesicht auf den Rücksitz fallen. Renate lächelte.
Die Fahrt ging zunächst auf bekanntem Weg nach Reno, dann auf dem Interstate Highway 80 in nordöstlicher Richtung durch Nevada. Die Szenerie erinnerte Renate an Marlboro-Reklame. Das breite Asphaltband stach schnurgerade in die Wüstenlandschaft und verlor sich am Horizont im

Flimmern der Hitze. Chromverzierte Trucks kamen entgegen, wuchsen ganz langsam auch dem Nichts zu gewaltigen Kolossen heran, rauschten mit Getöse vorbei. Die Sonne blendete, auf der Kühlerhaube hätte man wahrscheinlich Spiegeleier braten können, doch im Inneren des Autos war die Temperatur angenehm. Der Wagen schwebte fast ohne Erschütterung über die glatte Fahrbahn, aus der Stereoanlage troff Schnulzenmusik wie warme Himbeersoße. Renate ließ die Wüste am Fenster vorbeifließen und döste vor sich hin.

Sie würden also zum Yellowstone Park fahren, darauf freute sie sich. Diese Hochebene mit ihren Quellen und Geysiren mußte eines der wundersamsten Werke der Natur sein. Von dort wollten sie weit südwärts zum Grand Canyon. Vor der Fahrt durch die Stromschnellen des Colorado hatte Renate Angst. Auch die Vorstellung, am Ufer auf eine Klapperschlange zu treten, verfolgte sie, seitdem sie der Unternehmung widerwillig zugestimmt hatte. Nun kam der Gedanke hinzu, sechs Tage lang Rolf nicht aus dem Weg gehen zu können. Renate war nicht mehr davon überzeugt, daß sie die Colorado-Tour mitmachen werde. Aber sie mußte einen Grund finden. Mir wird was einfallen, versprach sich Renate, ehe sie für eine Zeitlang einnickte.

»Jetzt sind wir schon in Winnemucca!« rief Harry, »da wollte ich immer mal hin, aber bis heute hatte ich den Namen noch nie gehört.«

Rolf hatte sein Ringbuch zur Hand: »Die Stadt hat zirka dreieinhalbtausend Einwohner und liegt am Humboldt-Fluß.«

»Humboldt?« fragte Sissi, »so heißt doch unsere Uni in Ost-Berlin. Wieso heißt der Fluß nach einem Kommunisten?«

»Renate, erklär's ihr!« sagte Rolf.

Renate hatte keine Lust, so mußte Rolf von den Brüdern Humboldt erzählen, deren einer als großer Forschungsrei-

sender seiner Zeit an vielen Orten der Erde seinen Namen hinterlassen hatte.
»Und Winnemucca selbst«, wußte Rolf noch, »ist nach einem Indianerhäuptling benannt.«
»Ich wette eine Flasche Whisky«, sagte Harry fröhlich, »daß es genau umgekehrt ist.«
Rolf fand den Einwand blödsinnig und wies anhand des Baedekers nach, daß er recht hatte.
»Dabei war ich mir diesmal ganz sicher«, sagte Harry und hielt am Supermarket, um den Whisky zu kaufen. Bei der Gelegenheit besorgte er eine große Kühlbox aus Styropor und ein paar Beutel Eiswürfel, viel Budweiser Bier und Coca-Cola in Dosen sowie alle Zutaten für dicke Sandwiches, wie sie Willy auf der Bootsfahrt bereitet hatte. Kurz hinter Winnemucca machten sie Rast auf einem Picknickplatz am Rande des Highways. Sie waren seit viereinhalb Stunden unterweg.
Renate machte ein Sandwich mit Thunfischsalat für Harry und öffnete ihm eine Bierdose: »Du bist der Fahrer, dich müssen wir bei Kräften halten.«
Renate hatte plötzlich gute Laune. Das Unternehmen Lake Tahoe, dachte sie, war nicht schlecht ausgedacht, aber es war halbherzig ausgeführt. Man mußte die zweite Raketenstufe zünden!

Vor der Weiterfahrt bot Rolf an, für eine Weile das Steuer zu übernehmen, aber Harry winkte ab: »Entspann dich ruhig ein bißchen!«
»Hat jemand was dagegen«, fragte Renate, »wenn ich mal vorn sitze? Hinten wird mir immer ein bißchen übel.«
Sissi war sofort zum Tausch bereit: »Ach ja, du hast ja so'n schwachen Magen, du Ärmste.«
Rolf schien nicht zu wissen, ob er sich ärgern sollte, weil er hinten sitzen mußte, oder sich freuen sollte, neben Sissi sitzen zu können.

Es ging Stunde um Stunde im Tal des Humboldt entlang, etwa alle zwanzig Meilen passierten sie eine bescheidene Ansiedlung, deren hervorstechendstes Gebäude meist eine Tankstelle war.
Renate unterhielt sich angeregt mit Harry, ließ sich genau das Auto mit den vielen automatischen Kinkerlitzchen erklären und fragte dann ausführlich nach dem Gemüsegeschäft in Frankfurt. Auf den Rücksitzen wurde nicht viel geredet.
»Was ist eigentlich dein Hobby?« erkundigte sich Renate.
»Geldausgeben«, antwortete Harry.
»Soll das ein Witz sein?«
»Nein, es ist das einzige, wozu ich Zeit habe: schnell Geld ausgeben. Alle anderen Hobbys dauern zu lange. Schau mal: Morgens um fünf sind wir auf dem Großmarkt, abends ab halb sieben räumen wir den Laden auf, dann machen wir Buchführung, am Samstagnachmittag räumen wir mal richtig auf, am Sonntag schlafen wir dann aus. Wann sollen wir zum Beispiel Tennis spielen?«
»Wie gibst du dein Geld schnell aus?« fragte Renate.
»Am schnellsten geht es meistens in der Spielbank. Und was auch in kurzer Zeit viel Kapital vernichtet, sind Reisen. Zum Beispiel nach Winnemucca. Aber oft fliege ich auch für ein, zwei Tage nach London oder Paris oder Mailand und sehe mir Gemüsegeschäfte an. Ja, da guckst du, ob ich schon den irren Blick habe! Ich muß regelmäßig spionieren, was die Konkurrenz besser macht als ich. Ich bin nämlich Profi, verstehst du?«
Verflixt noch mal! dachte Renate, man soll die Leute nicht nach dem ersten Blick im Flugzeug beurteilen.
In einem Ort namens Wells mußten sie den Interstate Highway verlassen, um auf einer immer noch recht guten Straße nordwärts zu fahren. Es war später Nachmittag, und sie kamen überein, erst gegen neun ein Motel zu suchen, um

am nächsten Tag einen möglichst kurzen Weg zum Yellowstone Park zu haben.
Rolf bot noch mal an, das Steuer zu übernehmen, aber Harry meinte, es sei wirklich nicht nötig, denn dieses komfortable Auto fahre praktisch von selbst.
Als die Sonne unterging, passierten sie die Grenze von Nevada nach Idaho, gegen neun erreichten sie Pocatello und suchten die wenigen belebten Straßen nach einem Motel ab.
»Diesmal nehmen wir zwei Zimmer«, meinte Harry grinsend.
Renate hob die Schultern: »Wenn du darauf bestehst.«
»Man hat einfach mehr Platz«, erklärte Harry. »Über die Belegung können wir ja noch mal reden.«
»Höchstens nachdenken«, verbesserte Renate.

Im Motel machten sie sich frisch, dann gingen sie ein paar Schritte weit zu einem Steak-Haus.
»Ist Pocatello auch nach einem Indianerhäuptling benannt?« fragte Sissi beim Essen.
»Nein«, antwortete Rolf, »es ist nach dem Hund des Häuptlings benannt. Der ist nämlich hier begraben.«
»Was fangen wir bloß mit dem angebrochenen Abend an?« sorgte sich Harry.
»Ich glaube«, sagte Renate, »in Pocatello kann man abends nur schlafen oder fernsehen oder sich betrinken. Oder Karten spielen. Könnt ihr Doppelkopf?«
»Nein«, antworteten Sissi und Harry.
»Schade! Doppelkopf spielt man nämlich zu viert, und der besondere Reiz liegt darin, daß jeweils zwei miteinander spielen, ohne daß man am Anfang weiß, wer mit wem spielt.«
»Oha!« machte Harry.
»Aber vielleicht ist das doch nichts für heute abend«, meinte Renate.
Später lag sie neben Rolf in dem großen Doppelbett. Sie sprachen wieder nicht miteinander, aber diesmal bedrückte es

Renate nicht. Sie wußte jetzt, was sie wollte und freute sich auf den nächsten Tag.

Pocatello bei Tageslicht wirkte noch weniger aufregend als Pocatello bei Nacht. Die vier frühstückten Rührei mit Speck und Toast mit Marmelade und mokierten sich über den dünnen amerikanischen Kaffee. Dann fuhren sie rasch weiter nordwärts. Renate saß wieder vorn, scherzte aufgeräumt mit Harry und demonstrierte ihre glänzende Laune. Hinter sich hörte sie Rolf, der vorsichtig mit Sissi flirtete. Das paßte Renate gut ins Konzept.
Nach mehr als drei Stunden fuhren sie über ein Paßhöhe, an der ein Schild auf die »Continental Divide« hinwies. Rolf erklärte Sissi: »Die Wasserscheide. Hinter uns fließt alles in den Pazifik, vor uns alles in den Atlantik.«
»Wieso?«
»Weil . . ., wie soll ich sagen?«
Renate drehte sich um: »Das kommt von der Physik. Dafür ist mein Mann Spezialist, aber die Frage ist für ihn zu einfach.«
»Mensch, hör doch auf!« rief Rolf.
Gut, dachte Renate, weiter so!
Seitdem Rolf Oberstudienrat war, ging er Renate noch mehr auf die Nerven als vorher. Klugscheißer, dachte sie, wenn er in Lehrerkonferenzen das Wort an sich zog und nicht wieder hergab. Wenn er dann weit ausholte und wichtigtuerisch dozierte, hatte sie schon manches Mal gewünscht, nicht an derselben Schule zu sein. Zu Hause war Rolf nicht anders. Stets fand er auch einen Grund, sich aus dem Unterholz des Haushalts davonzustehlen zu den lichten Wipfeln wissenschaftlicher Betätigung an seinen Schreibtisch. Emanzipierte Partnerschaft? Jaja, schon recht!

Um die Mittagszeit fuhren sie durchs westliche Tor hinein in

den Yellowstone National Park, und Sissi fragte: »Wo sind die Bären?«
»Denkst du, die stehen an der Straße und winken?« fragte Rolf.
»Klar! Die sind doch bestimmt dressiert. Und fest angestellt bei der Parkverwaltung. Gibt's hier einen Teich mit Tretbooten? Kann man Riesenrad fahren? Haben sie Mickey-Mäuse?«
»Ihr habt wieder mal keine Ahnung«, schimpfte Rolf. Ohne weitere Aufforderung begann er, der Ahnungslosigkeit abzuhelfen. Man sei im ältesten Nationalpark der Welt, erzählte er, und in einem sehr großen obendrein: ungefähr achtzig Kilometer im Quadrat! Eine Landschaft wie diese hier, mit haushohen heißen Fontänen, kochenden Quellen und blubbernden Schlammvulkanen, gebe es nur an wenigen Stellen der Welt, nämlich auf Island, auf Neuseeland und auf Kamtschatka.
»Da kommen die Kamtschatka-Krebse her«, unterbrach Sissi, »die hatten wir manchmal in der HO-Kaufhalle, aber meistens nicht.«
Rolf schwieg eine Weile. Renate kannte das, er liebte es nicht, unterbrochen zu werden. Mit knappen Hinweisen dirigierte er Harry durch den Park und vor ein ansehnlich großes, altmodisch wirkendes Holzhaus: Old Faithful Inn. Rolf schlug vor, Harry solle nach Zimmern fragen, Renate könne ihm ja dolmetschen.
»Sorry, no vacancy!« bedauerte das Mädchen am Empfang. Renate und Harry nahmen die ungute Nachricht mit nach draußen: »Alles ausgebucht.«
»Soll ich's noch mal probieren?« fragte Rolf.
Er ging hinein und kam nach zehn Minuten mit einem Paar Schlüssel zurück. Er lotste Harry durch den Wald zu zwei Holzhütten, die äußerlich bescheiden wirkten, aber recht komfortabel eingerichtet waren.

»Wie hast du die gekriegt?« fragte Harry.
Rolf tat verwundert: »Ich habe gefragt. Man muß nur richtig fragen.«
Du mit deinen albernen Tricks! dachte Renate. Nicht mal deine Schüler lassen dir so was mehr durchgehen.
»Du hast schon vom Lake Tahoe aus angerufen und reserviert«, sagte sie.
Rolf zögerte, ehe er es zugab: »Aber darauf muß man erstmal kommen.«
»Kasperletheater!« zischte Renate verächtlich.
Aber da ging Sissi auf sie los: »Rolf hat recht! Du bist nicht draufgekommen, keiner von uns ist draufgekommen. Sei froh, daß wir durch Rolf 'n Dach überm Kopf haben! Und überhaupt, mach ihn nicht immer so nieder!«
Renate lachte. »Du hast recht.«
Als alles Gepäck in den Hütten war, rief Sissi: »So, nu will ick wat jeboten kriejen: Bären, Wasserspiele, Naturjewalten! Oder jibt's hier nischt wie Bäume?«
Rolf schaute auf seine Armbanduhr: »In elf Minuten biete ich dir was.«

Ungefähr hundertfünfzig Menschen waren vor dem Hauptgebäude des Old Faithful Inn versammelt, teils stehend, teils auf Holzbänken sitzend, und warteten auf irgend etwas. Rolf sah wieder auf seine Uhr: »Noch drei Minuten.«
»Und dann?« fragte Sissi.
»Dann passiert's.«
Es passierte pünktlich. Erst war ein fernes Grummeln zu hören, dann rumorte es immer lauter, der Boden begann zu zittern, dann bebte er, in der nächsten Sekunde zischte mit Getöse eine Fontäne aus der Erde und senkrecht wohl vierzig Meter gen Himmel.
»Det jibt's in keen Russenfilm«, murmelte Sissi.
Der Wind trieb das herabfallende Wasser in Schleiern auf

die Zuschauer, und bald wichen die ersten vorsichtig zurück. Renate hingegen fand den warmen Sprühregen auf der Haut angenehm. Die Frühnachmittagssonne im Rücken, sah sie im Nebel der Fontäne einen Regenbogen, der mit den unregelmäßigen Stößen des Windes aufleuchtete und verschwand. Das heiße Wasser, wenn es auf den Boden traf, verlief in Rinnsalen, die in der kühlen Luft dampften. Renate fand das Naturschauspiel eindrucksvoller, als sie es nach allen Beschreibungen erwartet hatte.
Nach vier Minuten war es vorbei, und Sissi meinte enttäuscht: »Jetzt haben sie's wieder abgedreht.«
»Blamier uns nicht dauernd!« sagte Harry.
»Gib nicht an«, erwiderte sie, «oder erklär's mir!«
Harry zeigte auf Rolf: »Physik.«
Und Rolf fing an zu erklären, wie die heiße Erde das Wasser in den tiefen Spalten und Röhren des zerklüfteten Bodens erhitzte, wie von oben Wassermassen darauf drückten, wie der Druck stieg und stieg, bis sich das heiße Wasser mit unbeschreiblicher Energie den einzig möglichen Ausweg bahnte – nämlich nach oben. Wie sich das Wasser dann von neuem sammelte und das Ganze von vorn begann, in längeren oder kürzeren Abständen, unregelmäßig oder regelmäßig.
»Nach Old Faithful kannst du die Uhr stellen«, versicherte Rolf fachmännisch: »Alle fünfundsechzigeinhalb Minuten.«
»Toll!« staunte Sissi, dann fragte sie treuherzig: »Wann hat man denn das alles hier angelegt?«
Renate sah Rolfs Gesicht versteinern. Sie wußte, es konnte ihn fuchsteufelswild machen, wenn jemand seine ernsthaften Erläuterungen mit unernsten Fragen unterbrach.
»Trag sie ins Klassenbuch ein!« riet Renate.
»Ach, hör doch auf!« rief Rolf.
Früher hattest du mehr Humor, dachte Renate, nicht viel mehr zwar, aber mehr als heute.

Sie machten eine Fußwanderung zu den nächstgelegenen Geysiren und heißen Quellen, Rolf übernahm die Führung. Niemand redete, und Renate fragte sich, ob schlechte Stimmung herrschte oder ob der Anblick der wasserspeienden Erde alle so sehr beeindruckte. Der Fußweg durch die Natur war sorgfältig gestaltet, jeder Geysir und jeder dampfende Tümpel trug sein Namensschildchen. Sissis Frage, wann man das hier alles angelegt habe, schien Renate nicht ohne Hintersinn.

»Wenn wir Glück haben«, sagte Rolf, »spuckt gerade einer.

Die meisten sind ja unzuverlässig wie die Handwerker. Es gibt einen, der hat sich seit hundert Jahren nicht mehr gerührt. Stellt euch vor, wir sind zufällig dabei, wenn er wieder aufwacht!«

»Dann wirst du berühmt«, prophezeite Sissi, »und mußt in eurer Penne jedes Jahr einen Lichtbildvortrag halten.«

»He, da vorn!» rief Renante und fing an zu laufen.

Etwa einen halben Kilometer voraus schoß eine weiße Wassersäule in den Himmel. Sie zeichnete sich scharf vor einem dunklen Nadelwald ab, ihr Zischen klang trotz der großen Entfernung ohrenbetäubend.

Renate rannte.

Sie fühlte sich plötzlich wie eine Entdeckerin, die einen unbekannten Landstrich betreten hatte und unvorbereitet eine kaum vorstellbare Extravaganz der Mutter Erde zu Gesicht bekam.

Renate rannte.

Sie dachte plötzlich daran, daß Rolf mit seinen Erläuterungen hinter ihr her war, und rannte schneller. Sie hatte die Vorstellung, sie müsse einfach vor ihm ankommen.

Renate stand vor dem Geysir und starrte nach oben, der Fontäne nach, die in den Himmel schoß. Nach etwa einer Minute war Rolf da. »Du hättest gar nicht so rennen müs-

sen«, rief er und zeigte auf den Geysir, »der macht jetzt eineinhalb Stunden so weiter.«
»Und wenn er gleich aufhört?« rief Renate gegen den Lärm.
»Ich sage doch gerade: Der spuckt jetzt neunzig Minuten lang. Das ist der Giant Geyser.«
Verdammt noch mal! dachte Renate zornig: Warum kann dieser blöde Geysir nicht auf der Stelle versiegen? Oder explodieren? Oder in sich zusammenfallen? Warum muß Rolf immer recht haben?
Sie stellte sich vor, der Geysir nehme wie ein Wasserwerfer Rolf aufs Korn, risse ihn von den Beinen, schleudere ihn nach oben und lasse ihn wie einen Ball auf der Fontäne tanzen. Neunzig Minuten lang.
Der heiße Strahl schoß gleichmäßig zischend in den Himmel. »Weißt du was«, rief Renate, »eigentlich kann ich dich nicht ausstehen!«
Rolf verstand sie nicht beim Tosen des Wassers: »Wer ist tot?«
Renate rief lauter: »Ich kann dich nicht ausstehen!«
Rolf lachte. »Das habe ich schon gemerkt.«
Renate ging auf ihn zu, trat ganz nah heran: »Das ist nicht zum Lachen. Ich kann dich wirklich nicht ausstehen.«
Rolf sah sie groß an, aber dann zog er den linken Mundwinkel herunter, wie er es immer tat, wenn er etwas verächtlich machen wollte: »Dann mußt du dich vermutlich scheiden lassen.«
»Genau!«

Renate hatte seit langem Angst vor dem Augenblick gehabt, an dem das Wort Scheidung fallen würde. Sie hatte immer gedacht: Hoffentlich fällt es nicht auf einer Reise, weit von zu Hause und mitten in einem fremden Land, wo wir dann stehen und nicht weiterwissen.
Aber jetzt war es ganz einfach.

Sie hatte sich jedoch immer vorgestellt, sie selbst würde sagen: Dann mußt du dich scheiden lassen. Es sollte als ihr eigener Entschluß kenntlich sein. Nun hatte es Rolf gesagt. Macht nichts, dachte Renate.

Rolf hatte immer noch den linken Mundwinkel unten: »Für diese existentielle Entscheidung hast du dir ja eine eindrucksvolle exotische Kulisse ausgesucht.«

Renate schrie ihn an: »Hör auf mit deinem blödsinnigen Überlegenheitsgetue! Vielleicht hast du's noch nicht begriffen, aber ich meine es ernst!«

Sissi und Harry waren unterdessen angelangt und hörten erstaunt zu.

Rolf schien plötzlich zu begreifen: »Soll das heißen, daß du . . .«

»Genau!«

»Und was . . . und was soll aus dem Haus werden?«

Renate lachte auf.

Wenn sie sich in den vergangenen Jahren immer öfter diese Situation vorzustellen versucht hatte, dann war immer Rolfs erste Frage gewesen: Was soll aus dem Haus werden?

Ihr Lachen schien ihn aufzubringen, denn er schrie sie unbeherrscht an: »Was gibt's denn da zu lachen? Und kann dieser blöde Geysir nicht endlich mal aufhören, damit man in Ruhe reden kann?«

Renate lächelte: »Der macht das neunzig Minuten lang. Das ist nämlich der Giant Geyser.«

Rolf drehte sich um und lief davon.

Renate wandte sich an Harry: »Du mußt mich trösten.«

Harry nahm sie fest in die Arme und küßte sie auf den Mund.

»He!« rief Sissi, »Trösten war angesagt, nicht mehr!«

Aber Harry winkte ab und fuhr fort, Renate auf seine Weise zu trösten.

Da drehte sich Sissi um und rannte hinter Rolf her.

Renate mußte laut lachen: Keine fünf Minuten getrennt und schon in den Armen eines anderen, dessen Freundin wütend davonstob.
»Du hast die Trennung aber prima überstanden«, meinte Harry, »du lachst viel mehr als vorher.«
»Ach was! Das siehst du ganz falsch. Es ist nur so komisch. Dieser alberne Wasserstrahl. Da willst du dich endlich trennen, findest sogar die Worte, aber du verstehst nichts vor Lärm. Dann hast du es geschafft, und er rennt davon und verschwindet in diesem albernen Wasserdampf. Wie im Theater: ab durch die Mitte mit Donner und Nebel. Es ist so komisch! Ernst wird es erst, wenn wir nach Hause kommen. Aber es ist raus! Das Wort, meine ich. Es ist endlich raus!«
Der Geysir toste gleichmäßig vor sich hin, als wollte er beweisen, wie wenig ihn die menschlichen Leidenschaften angingen, die zu seinen Füßen ausgebrochen waren.
Renate sah nach oben: »Der spuckt bestimmt noch höher als der andere.«
Harry nickte nur.
Der Wind drehte etwas und trieb die Fahne aus fallendem Wasser auf die beiden zu. Harry nahm Renate an der Hand und zog sie ein Stück weiter.
»Schön hier, nicht wahr?« sagte sie.
»Ja, eine gute Idee von euch.«
»Wir haben uns auch sehr darauf gefreut.«
Bei diesen Worten kamen Renate die Tränen, und Harry nahm sie wieder in die Arme: »O Gott, jetzt fängst du auch an, heißes Wasser auszustoßen! Komm, wir brauchen einen kalten Schnaps nach so viel heißem Wasser.«
Renate war froh, daß sie Harry bei sich hatte. Sie stellte sich vor, ausgerechnet jetzt allein zwischen Geysiren und wildfremden Touristen herumzulaufen. In Ihrem Kopf stießen sich tausend Gedanken, aber da keiner zu fassen war, wirkte der Kopf ganz leer. Und der Magen verlangte einen

Schnaps. Merkwürdiger Mechanismus, dachte Renate kurz: Es schlägt mir auf den Magen. Es war wirklich so.
Harry schien es zu kennen: »Ich brauche auch jedesmal erst einen Schnaps.«
»Wie oft passiert das denn?« fragte Renate.
»Alle drei bis vier Jahre. So lange halte ich es mit einer Frau aus. Oder sie es mit mir. Und dann brauche ich jedesmal einen Schaps.«
»Und zwischendurch bist du trocken?«
»Nein, aber da trinke ich, weil's mir schmeckt.«
»Wie lange bist du mit Sissi zusammen?« fragte Renate.
»Dreieinhalb Jahre«, antwortete Harry.

Der Old Faithful Inn füllte sich mit Touristen, die für diesen Tag genug gesehen und Durst bekommen hatten. Harry suchte in der Bar ein ruhiges Eckplätzchen und bestellte Whisky.
»Geysir ist wirklich 'ne gute Kulisse für so was«, sagte er dann. »Ich stand mal in St. Anton auf der Piste, oben auf der Valluga, und vor mir stand Carola im Neuschnee und rief: Schluß! Aus! Käfig zu, Affe tot! Ein paar Stunden später hätte wahrscheinlich ich gesagt: Aus! Aber Carola war eben schneller. Sie schnallte ihre Skier ab und schmiß sie mir vor die Füße: Hier, kannste alles wiederhaben! Ich fragte: Und was ist mit dem Skianzug? Sie drehte sich um und ging zu Fuß ins Tal. Ich stieg hinauf zur Bergstation, weil ich einen Schnaps brauchte. Es wurden dann ungefähr fünfzehn, und bei der Abfahrt habe ich mir den Knöchel gebrochen.«
»Um mit meinen Schülern zu fragen: Was lernt uns diese Geschichte?«
»Bis hierher noch nichts. Aber das Ende der Geschichte lernt uns was: Noch ehe der Knöchel verheilt war, hatte ich mich wieder verliebt.«
»Du kannst unheimlich schön trösten«, fand Renate.

Da sie selten Whisky trank, wirkte er schnell. Gedanken kreiselten in ihrem Kopf. Sie fühlte sich wohlig an Harrys Schulter und stellte sich vor, sie wäre ganz frei und könnte gehen, mit wem und wohin sie wollte.
»Aber ich bin doch jetzt frei«, sagte sie.
Harry sah sie an.
»Wenn ich wollte«, sagte sie, »könnte ich mit dir nach Las Vegas fahren. Mit dir allein, meine ich. Daran könnte mich keiner hindern.«
»Las Vegas? Da würde ich mit jeder hingehen.«
Renate stieß ihn mit dem Ellenbogen in die Rippen: »Mit jeder?«
»Besonders gern natürlich mit dir«, verbesserte sich Harry.
Renate küßte ihn auf die Wange.

10. Kapitel

Rolf

Rolf stand am Rande eines kleinen Teichs und stützte die Unterarme auf das hölzerne Geländer. Es war ein ungewöhnlicher und sehr schöner Teich mit kristallklarem Wasser, das unergründlich tief schien und in vielen Farben leuchtete, von Gelb und Orange bis zu Türkis und Blau. Leichter Dampf schwebte auf der Oberfläche und wiegte sich im leisen Wind.
Rolf überlegte. Die Szene soeben war wirklich starker Tobak gewesen. Wie ein Blitz aus heiterem Himmel hatte ihn der Satz getroffen: Eigentlich kann ich dich nicht ausstehen! Das würde ihm so schnell nicht aus dem Ohr gehen.
Aber kam der Blitz aus heiterem Himmel? Hatte sich das Gewitter nicht seit Jahren angekündigt? Hatten sie nicht

schon einige Male an der Grenze gestanden, die nun überschritten war?
Wenn er ehrlich war, mußte Rolf zugeben, daß er sich erleichtert fühlte. Natürlich standen zu Hause noch Ärger und Unannehmlichkeiten bevor, bis alles geregelt war, aber wenigstens waren die Fronten geklärt.
Eines gefiel Rolf nicht: Renate hatte den Schritt getan, nicht er. Zwar hatte er das Wort hingeworfen: Scheidung.
Aber Renate hatte den Anstoß gegeben: Eigentlich kann ich dich nicht ausstehen!
»Wat is'n det für'n ulkjer Tümpel?«
Sissi war unbemerkt herbeigekommen und hatte sich neben Rolf auf das Holzgeländer gelehnt.
»Das ist eine heiße Quelle«, antwortete Rolf, »die hat ungefähr neunzig Grad Celsius, da können nur spezielle Algenarten existieren. Die Algen bewirken auch die herrlichen Farben. Aber alle anderen Lebewesen sind sofort tot.«
»Denn würd' ick da nich rinhopsen.«
»Rinhopsen? Wie kommst du denn darauf?«
Sissi sah ihn besorgt an: »Weil du verzweifelt bist.«
»Verzweifelt? Worüber?«
»Naja, ist doch immer 'ne Pleite, wenn die Ehe kaputtgeht, ehe das Haus abbezahlt ist.«
Rolf lachte. Er hätte Sissi jetzt gern in die Arme genommen. Sein Verdacht, er sei in sie verliebt, hatte sich in den letzten Tagen bis an die Grenze der Gewißheit erhärtet. Immer öfter hatte er sich gewünscht: Wenn ich jetzt frei wäre!
Ich bin doch frei, dachte er, seit zehn Minuten.
»Hör mal, Sissi«, sagte er, »ich mag dich sehr gern.«
»Ich bin ja auch nett.«
»Ich meine es anders. Ich meine ... Ach, Mensch, ich bin in dich verliebt!«
Sissi nickte: »Unübersehbar.«
Rolf hatte jede andere Reaktion erwartet: Überraschung.

Abwehr, im schlimmsten Fall tödliches Gelächter. Statt dessen schien sie über alles informiert und kein bißchen entsetzt.

Er nahm Sissi in die Arme und küßte sie.

»Jetzt müßte ich mich wehren«, sagte sie.

Rolf küßte forscher, dann sah er tief in ihre Augen.

Sie lächelte: »Jetzt kiekste fast wie der irre Kinski.«

Rolf zuckte innerlich zusammen, zwang sich aber zu äußerlicher Gelassenheit: »Wie wär's dir denn lieber?«

Sie verdrehte verzückt die Augen und hauchte: »Wie Clark Gable.«

Rolf konnte unter diesen Umständen nicht mehr küssen und schlug vor, den unterbrochenen Rundgang zu den Geysiren fortzusetzen. Sissi willigte ein.

Rolf hatte das gleiche Gefühl wie früher als Pennäler, wenn ihm nach zäher Vorarbeit und zahlreichen Anläufen endlich ein Rendezvous gelungen war. Er nahm Sissi bei der Hand und lief mit ihr von Geysir zu Geysir, erklärte in allen einzelnen Schritten noch einmal das physikalische Prinzip und führte einen Kuß als Belohnung ein, wenn Sissi etwas richtig wiedergeben konnte. Er wanderte mit ihr zu den entlegensten Geysiren, um nicht so bald zurückkehren zu müssen zu Renate und Harry.

»Ich finde dich einfach toll«, sagte Sissi zwischendrin, »und weißt du, warum?«

Rolf dachte nach, kam aber nicht darauf.

Sissi sagte es ihm: »Du bist ein richtiger Pauker und gibst dir überhaupt keine Mühe es zu verstecken.«

Rolf zuckte zusammen wie von einer Schrotladung getroffen.

»Du könntest ja den großen Charmeur simulieren«, fuhr Sissi fort, »oder den Mann von Welt imitieren. Aber nix! Du bist bescheiden und sparsam und erklärst einem alles schön pädagogisch. Das find' ich toll.«

Rolf versuchte zu lächeln.
Als es dämmerte, schlug er widerwillig den Rückweg ein. Viel lieber wäre er mit Sissi weitergewandert, nicht bis zum Ende der Welt, aus dem Alter war er heraus, aber bis zu einem ungestörten Ort. Statt dessen mußte er sie wieder abliefern bei ihrem ›Lebensgefährten‹. Es war schon dunkel, als sie den Old Faithful Inn betraten. In einer Ecke der Bar entdeckten sie Renate und Harry, die herzhaft lachten und sehr beschwingt wirkten, wenn nicht beschwipst.
»He, da seid ihr ja!« rief Renate. »Wir haben beschlossen, daß wir nach Las Vegas fahren.«
»Das ist ja schon lange beschlossen, daß wir nach Las Vegas fahren«, erwiderte Rolf.
»Alter Besserwisser! Nicht wir vier. Wir zwei!«
Rolf begriff nicht sofort: »Du und ich?«
»Nein, Harry und ich.«
Harry nickte dazu. Er hatte ein gerötetes Gesicht und feuchte Augen, was vom Whisky zu rühren schien.
»Jute Idee!« platzte Sissi heraus. »Werd' ick da ooch noch vorher jefraacht?«
Renate schüttelte heftig den Kopf: »Du bist nicht verheiratet.«
»Aber dafür du«, erwiderte Sissi.
»Kaum noch«, widersprach Renate.
»Hast du etwa Alkohol getrunken?« Rolf starrte Renate an.
»Ja, ganz viel.«
Nix wie weg! dachte Rolf. Er hatte plötzlich das Verlangen, das Nötigste in einen Rucksack zu packen und allein davonzufahren: zum Grand Canyon, ins Tal des Todes, in die Sierra Nevada. Er wollte nicht planlos ins Blaue, das lag ihm nicht, aber das Geplante allein erleben, ohne Ehefrau, die ständig mahnte: Komm endlich, wir haben doch nun alles gesehen! Wer wollte ihn jetzt noch hindern, diesen Wunsch, der fast ein Traum war, zu verwirklichen?

Jetzt, nach diesem ganzen Theater?
»Vielleicht ist es wirklich besser, du gehst nach Las Vegas«, sagte Rolf ruhig, »denn die Fahrt durch den Grand Canyon ist doch für dich eine Horrorvision.«
Renate lachte: »Jetzt kann ich dir ja sagen, daß ich sowieso nicht mitgefahren wäre. Meine Zusage war erpreßt und damit ungültig.«
»Das darf doch wohl nicht . . .!«
»Doch, es ist wahr. Guck nicht so verbittert! Jetzt ärgert dich nur, daß du für zwei bezahlt hast und allein fahren mußt. Mein Guter, ich verspreche dir, wir verrechnen das mit meinem Anteil am Haus.«
»Ick fahr mit«, sagte Sissi.
Drei Paar Augen sahen sie erstaunt an.
In Sissis Augen war ein Funkeln, als sie in strengem Hochdeutsch und mit sorgfältiger Betonung erklärte: »Wenn ihr denkt, ich lasse mir das gefallen, daß mein Lebensgefährte mit einer älteren Dame Verabredungen trifft, ohne mich zu fragen, dann seid ihr auf dem Holzweg. Wenn ihr euch vorstellt, ich laufe als Garnitur neben euch her durch Las Vegas, dann seid ihr schief gewickelt.«
»Mensch, Sissi«, sagte Harry, »das war doch ein Jux!«
»Ein Jux?« rief Renate. »Harry, du weißt genau, daß das nicht stimmt. Und sag ihr bitte, daß ich keine ältere Dame bin!«
Sissi schlug mit der Faust auf den Tisch: »Ende der Aussprache! Ich fahre mit Rolf diesen komischen Bach runter, ihr könnt machen, was ihr wollt, und jetzt will ich Champagner, und zwar einen Liter!«
Harry bestellt eilig.
Rolf lächelte zufrieden. Er war alles andere als ein Freund des Chaos, aber dieses hier machte ihm Spaß. Renate schien wild entschlossen, ihre neue Freiheit zu demonstrieren, Harry wollte ihr dabei behilflich sein, wagte sich aber nur

halb nach vorn, Sissi war empört und genehmigte sich auf der Stelle ihre Rache. Alles lief in Rolfs Sinn. Wie sich im Wirbel der letzten Stunden das Blatt gewendet hatte: Das ersehnte Alleinsein mit Sissi, heute morgen noch undenkbar, war zum Greifen nahe.

Der Champagner kam, es war Moët et Chandon aus kalifornischer Produktion.

»Prost!« rief Rolf. »Auf einen fröhlichen Urlaub!«

»Prost!« antwortete Renate. »Nun kannst du mal ganz frei reisen, ohne störende Ehefrau. Schön, wie?«

Sissi rief »Prost!«, als wollte sie sagen: Euch werde ich's zeigen! Nur Harry kippte ohne ein Wort den Champagner in die Kehle.

Sissi hatte Hunger, Renate nicht, Rolf ging mit Sissi ins Restaurant, Harry blieb mit Renate in der Bar. Sissi war der Ansicht, man müsse doch mitten im Yellowstone Park ein anständiges Bärensteak bekommen. Die Bedienung fragte dreimal ungläubig zurück, ob Sissi ein Bärensteak meine, dann ging sie entnervt davon und schickte eine Kollegin an den Tisch. Bei ihr bestellte Rolf zwei Portionen Spare-ribs von einem anderen Tier, dazu gebackene Bohnen und Maiskolben vom Grill. Während sie es sich schmecken ließen, redete Rolf über die bevorstehende Fahrt auf dem Colorado River, wobei er die landschaftlichen Reize mit poetischen Wortkaskaden beschrieb, die Strapazen und Gefahren nur mit allgemeinen Wendungen streifte.

Am Ende des Abendessens fragte er vorsichtig: »Willst du wirklich ...«

»Klar! Wofür hältst du mich? Wenn ich was beschlossen und verkündet habe, wird es kraftvoll in die Tat umgesetzt, auch wenn's der größte Blödsinn ist. Da bin ich wie die Partei.«

Im Foyer des Old Faithful Inn hatte Rolf gelesen, daß ein Park-Ranger einen Lichtbildvortrag über Bären halten

würde. Sissi wollte hin, und Rolf war froh, daß er sie so für eine Stunde oder länger von Renate und Harry fernhalten konnte.
Der Ranger in seiner pfadfinderähnlichen Kluft referierte launig über die Bären im Park. Sie seien zwar nett anzuschauen, in Wahrheit aber skrupellose, uneinsichtige Burschen, die den Park immer noch für ihr angestammtes Revier und das Verzehren eingedrungener Touristen für ihr gutes Recht hielten.
Sissi ließ Rolf nach den Bärensteaks fragen. Der Park-Ranger sah ihr tief in die Augen, dann warnte er sie eindringlich: Nach altem indianischen Glauben nähmen die Bären fürchterliche Rache für gemeuchelte Artgenossen, und da sie bekanntlich ganz scharf auf Süßes seien, müsse sie sich besonders in acht nehmen.
»Sag ihm«, bat Sissi, »er selbst muß sich noch mehr vor den Bären in acht nehmen, weil sie Süßholz kilometerweit riechen.«
Rolf wußte nicht, was Süßholz auf Englisch heißt.

Als Rolf mit Sissi nach Stunden wieder in die Bar schaute, saßen Renate und Harry noch am selben Tisch und behaupteten fröhlich, etwas angeheitert zu sein. Rolf kamen sie sturzbetrunken vor. Er fragte sich, wie dieser Abend zu Ende gehen und wie sich die Nacht gestalten sollte. Am liebsten wäre er mit Sissi in eine der beiden Hütten gegangen und hätte die Tür hinter sich abgeschlossen. Aber in welche? Und was, wenn jemand klopfte und seine Zahnbürste holen wollte?
»Ich hab' schon viel erlebt«, sagte Harry schwerzüngig, »aber noch nie so was Blödes.«
»Das gibt's in keinem Russenfilm«, lallte Renate.
Harry hatte eine Idee: »Jetzt kaufen wir uns noch zwei Flaschen Schampus, und dann gehen wir in unsere Hütte.«

»In welche?« fragte Rolf.
»Ist doch egal.«
Rolf richtete es so ein, daß sie in seiner Hütte landeten. Dann muß ich nicht nach meiner Zahnbürste laufen, dachte er, und kann mich morgen früh rasieren. Auch in Ausnahmesituationen legte er Wert auf eine gewisse Ordnung. Sie verteilten sich im Raum, Renate auf dem einen Bett, Sissi auf dem anderen, Rolf in einem Korbstuhl und Harry auf dem Fußboden. Sie tranken Champagner aus Plastikbechern und redeten nicht.
Rolf fühlte sich in einen Film versetzt, in einen makabren Film von Luis Buñuel oder einen surrealistischen von Alain Resnais. Er stand plötzlich neben sich und sprach diesen Rolf an: Bist du in Ordnung, mein Freund? Weiß du, was du tust? Glaubst du wirklich, du hältst das durch? Denk an das Haus! Und an deine Karriere! Kannst du dir überhaupt ein Leben ohne Renate vorstellen? Und was willst du mit der Gemüsemaus? Gut, du willst mit ihr schlafen, aber was sonst? Komm, Rolf, steh auf! Wirf Sissi und Harry raus und bring deine Frau ins Bett!
Renate war eingeschlafen. Wenig später kippte Harry auf dem Fußboden um, rollte sich zusammen und gab keinen Laut mehr von sich.
»Ich glaube, heute putz ich mir mal nicht die Zähne«, sagte Sissi und kroch unter die Bettdecke.
Rolf rappelte sich hoch und trat vor die Hütte. Es war kalt geworden unter einem klaren Himmel, an dem Tausende Sterne standen. In der Ferne zischte ein Geysir, in der Nähe piepsten und krächzten verschiedene Tiere, die Rolf nicht bestimmen konnte. Er zog die frische Luft tief in die Lungen. Vermutlich ist es Blödsinn, was wir machen, dachte er. Aber es ist beschlossen und verkündet, also machen wir's. Wie die Partei!
Er kehrte nach drinnen zurück, deckte Renate zu, fand in

einem Wandschrank zwei Wolldecken, warf die eine über Harry, wickelte sich selbst in die andere und setzte sich in den Korbstuhl. Zu viert in einem Zimmer, dachte er, damit hat es in San Francisco angefangen.

»Haben wir Alka Seltzer?« war das erste, was Rolf morgens hörte. Die Frage kam von Renate.
Nachdem er einen Überblick über die Lage im Zimmer gewonnen und den gestrigen Abend rekonstruiert hatte, antwortete Rolf: »Nein, aber draußen gibt's herrlich frische Luft, die unheimlich belebt.«
»Blödsinn«, knurrte Renate.
Rolf hatte am wenigsten getrunken und fühlte sich fit. Er duschte, zog sich an und machte sich, als die anderen keinerlei Regung zeigten, allein auf den Weg zum Frühstück. Die Luft schnitt in die Lungen, die Scheiben der Autos vor den Hütten waren blind von Reif. Rolf hatte bei seinen Reisevorbereitungen gelesen, daß diese Landschaft über zweitausend Meter hoch lag, daß hier zeitig im Jahr der Herbst einzog und manchmal schon im Oktober die Zufahrten tief verschneit waren, so daß die Bären und Büffel und Elche bis zum Frühjahr unter sich blieben. Die schneidende Morgenluft bestätigte es ihm.
Bei dünnem Kaffee und dicken Pfannkuchen mit klebrigsüßem Ahornsirup und salzigem Speck überlegte er, ob die gestern verkündeten Beschlüsse wirklich in die Tat umzusetzen waren. Für ihn stand fest: Er würde durch den Grand Canyon fahren und Renate frühestens in Las Vegas wiedertreffen. Dort würde man weitersehen. Auch Renate würde, wie er sie kannte, keinen Rückzieher machen und mit Harry nach Las Vegas wollen. Harry kam von seinem Versprechen kaum herunter und war plötzlich nur noch Spielball. Aber Sissi: Traute sie sich wirklich, mit ihm loszuziehen?
Als sich niemand weiter im Coffee Shop einfand, ging Rolf

zurück. Die drei waren inzwischen angezogen, wirkten aber noch leblos, und als er etwas von Frühstück sagte, mußten sie würgen.
Die Situation schien Rolf günstig, um den gestrigen Plan festzuklopfen und gleichzeitig das Heft in die Hand zu nehmen: »Am besten sehen wir uns heute den Park an, fahren morgen nach Salt Lake City und trennen uns dort bis Las Vegas. Seid ihr damit einverstanden?«
Die drei sahen ihn an, weder neugierig, noch überrascht, dann nickten sie stumm.
»Also dann: Auf geht's an den Busen der Natur!«
Die Autoscheiben waren inzwischen angetaut, Rolf besorgte den Rest. Er bot Harry an, ihm heute das Fahren abzunehmen. Harry nickte nur. Sissi setzte sich mit nach vorn. Die Straße führte von Old Faithful ostwärts durch dichte Nadelwälder kurvenreich über einen Paß. Rolf wurde immer wieder gebeten, nicht so zu rasen, obwohl er den Wagen nur gemächlich gleiten ließ. Sie kamen an den Lake Yellowstone, ähnlich groß wie der Lake Tahoe, und fuhren am Ufer entlang nach Norden.
Rolf hielt oft, um Ausblicke, aber auch Erholung in frischer Luft anzubieten, doch niemand wollte aussteigen. So machte er allein den kurzen Fußmarsch zu einem Schlammvulkan nicht weit von der Straße. In einer kahlen Senke lag dieser Tümpel von bleigrauem Schlamm, der blubbernd kochte und üble Gerüche absonderte. Rolf sah zu, wie sich an der Oberfläche Blasen formten und mit einem dumpfen Geräusch zerplatzten, wobei manchmal grauer Schlamm senkrecht emporgeschleudert wurde. Der Anblick war nicht so aufregend schön wie der eines Geysirs, sondern eher unheimlich in dieser menschenleeren Umgebung. Doch Rolf schmunzelte: Hier entledigte sich die Erde ihrer Blähungen, versteckt und unauffällig, wie es sich gehörte.
Nach zweieinhalb Stunden Fahrt durch den Park, an den

Wasserfällen des Yellowstone River, sagte Rolf: »Jetzt müßt ihr raus und ein paar Minuten laufen.«
»Was sind denn das für Wasserfälle?« fragte Harry, »muß man die einmal im Leben gesehen haben?«
»Sind die berühmter als die Niagara-Fälle?« fragte Sissi.
»Macht doch, was ihr wollt!« raunzte Rolf und stieg aus, wobei er zur Vorsicht den Autoschlüssel abzog und in die Hosentasche steckte. Ihn ärgerte die Ignoranz seiner Mitreisenden, die lieber ihren Kater hätschelten als sich anzusehen, wofür sie die weite Reise gemacht hatten.
Der Anblick der Wasserfälle ließ seinen Ärger verfliegen. Der Yellowstone River stürzte in zwei Stufen über hundert Meter in die Tiefe und prallte donnernd in die Gischt am Grunde des Canyons, von wo er, immer noch weiß aufgewühlt, zwischen steilen gelben Felswänden davoneilte.
»Det ist ja 'n Ding!« hörte er Sissi sagen.
Also hatten die drei sich doch bequemt. Sie reihten sich neben Rolf auf und schauten dem fallenden Wasser nach. Lange Zeit fiel kein Wort.
»Erklär uns was!« sagte Renate dann.
»Erklärt sich das nicht von selbst?« fragte Rolf.
»Sonst erklärst du doch immer alles.«
»Eben.«
Auf der Weiterfahrt in den nördlichen Teil des riesigen Parks machte Sissi eine Entdeckung: »Guck mal, Kühe!«
Rolf hielt am Straßenrand: »Komisch, daß sie nicht violett sind wie in der Schweiz. Weiß du, was das ist? Das ist eine Büffelherde.«
»Echte Büffel?« staunte Sissi.
»Sie haben hier nur die echten.« Rolf machte die Kamera mit dem Teleobjektiv bereit und stieg aus. Die Herde mochte sechzig oder achtzig Köpfe zählen und graste friedlich in etwa zweihundert Metern Entfernung. Rolf

bewegte sich langsam auf sie zu und machte nach fünfzig Metern eine erste Aufnahme.
»Geh ruhig näher ran!« rief Renate ihm nach.
Damit du auch meine Hälfte vom Haus kriegst, dachte Rolf. Nach hundert Metern fotografierte er erneut, dann ging er Schritt für Schritt weiter und visierte immer wieder mit dem Teleobjektiv die Herde an. Für den Dia-Vortrag vor seinen Schülern wollte er eine Aufnahme, die das Weiße im Auge des Büffels erkennen ließ.
Durch sein Teleobjektiv sah Rolf gerade noch, wie der Büffel startete, dann drehte er selbst sich um und rannte um sein Leben. Er hörte das Trampeln der Hufe immer näher kommen und warf seinen schweren Fotoapparat weg, um sich zu erleichtern. Deutlich drang der stoßende Atem des Tiers an sein Ohr, und er rannte mit letzter Kraft auf das rettende Auto zu.
»Olé, Torero!« rief ihm Sissi entgegen, »du hast deine Kuh verloren.«
Rolf blieb stehen und sah sich atemlos um: In etwa zweihundert Metern Entfernung graste friedlich die Herde.
»Sie hatte keine Lust und ist nach zehn Metern stehengeblieben«, sagte Sissi. »Soll ich dir deinen Fotoapparat holen?«
Rolf machte sich wortlos auf die Suche nach seiner Kamera. Hinter sich hörte er fröhliches Gelächter, aus dem Sissis glockenhelles Organ hervorstach. Warte, bis wir im Grand Canyon sind! dachte er grimmig.
Es war schon früher Nachmittag, als am Horizont ein merkwürdiges weißes Gebilde auftauchte, das wie ein großer Berg Schlagsahne in der Sonne schimmerte. Das rätselhafte Gebilde wuchs und wuchs, je näher sie ihm kamen, und schließlich standen sie an seinem Fuß und schauten es staunend an.
»Nun sag schon!« drängte Sissi.

»Mammoth Hot Springs«, erklärte Rolf.
»Auf deutsch«, verlangte Sissi.
»Die heißen Mammutquellen.«
»Und wie funktioniert's?«
Rolf erklärte: »Heißes Wasser läuft seit Millionen Jahren aus der Erde, und jeder Tropfen läßt ein wenig Kalk zurück, aus dem dieser gewaltige Berg gewachsen ist, sechzig Meter in die Höhe und ein Mehrfaches davon in die Breite. Und immer noch sprudelt die Quelle und wächst der Berg. Wenn du in hunderttausend Jahren wieder hierher kommst, hat sich alles schon wieder ein wenig verändert.«
»Det kiek ick mir an, versprach Sissi.
Sie gingen auf Holzbohlen den Berg hinauf und bestaunten aus der Nähe die filigranen Terrassen in Weiß und Pastelltönen.
Sehr gesprächig waren alle vier nicht dabei. Es war, als dämpfe die Schönheit des ungewöhnlichen Ortes das Mitteilungsbedürfnis. Nur das Plätschern des unaufhörlich rinnenden Wassers war zu hören. Die zarten Gebilde aus Kalk wirkten so zerbrechlich, als könne man sie mit einem rücksichtslosen Griff der bloßen Hand zerstören.

In einem Shop nahebei entdeckte Sissi T-Shirts und wollte unbedingt eines kaufen. Na schön, dachte Rolf, soll sie auf dem Busen stehen haben: Heiße Mammutquellen!
Es schien, als hätten sich im Laufe des Tages die Kater aus den Köpfen zurückgezogen, denn Renate, Sissi und Harry wollten jetzt bei jedem Hinweisschild anhalten oder abbiegen, um zischende Geysire, sprudelnd heiße Quellen und kochenden Schlamm zu sehen. Immer fröhlicher wurden sie dabei, staunten und ulkten, so daß Rolf verwundert dachte: Wie kann das angehen, da doch gerade eine Ehe zerbricht und eine Beziehung sich aufzulösen droht? War die Fröhlichkeit aufgesetzt und sollte miserable Gefühle erschlagen?

Vielleicht war es aber auch nur andersherum: Erleichterung, da eine zufällige Konstellation ermöglicht hatte, längst überfällige Entscheidungen zu treffen.
Diesmal aßen sie gemeinsam zu Abend und unterhielten sich über den Park, über den Lake Tahoe, über San Francisco. Sie vermieden alle persönlichen Bemerkungen und taten, als habe keiner der vier mit einem der drei näher zu tun. Ein Fremder hätte annehmen müssen, es säßen Teilnehmer einer Gruppenreise beisammen, von denen vor Tagen noch keiner den anderen kannte.
»Heute schlafen wir alle mal in unserer Hütte«, sagte Harry spät in der Nacht.
Die anderen drei sahen in an.
»Oder weiß jemand eine bessere Möglichkeit?« fragte er.
Die anderen drei wußten keine.

11. Kapitel

Harry

Harry packte seinen Koffer nicht sehr sorgfältig, denn er war in Gedanken.
Mit Renate nach Las Vegas! Vor achtundvierzig Stunden hätte er über die Idee laut gelacht, nun war er schon fast unterwegs. Wie das Leben so spielt! Renate wollte ein Abenteuer, der Grund dafür war klar und hatte mit ihm, Harry, nichts zu tun. Er war nur gerade in der Nähe. Sissi hatte blitzartig zurückgeschlagen, noch ehe er mit klarem Kopf seinen Entschluß hatte überdenken können. Sie hatte ihrerseits ein Abenteuer angekündigt, wobei er nicht wußte, ob das Abenteuer Rolf hieß oder Grand Canyon. Es war eine völlig verrückte Situation, aber es schien, als seien die anderen wild entschlossen, an ihren Plänen festzuhalten.

»Ich nehme nur ganz wenig Klamotten mit«, sagte Sissi, die ebenfalls packte, »auf dem Boot ist alles nur Ballast.«
Sie packte, was sie brauchte, in eine Umhängetasche: Jeans, T-Shirts, Tennisschuhe, BHs, Höschen, Socken, Waschzeug. Mehr nicht. Alles andere warf sie in ihre Koffer, die Harry mitnehmen sollte.
»Wahnsinnig, mit wie wenig man reisen kann«, wunderte sie sich.
Wenn Harry ehrlich war, sah er den kommenden Tagen mit gemischten Gefühlen entgegen.
Einmal wegen Renate. Normalerweise war er einem Abenteuer wie diesem nicht abgeneigt, und Renate gefiel ihm, wider anfängliches Erwarten, recht gut. Aber er wußte nicht, was sie mit ihm vorhatte. Und Renate war eine, die immer etwas vorhatte und niemals nur mit sich geschehen ließ.
Zum anderen wegen Sissi. Es war nicht das erste Mal, daß der eine Urlaub vom anderen nahm. Das kam einerseits daher, daß sie zu Hause so wenig Zeit füreinander fanden. Und andererseits hatten sie es aber auch immer so haben wollen: Wir sind schließlich nicht miteinander verheiratet.
»Die kalte Luft hätten die sich heute sparen können«, sagte Sissi wohlgelaunt, als sie vor die Hütte trat, »ich hab' nämlich überhaupt keinen Kater.«
Diesmal gingen alle gemeinsam frühstücken. Sie unterhielten sich über das Erlebte und das Bevorstehende. Jeder sprach freundlich mit jedem, und Harry hatte jetzt deutlich das Gefühl, daß vier Personen und nicht zwei Paare beisammen waren. Wahrscheinlich dachte er, will jeder Frieden halten, bis wir uns heute nachmittag trennen, damit nicht in letzter Minute alles in Frage gestellt wird.
Aus dem gleichen Grund drängte Harry zum Aufbruch. Old Faithful grüßte mit einem kochenden Ausbruch zur rechten Zeit, der übrige Park verabschiedete sich kühl mit bereiften

Wäldern und Wiesen unter einer morgendlich kalten Sonne. Harry war froh, diese ungewöhnliche Landschaft kennengelernt zu haben, aber er fragte sich: Woran vor allem wird dich eines Tages das Wort Yellowstone erinnern?
Drei Stunden bis Pocatello, mittags waren sie siebzig Meilen vor Salt Lake City.
»Ich habe eine Idee«, kündigte Rolf an, und Harry dachte: Auch das noch!
Rolf wußte einen lohnenden Umweg zum Nordostufer des Großen Salzsees, zu der Stelle, wo 1869 die erste Eisenbahnverbindung quer durch Amerika vollendet worden war. »Eine epochale Leistung, ohne die der Kontinent nicht hätte erschlossen werden können. Die beiden Schienenstränge, vom Atlantik und vom Pazifik her vorgetrieben, waren hier am Salzsee feierlich mit einem goldenen Nagel zusammengefügt worden. Und jeden Mittag um eins wird der Nagel noch einmal eingeschlagen.«
»Seit über hundert Jahren?« staunte Sissi. »Dann muß der doch ganz breitgekloppt sein.«
»Unsinn! Das geschieht doch nur symbolisch.«
»Ich versuche mir vorzustellen«, sagte Renate, »wie ich einen Nagel symbolisch einschlagen würde. Am besten wohl mit einem symbolischen Hammer.«
»Wenn es nur symbolisch ist«, alberte Sissi, »dann kannste ja ruhig den Daumen dazwischenkriegen.«
Rolf schwieg und schaute wie Harry im Rückspiegel sah, verbissen vor sich hin. Dummer Kerl! dachte Harry. Was mußt du auch immer das zweibeinige Lexikon spielen? Arme Sissi, die das jetzt allein aushalten muß!
Sie bogen nicht zum Salzsee ab, sondern fuhren geradeaus nach Salt Lake City. Rolf dirigierte Harry zum Busbahnhof.
»Na dann!« sagte Harry. »Hals- und Beinbruch beim Bootchenfahren!«
»Na dann!« antwortete Rolf. »Viel Glück beim Roulette!«

»Wenn wir ersaufen«, bat Sissi, »dann schreibt ein Kärtchen nach Ost-Berlin!«
Renate winkte nur kurz.

»Auf nach Las Vegas!« rief Harry und gab Gas.
Im Radio lief Country Music, er drehte die Stereoanlage auf. Neben ihm räkelte sich Renate mit allen Zeichen der Zufriedenheit. Sie griff nach hinten in die Kühlbox, holte zwei Büchsen Budweiser heraus, ließ die Verschlüsse laut schnalzen und stieß mit Harry an: »Na dann!«
Sie legte den linken Arm um ihn und gab ihm einen Kuß auf die Wange.
»Wo fahren wir eigentlich hin?« erkundigte sie sich nach einer Weile.
»Nach Las Vegas.«
»Und da geht's hier lang?«
»Ich hoffe.«
Harry hielt an und sah auf die Straßenkarte, die Rolf zurückgelassen hatte. Sie waren nicht auf dem Interstate Highway 15 südwärts nach Las Vegas, sondern fuhren genau westwärts und waren ganz nah am Ufer des Großen Salzsees.
»So was passiert Rolf nie«, sagte Renate.
Harry hätte gern schlagfertig geantwortet, aber ihm fiel gar nichts ein.
»Laß uns baden gehen!« schlug Renate vor. »So ein Salzsee ist lustig, da schwebst du auf dem Wasser, ich kenne das vom Toten Meer in Israel. Komm, ich zeig's dir!«
Eigentlich wollte Harry auf direktem Wege nach Las Vegas, aber wenn ihn Renate so lieb bat . . .
Das flache Ufer war weiß vom Salz, das Wasser wirkte eigenartig träge, fast bleiern. Am kilometerlangen Strand lagerten nur ganz wenige Menschen. Harry fuhr so weit, bis gar niemand mehr zu sehen war. Sie stiegen aus, Hitze schlug ihnen entgegen.

»Komm!« sagte Renate, »hier brauchen wir keinen Badeanzug.«
Harry schmunzelte: Jetzt beginnt wieder das Spielchen wie am Lake Tahoe. Hoffentlich ist das Wasser hier wärmer als dort!
Renate nahm ihn an der Hand und zog ihn im Laufschritt in den See. Das Wasser war brühwarm. Als es ihnen bis übers Knie reichte, beugte sich Renate langsam nach hinten, bis sie bewegungslos flach auf dem Wasser lag, ohne zu sinken. Harry machte es ihr nach. Es war ein blödsinniges Gefühl und machte riesigen Spaß.
Auf dem Rückweg zum Auto betrachtete Harry mit Wohlgefallen Renates fabelhafte Figur. Vor allem fiel ihm auf, daß sie, so schlank sie auch war, wunderschöne runde Pobacken hatte. Renate holte ein Handtuch aus ihrem Koffer und reichte es Harry: »Du mußt mich abrubbeln. Aber nur hinten, vorn kann ich es selbst.«
Harry tat folgsam nur, was Renate ihn geheißen hatte, obwohl er dabei dachte: Soll ich oder soll ich nicht?

Der Weg nach Las Vegas zog sich. 430 Meilen ab Salt Lake City hatte Harry errechnet, also fast 700 Kilometer, und das mit 88 km/h erlaubter Höchstgeschwindigkeit. Auf der Karte war es ein Katzensprung im Vergleich zu der Entfernung von New York nach San Francisco. Diese Dimensionen müssen die Menschen früher mutlos gemacht haben, dachte Harry, wenn sie so mit ihrem Planwagen dem Horizont zustrebten. Aber heute, im klimatisierten Achtzylinder auf vielspurigem Highway, war es ein Vergnügen.
»Fährst du gern so durch die Gegend?« fragte Renate.
»Ja. Man darf's ja kaum noch sagen, daß man große, benzinsaufende Dinosaurier liebt. Aber mit so einem durch die Wüste: Darauf habe ich mich am meisten gefreut.«
»Nicht aufs Spielen?«

»Auch.«
»Und auf mich?« fragte sie.
»Nein. Davon wußte ich ja nichts.«
»Und jetzt?«
»Jetzt? Jetzt erwarte ich, daß du der Höhepunkt der Reise wirst.«
»Au weia!« Sie lächelte ihn an: »Ich werde mich bemühen.«
Stunde um Stunde rollten sie dahin. Die Landschaft war alles andere als abwechslungsreich, aber die großartige Weite beeindruckte Harry immer noch und immer mehr. Die Nester neben dem Highway hießen irgendwie, zum Beispiel Nephi oder Holden oder Fillmore. Für Harry waren sie namenlos. Die Vorstellung, an so einem staubigen Fleck zu leben und fünfhundert Seelen mit Obst und Gemüse zu versorgen, ging nicht in seinen Kopf. Auch Renate konnte es sich nicht vorstellen, hier Geschichte zu unterrichten.
Harry fragte sie ein bißchen aus, und sie erzählte bereitwillig über sich, über ihre Schulzeit in Darmstadt, das Studium in den wilden frühen 70ern in Frankfurt. »Da habe ich auch Rolf getroffen und später kennengelernt.«
»Was ist der Unterschied zwischen Treffen und Kennenlernen?« fragte Harry.
»Naja, Treffen ist bei mir erstes Kennenlernen, aber Kennenlernen ist näheres Kennenlernen, also schon ganz nahes Kennenlernen.«
»Hautnah?«
»Sozusagen.«
»Also haben wir uns bisher nur getroffen«, stellte Harry fest.
Die grünweißen Entfernungstafeln am Straßenrand kündigten eine größere Stadt an: Cedar City. Es waren bis dorthin nur noch 120 Meilen, als die Sonne im Westen

hinter den Horizont fiel. Renate schlug im Baedeker nach und las vor: »Cedar City, Utah, neuntausend Einwohner, Eisenvorkommen. Punkt, Ende.«
»Kein Hilton, kein Interconti, kein Holiday Inn?«
»Höchstens ein Campingplatz.«
»Weißt du, was ich am liebsten täte?« fragte Harry.
»Ja, nach Las Vegas fahren.«
Harry sah erstaunt zu ihr hinüber: »Woher weißt du, daß ich am liebsten durchfahren würde?«
»Ich kenne dich eben«, sagte Renate.

Da sie Hunger hatten, hielten sie im nächsten Nest, es hieß Beaver. Renate bat, ein französisches Restaurant auszuwählen, aber Harry war der Ansicht, ein ausgedehntes Menü mit sieben oder acht Gängen belaste vor der weiten Fahrt den Magen zu sehr. Sie aßen Hamburger.
»Soll ich ein paar Stunden fahren?« fragte Renate.
Harry sträubten sich die Haare. Er hatte überhaupt nichts gegen Frauen, vor allem nichts gegen Frauen als Frauen und nicht mal etwas gegen Frauen in der Politik, aber er hatte etwas gegen Frauen am Steuer. Das war kein Vorurteil, das war das Ergebnis jahrelanger Beobachtungen und insofern ein Urteil, fand Harry. Es genügte ihm, daß sie ängstlich und unsicher vor ihm herumkrebsten, er wollte nicht auch noch neben einer auf den Beifahrersitz verbannt sein und im Geiste alles richtig machen, was sie falsch machte.
»Laß mal«, antwortete Harry, »ich mach das schon.«
»Du traust es mir nicht zu?« fragte Renate mit einem ausgesprochen unheilvollen Unterton.
»Doch, aber . . .«
»Aber du kannst es besser.«
»Nein, aber . . .«
»Aber du willst nicht neben mir sitzen und die ganze Zeit den Gasfuß so bewegen, wie man es eigentlich macht.«

»Nein«, stöhnte Harry.
Renate fuhr, und nach ein paar Meilen dachte Harry: Alle Achtung! Zwar ging es ständig geradeaus, aber immerhin war es dunkel und Ausland.
»Das ist erst das zweite Mal«, gestand Harry, »daß ich mich von einer Frau fahren lasse. Beim ersten Mal war es wegen eines Knöchelbruchs, aber diesmal ist es freiwillig.«
»Alter Macho!« sagte Renate und strich ihm im Dunkeln über den Arm.
Nach einer Stunde kamen sie durch Cedar City, nach einer weiteren durch St. George, das ebenso tot wirkte, dann waren es noch gut 100 Meilen nach Las Vegas.
»Jetzt löse ich dich wieder ab«, schlug Harry vor, »aber du bist wirklich ganz toll gefahren.«
»Du willst sagen: ganz toll für eine Frau.«
Harry hatte die Nase voll von dem Thema: »Ja, du bist wirklich eine Ausnahme.«
Renate schien nicht zu wissen, ob sie sich als Person geschmeichelt oder als Frau beleidigt fühlen sollte. Sie sagte nichts.

Während Renate eine Weile schlief, wurde sich Harry darüber klar, warum er unbedingt hatte durchfahren wollen bis Las Vegas. Er fand es schön in schwarzer Nacht auf einem Highway durch die Wüste von Nevada zu rollen, doch das war nicht alles. Er wußte nicht, wie er das machen sollte: mit Renate im Motel. Ein Zimmer oder vielleicht doch zwei? Wenn nur ein Zimmer, dann ein Bett oder doch zwei? Und wenn ein Bett, was dann?
Harry war sonst nie verlegen. Aber diesmal handelte es sich um eine Situation und um eine Frau, die beide nicht ganz einfach waren. Deswegen, gestand er sich, wollte er weiterfahren, nur deswegen!
Kurz nach zwei Uhr nachts bemerkte er am Horizont einen

hellen Fleck. Mit jeder Minute wurde der Lichtschein deutlicher, wurde Harry munterer. Zehn Meilen vor Las Vegas weckte er Renate.
»Was ist denn das?« rief sie und rieb sich die Augen.
Auch Harry hatte so ein verrücktes Bild noch nie gesehen: Mitten in der rabenschwarzen Nacht gleißte vor ihnen ein Meer aus Licht, das die Sterne am mondlosen Himmel zu Glühwürmchen degradierte. Das Gleißen hatte etwas Besonderes, und Renate kam auf den Grund: »Die Luft über der Wüste muß heute nacht glasklar sein. Der Lichtschein fängt sich nicht in einer Dunstglocke.«
Harry nahm irgendeine Abfahrt. Er geriet auf den Las Vegas Boulevard, von dem er aus Fernsehsendungen wußte, daß er The Strip genannt wurde, und fuhr ihn hinunter, dem Mittelpunkt des gleißenden Lichts entgegen. Es war halb drei, aber die Stadt schlief nicht.
Mitten auf einer Kreuzung bremste Harry, daß die Reifen quietschten. Zum Glück war niemand nah hinter ihm. Er sah mit aufgerissenen Augen in die Seitenstraße zur Rechten: Licht, Licht, Licht! Taghell! Alle Farben! Ein Casino neben dem anderen. Jedes wollte mit hektischen Kaskaden grellbunter Glühbirnen aus dieser Orgie von Licht hervorstechen: Golden Nugget, Pioneer Club, 4 Queens, Horseshoe, Golden Goose, Mint. Ein riesiger winkender Cowboy an der Fassade des Pioneer Club stach Harry in die Augen. Hinter ihm hupte es, Harry fuhr weiter und fragte: »Mensch hast du das gesehen?«
»Natürlich. Warum fragst du?«
»Na, hör mal!« brauste Harry auf. »Findest du das nicht . . .«
Er fing einen listigen Blick auf. Verdammt! dachte er, ich falle aber auch ständig auf sie herein. Renate lachte leise und legte wieder einmal den Arm um seine Schultern.
Dies war nicht einfach ein Ankommen in Las Vegas, fand

Harry, es war ein wirklicher, würdiger Einzug in die mutmaßlich verrückteste Stadt der Welt. Er ließ die Seitenscheiben herab, so daß die laue Nachtluft hereinwehte, und rollte gemächlich den Strip hinunter, den noch erstaunlich viele Autos befuhren. Zu beiden Seiten kündigten sich mit haushohen Lichtspielen Hotels und Casinos an, die Harry vom Namen her teilweie kannte: Sahara, Silverbird, Circus Circus, Riviera, Stardust, Frontier, Desert Inn, Sands, Flamingo und, an der belebtesten Ecke, Cesars Palace.

»Hier treffen wir uns alle wieder«, sagte Harry, »in einer Woche, abends um acht.«

»Das ist noch lange hin. Sag mir lieber, was wir jetzt machen!«

Harry fuhr an den Straßenrand und hielt. Die Frage traf ihn unvorbereitet, er hatte nur daran gedacht, in Las Vegas anzukommen, beziehungsweise dort seinen Einzug zu halten.

»Wir könnten ein wenig spielen«, schlug er schnell vor, »oder was essen gehen oder ...«

»Alles, was du willst! Aber zuerst brauche ich ein Bad.«

»Da müßten wir ...«

Sie stupste ihn mit dem Zeigefinger auf die Nasenspitze: »Das müßten wir. Und damit beginnen die Schwierigkeiten, die du bis heute abend aufschieben wolltest. Zum Beispiel die Frage: ein Zimmer oder zwei? Und so weiter!«

Mannomann! dachte Harry.

»Wie hättest du's denn gern?« fragte er.

»Zwei Zimmer. In verschiedenen Hotels.«

Harry fuhr an, wendete auf dem Strip und steuerte den Wagen zum Eingang von Cesars Palace. Es war mehr ein Portal als ein Eingang, dekoriert mit weißen römischen Statuen und türkis angestrahlten Fontänen. Ein livrierter Mann riß den Wagenschlag auf, bemächtigte sich des Autoschlüssels und geleitete Renate und Harry zur Rezeption.

»Kannst du mal bitte übersetzen«, sagte Harry: »Wir wollen ein besonders schönes Zimmer mit einem ganz großen Bett. Sag ihm, wir sind auf Hochzeitsreise und wollen was Anständiges.«
Renate übersetzte, dann flüsterte sie: »Ist das nicht viel zu teuer?«
»Für wen?« fragte Harry.
Renate lachte laut, als sie das Zimmer sah, und Harry fiel in das Lachen ein: So mußte sich ein Weizenfarmer aus dem mittleren Westen ein römisches Gemach zur Zeit Cäsars vorstellen! Alles war römisch, nichts war echt, Hollywood in verschärfter Form ließ grüßen.
»Das gibt's in keinem Russenfilm!« prustete Renate vergnügt.
Sie nahm ihr Bad und ließ sich wieder den Rücken rubbeln, dann zog sie das bewährte Buntseidene an und baute sich vor Harry auf: »Wo ist hier, bitte, was los?«
Unten im Casino war um vier Uhr morgens noch einiges los, wenn auch nicht mehr unbedingt die Hölle. Harry spielte ein wenig Roulette und setzte wieder auf Renates Geburtstag, aber diesmal kam die 23 nicht. Dafür hatten sie mit kleineren Einsätzen Glück am ›einarmigen Banditen‹. Sie tranken in einer der Bars Bloody Mary, dann traten sie hinaus in die immer noch laue Nacht und gingen hinüber zum MGM Grand Hotel, wo nach einiger Zeit die 23 kam.
»Ich werde selbst spielen«, kündigte Renate an, »damit ich meinen Aufenthalt hier bezahlen kann. Ich möchte nicht gezwungen sein, mich erkenntlich zu zeigen.«
»Du wirst verlieren«, prophezeite Harry.
Renate überging es und sagte: »Jetzt will ich einen Sonnenaufgang über der Wüste.«
»Ganz wie gnä' Frau wünschen!«
Sie ließen ihr Auto aus der Garage holen, und Harry bat

Renate, sich zu erkundigen, wo der beste Sonnenaufgang sei. Sie brachte die Auskunft mit: »Angeblich im Osten.«
»Kluges Mädel!« lobte Harry, dann fuhr er in die Richtung, die nach seiner Orientierung Osten sein mußte, und hielt draußen vor der Stadt. Die Zeit war gut getroffen, der Himmel rötete sich schon.
»Ich wundere mich über dich«, sagte Harry.
»Wieso?« fragte Renate.
»Weil du einfach zum Sonnenaufgang in die Wüste willst. Das ist doch in keinem Reiseplan vorgeschrieben. Du müßtest jetzt schlafen, um für den nächsten Museumsbesuch ausgeruht zu sein.«
»Ach, Harry, wenn du wüßtest!«
»Wenn ich was wüßte?«
Renate schmiegte sich an seine Schulter: »Wenn du wüßtest, wann ich mit Rolf zum letztenmal so spontanen Blödsinn gemacht habe. Früher, ja! Aber die Ehe macht so was tot. Die Ehe macht überhaupt alles tot. Du darfst nie heiraten, nie, hörst du?«
»Ich bin ja nicht gerade als notorischer Hochzeiter verschrien«, sagte Harry, »aber ich finde, du übertreibst.«
»Ich übertreibe nicht«, widersprach Renate heftig. »Ehe tötet alles, was du liebst. Sie tötet die Liebe. Sie tötet den Spaß am Verlieben. Sie tötet deine Jugend, deine Spontaneität, deinen Sinn für Blödsinn. Du bist nur noch Routine. Und kämpfst um die Vorherrschaft! Ums Rechthaben! Das ist das einzige, was dich noch aufregt. Es hat mich so aufgeregt, daß dieser blöde Geysir immer weiterspuckte. Es ist schnurzpiepegal, ob der Geysir spuckt oder nicht spuckt oder explodiert oder nicht explodiert. Aber wenn Rolf sagt, der Geysir spuckt, und er spuckt, dann rege ich mich auf, daß ich spucken möchte. Oder explodieren.«
Die Sonne lugte mit einem glühenden Rand über die Hügel im Osten. Harry zog Renate zu sich und küßte sie. Zum

ersten Mal hatte er das Gefühl, es sei nicht nur Flirt. Aber was soll ich mit ihr machen? dachte er. Sie kann doch kein Gemüse verkaufen!

Die Sonne stieg rasch, die Wüste, eben noch fahl, nahm Farben an: gelblich, rötlich, staubiggrün. Renate lehnte an Harrys Schulter und rauchte.

»Es gibt nur einen Grund um zu heiraten«, fuhr sie plötzlich und ebenso heftig wie zuvor fort: »Wenn du dich unbedingt fortpflanzen willst. Kinder brauchen verheiratete Eltern, damit sie nicht auf Schritt und Tritt dumm angeredet werden. Aber niemand sonst braucht die Ehe. Außer fürs Finanzamt.«

»Du bringst mich in die blöde Lage, daß ausgerechnet ich den heiligen Stand der Ehe verteidigen muß.«

»Mußt du nicht. Es gibt nichts zu verteidigen. Heiraten ist ganz nett, aber Verheiratetsein ist trostlos. Du kannst machen, was du willst, es geht alles den Bach runter! Ein halbes Jahr lang bringt er dir noch Blumen mit, samstags. Das nächste halbe Jahr merkt er wenigstens noch: Oh, wir haben keine Blumen. Und dann? Aus! Wenn er keine Blumen mehr mitbringt, brauchst du dich nicht mehr vor dem Frühstück zu schminken. Das eine hat mit dem anderen nichts zu tun, aber eins folgt aus dem anderen: Wenn er nicht mehr charmant sein will, wozu sollst du dich dann noch aufputzen? Es geht seinen Gang. Zumal kann er dich ja nicht verlassen, ehe das Haus abbezahlt ist. Und den Skandal im Kollegium kann er sich gar nicht leisten. Undsoweiter. Deine Ehe schleppt sich auf lauter solchen Krücken dahin, und nimmst du sie ihr weg, kann sie sich nicht mehr auf den Beinen halten. Du durchschaust es sogar, aber du hältst es nicht auf. Harry laß die Finger davon!«

»Es kann nicht nur an der Ehe liegen«, meinte Harry, »denn manchmal ist es mit Sissi und mir schon genauso.«

»Bei euch liegt's an der vielen Arbeit«, belehrte ihn Renate,

»was ja bekanntlich bei uns Lehrern als Grund ausscheidet. Harry, glaub mir.«
Harry glaubte im Grunde und wollte auch das verdrußreiche Thema beenden: »Also gut, ich heirate dich nicht.«
»Harry, du bist ein Quatschkopf, und ich will jetzt frühstücken.«
Harry wendete. Vor ihnen im Morgenlicht lag meilenweit ein Meer eintöniger Bungalows. Harry sehnte den Strip wie ein verlockendes Gestade herbei, doch um diese Stunde war der Glitzer der Nacht kraftlos geworden, hatten die Kaskaden bunter Glühbirnen keine Chance mehr gegen die entzaubernde Wirkung der Sonne. Der Strip wirkte übernächtigt und bleich, wie ungeschminkt am Frühstückstisch.
Im Casino Circus Circus gab es für lächerlich wenig Geld ein riesiges Büffet. Renate und Harry häuften beinahe unanständig viel auf ihre Teller, als stünde eine große Not bevor, und aßen mit Anstand und Mühe alles auf.
»Und jetzt?« fragte Harry.
»In die Badewanne und ins Bett«, verlangte Renate.

Im Zimmer war es wohltuend kühl nach der Sonnenhitze, die bereits am Vormittag herrschte. Harry lag unter römischem Baldachin, hörte nebenan das Badewasser rauschen und dachte: Jetzt!
Die ganze Fahrt über, vom Yellowstone Park bis hierher, die ganze Nacht über bis jetzt hatte er nachgedacht, wie die Situation zu meistern wäre. Zum ersten Mal seit Jahren, sogar zum ersten Mal seit sehr jungen Jahren, wußte er nicht, wie er's anfangen sollte.

12. Kapitel

Sissi

Sissi fühlte sich zurückgesetzt. Sie erinnerte sich an eine Reise durch die ČSSR mit einem gewissen Walter vor sechs oder sieben Jahren, so genau wußte sie es schon nicht mehr. Sie war achtzehn oder neunzehn gewesen, er zweiundzwanzig. Sie hatten beide kaum Geld gehabt, die ČSSR war teuer für DDR-Bürger, sie waren billig mit dem Bus durchs Land gefahren und hatten in engen Gasthofzimmern übernachtet. Sissi hatte Walter als Kumpel betrachtet, er selbst sich als ihren Geliebten. Das hatte sie die ganze Reise über verwirrt. So ähnlich fühlte sie sich jetzt.

Die Busfahrt von Salt Lake City nach Richfield, wenig weiter als 150 Meilen, hatte, mit Umsteigen in Spanish Fork, bis in die Nacht gedauert. Rolf hatte versprochen, sie würden, ganz anders als bei einer Reise im Auto, witzige Leute kennenlernen. Das war auch so gewesen, nur hatte Sissi mit ihren paar Brocken Englisch nicht viel davon gehabt. In Richfield hatten sie preiswert gegessen und übernachtet. Sissi hatte sich sofort auf ihrer Seite des Bettes zusammengerollt und ein »Gute Nacht« genuschelt, um Rolf nicht auf dumme Gedanken zu bringen. Ihm war offenbar die Tatsache, daß sie kein Nachthemd trug, als Aufforderung erschienen, da er nicht wußte, daß sie nie eins trug. Aber nach einer kurzen Weile hatte er wohl die Erfolglosigkeit seines Mühens eingesehen und seine suchenden Hände zurückgezogen.

Heute nun waren sie auf dem Weg in den Bryce Canyon National Park, von dem Sissi nie vorher gehört hatte. Der Bus – es war der dritte, den sie an diesem Tag benutzten – bog gerade von einer Nebenstraße in eine Neben-Nebenstraße ab, deren Asphalt nicht mehr sehr gut war.

»Du wirst staunen«, versprach Rolf.
»Bin ick schon dabei«, maulte Sissi.
Rolf schluckte trocken.
Ich find's schön, ich find's schön, ich find's schön, sagte Sissi vor sich hin. Es half ein wenig. Was sollten auch ewig die großen Mietwagen, die schnieken Hotels, die edlen Restaurants? Das wahre Leben spielte im klapprigen, staubigen Bus nach Bryce Canyon und in den verwohnten Motels der Handlungsreisenden. Dafür war man schließlich noch nicht zu alt und noch nicht zu verwöhnt!
»He, was ist denn das!« rief Sissi, als sie den Bryce Canyon erblickte.
Sie hatte so eine Landschaft noch nicht gesehen. Eine launische Natur hatte leuchtend rotbraunen Stein zu Formen gemeißelt, die – wenn überhaupt ein Vergleich angebracht war – an die schlanken Türme und Streben gotischer Kirchen erinnerten. Ja, norddeutsche Backsteingotik, die war vom gleichen Rotbraun! Kirchen in Rostock, Stralsund, Greifswald. Die Formen ließen aber auch an riesige Orgeln mit unzähligen Pfeifen denken. Über allem stand ein stahlblauer Himmel. Im Elbsandsteingebirge hatte sie Steine gesehen, die diesen hier entfernt ähnlich sahen, freilich nicht so groß und nicht so bizarr und nicht so bunt. Und vor allem nicht so viele! Die Szenerie hatte etwas von einem Märchen, und vielleicht war sie ja in Wirklichkeit die Kulisse für einen Traum?
»Das Gestein ist ungefähr sechzig Millionen Jahre alt«, erklärte Rolf, »und durch Erosion ausgewaschen.«
Sissi ergriff seine beiden Hände und sah ihm in die Augen: »Mein lieber Rolf!«
»Ja?« fragte er erwartungsvoll.
»Mein lieber Rolf. Ich will dir das alles gern glauben und dich auch nicht auf ein paar Millionen Jahre festnageln. Aber ich möchte solche belanglosen Einzelheiten nur noch

hören, wenn ich ausdrücklich danach frage. Kannst du dir das in deinem Kopf merken?«
Rolf nickte.
»Und gleich noch etwas für heute abend«, fuhr Sissi fort: »Wenn ich mit dir schlafen will, sage ich Bescheid.«
Rolf schien nur einen Moment überrascht, dann erwiderte er: »Okay, aber denk bitte dran, daß es ab übermorgen schwierig wird. Da sind wir nämlich im Grand Canyon.«
»Ich liebe, wenn es schwierig ist«, sagte Sissi und freute sich noch im nachhinein über die Doppeldeutigkeit dieses Satzes.

Sie machten sich auf zu einer Fußwanderung durch jenen Teil des kilometerweiten Parks, der nach Rolfs Kenntnis auf engem Raum die größte Vielfalt der Formen bot. Zwar stand die Sonne noch hoch am wolkenlosen Himmel, aber die Temperatur war angenehm, da man sich in 2500 Metern Höhe bewegte. An jeder Biegung des Weges gab es neuen Anlaß, stehenzubleiben und staunend zu schauen: auf groteske Türme, grandiose Schluchten, zerklüftete Wände. Rolf gab keine Erläuterungen, Sissi hatte auch nur einmal eine Frage, auf die Rolf ausgerechnet keine Antwort wußte: Woher der Bryce Canyon seinen Namen habe.
Sissi mußte einfach sticheln: »Da mußt du dir eben eine Antwort einfallen lassen. Harry hätte jetzt gesagt: Jonathan G. Bryce, G. steht für Gustav, hieß eigentlich Preiß, stammte aus dem Wedding, ist als erster auf Stelzen durch Amerika gelaufen und hat an Heiligabend auf dem Felsen da oben vor hunderttausend Indianern ausgerufen: Ich bin ein Berliner! Das hätte Harry jetzt gesagt. Natürlich ist das alles Quatsch, aber ich wäre wahnsinnig beeindruckt gewesen.«
Sissi sah befriedigt, daß Rolf zu knabbern hatte. Ich werde dir helfen, Herr Oberstudienrat, dachte sie amüsiert. Hast dir vorgestellt, die kleine Piepsmaus ungeheuer zu beein-

drucken und en passant zu vernaschen? Du wirst dir die Zähne ausbeißen!
Sissi fand Rolf sehr nett. Das war das richtige Wort: Sehr nett. Seine offenkundige Verliebtheit schmeichelte ihr, aber sie empfand gar nichts Ähnliches für ihn. Sie hatte sich ihm angeschlossen, weil Renate sich Harry angeschlossen hatte – oder umgekehrt. Sie ärgerte sich über Harry und wollte, daß er sich über sie ärgerte. Sie vermutete, er werde mit Renate schlafen – oder umgekehrt. Schließlich schien Renate wild entschlossen, sich und anderen ihre neue Freiheit zu beweisen.
Wenn ich wüßte, was Harry macht, dachte Sissi. Wahrscheinlich macht er's, also kann ich's auch machen. Wenn ich hinterher erfahre, daß er's nicht gemacht hat, hat er eben Pech gehabt. Wenn ich's nicht mache und hinterher erfahre, daß er's gemacht hat, ist es zu spät. Aber wenn ich's mache, dann nicht im Motel, sondern im Grand Canyon! Wer kann das schon von sich sagen?
Abends war Sissi todmüde von der Wanderung. Ein höllisch gewürztes Chili con carne weckte noch einmal ihre Lebensgeister, aber ein paar Dosen Bier, die sie zum Löschen des Durstes brauchte, warfen sie schnell in den Schlaf.

»Wir hätten natürlich auch einen Wagen mieten können«, bemerkte Rolf, als sie in der Mittagshitze in einem Nest namens Kanab im Staate Utah auf den Bus warteten, der sie in ein Nest namen Page im Staate Arizona bringen sollte.
»Hätten wir«, bestätigte Sissi. »Aber so ist es viel origineller.«
Rolf schien dankbar für ihr Verständnis: »Mit dir kann man so was machen.«
»Klar«, sagte Sissi, »ich hab' ja früher auch kein Geld gehabt.«
Rolf hatte wieder zu knabbern. Page, Arizona, wirkte auf

Sissi wie das Ende der Welt, oder auch wie die Mitte des Nichts. Rolf hatte aus seinem Ringbuch, das jetzt in Las Vegas lag, in Erinnerung, daß die Stadt Page etwa 1500 Einwohner habe, und Sissi fand, diese seien aufs äußerste zu bedauern. Als Kind hatte sie mal die großen Ferien in Mecklenburg verlebt, wo die Menschen voll weiser Selbstironie behaupteten, bei ihnen würde dermaleinst der Untergang der Welt, wie alles andere, erst mit mehrjähriger Verspätung wahrgenommen. In Page, argwöhnte Sissi, würde man ihn ganz übersehen.
Immerhin hatte die Buchung im Motel geklappt, es war also erwiesen, daß der Ort Kontakt zur Außenwelt hatte. Abends um sieben sollten sich die Teilnehmer der Grand Canyon Tour zu einem »briefing«, also einer vorbereitenden Unterrichtung, am Swimmingpool versammeln.
Bis dahin war noch Zeit. Sissi und Rolf bummelten über die kaum befahrene Hauptstraße. Es gab da einen Supermarket, einen Liquor Shop, eine Feuerwehrstation, sogar ein großes luxuriös wirkendes Holiday Inn Hotel. Eine kleine zweimotorige Maschine schwebte über Page ein, demnach mußte es auch einen Flugplatz geben. Sie schlenderten bis ans Ende des Ortes und ein Stück weiter zu einem großen Bauwerk, das Sissi vorhin vom Bus aus flüchtig wahrgenommen, aber nicht richtig angeschaut hatte.
»Wat is'n det?« rief sie überrascht.
»Der Canyon des Colorado«, erwiderte Rolf so stolz, als habe er ihn selbst gebuddelt. »Phantastisch, nicht wahr? Wie ein Riß durch die Erde!«
»Det jibt's in keen . . .«
Sissi verschlug es vor Staunen die Sprache. Sie standen auf der Krone eines turmhohen Staudamms und sahen tief hinunter in eine enge Schlucht mit beinahe senkrecht hinabstürzenden Wänden. Auf dem Grunde tobte, bis hier oben hörbar, weiß gischtendes Wasser.

Nach einer Zeit fiel Sissi etwas ein. Sie deutete nach unten: »Sag mal, diese Bootsfahrt . . .«
Rolf sah sie fragend an.
»Ich meine, ist die da unten?«
Rolf nickte: »So ist es.«
Sissi schüttelte sich: »Nee, icke nich! Bin ick denn lebensmüde?«
»Aber wir sind angemeldet«, beschwor Rolf sie.
»Dann melde mich ab!«
»Und wie willst du allein von hier nach Las Vegas kommen?«
»Lieber zu Fuß als ertrunken.«
»Und was ist mit dem Geld?«
»Wieso?« fragte Sissi, »sollte ich Geld dafür kriegen?«
»Nein, aber ich habe die Tour doch im voraus bezahlt.«
»Kein Problem! Regeln wir alles hinterher. Falls du noch lebst.«
Sissi war entschlossen, diese Tour nicht mitzumachen.

Zum »briefing« am Swimmingpool waren außer Sissi und Rolf elf Personen erschienen. Als erstes stellte Sissi fest, daß außer ihr noch vier Frauen dabei waren. Eine davon, sie war etwa Mitte Fünfzig, schien sogar allein zu sein, ohne männliche Begleitung. Sissi war ein wenig beruhigt. Doch dann beunruhigte sie etwas anderes: »Rolf, hast du gemerkt, daß wir genau dreizehn sind?«
»Bist du abergläubisch?«
»Ach was! Wo denkst du hin! Aber das bedeutet Unglück!«
»Es kommt ja noch die Bootsbesatzung dazu«, tröstete Rolf sie.
Ein junger Mann von Anfang Zwanzig und ein etwa gleichaltriges Mädchen, beide in Jeans und T-Shirts, traten auf die Gruppe zu.

»Hello, folks, my name is Cindy«, sagte das Mädchen, »I'm your guide. And this is Jim, he's gonna help me.«
»Hab' ick det richtig verstanden«, fragte Sissi, »det die kleene Maus uns da durchschaukeln will?«
»Hat sie vor«, bestätigte Rolf. »Aber du brauchst keine Angst zu haben, der Junge hilft ihr dabei.«
In diesem Moment beschloß Sissi, es diesen blöden Kerlen zu zeigen. Sie wollte jetzt das Abenteuer! Sie freute sich auf den Nervenkitzel in den Stromschnellen, auf Romantik am Lagerfeuer, auf den einen oder anderen Flirt. Sie sah sich die vier Männer ohne weibliche Begleitung etwas genauer an und fand, daß zwei davon sie ansprechen dürften. Auch Jim, der Cindy helfen sollte, gefiel ihr ganz gut: Typ Naturkind, aber von der stillen Art. Wahrscheinlich, dachte Sissi, ist er unterwegs fürs Kochen zuständig.
Cindy war ein hübsches, zierliches Mädchen mit langen, von der Sonne blondgebleichten Haaren und knackig brauner Haut. Sie übernahm das Kommando und bat die Teilnehmer, sich der Reihe nach vorzustellen. Sarah, die allein reiste, kam aus New York, June und Bill waren aus Detroit, Carol und Lyman aus New Orleans, Leah und Hal kamen aus Santa Monica in Kalifornien.
»Sissi and Rolf, from Germany.«
»Oh, Germany? East or West?«
»West«, antwortete Rolf.
Sissi hatte es verstanden und schüttelte den Kopf: Aus Ostdeutschland! Wie sollen wir denn. bitte schön, aus Ostdeutschland zum Grand Canyon kommen? Gibt's hier keine Schule, wo man das lernt?
Die beiden attraktiven Männer stellten sich vor als Anthony und Baldwin aus San Francisco. John aus Dallas und Graham aus Denver vervollständigten die Runde am Swimmingpool.
Cindy instruierte. Sissi verstand dies und jenes, das meiste

übersetzte Rolf für sie: Morgen früh um sechs würde ein Bus die dreizehn »river runners« zum Colorado bringen, wo das Boot lag. Ein Boot eigens für Stromschnellen konstruiert, mit einem beweglichen Rahmen aus Stahl und einem Dutzend Schwimmkörpern aus Neopren. Unsinkbar nach menschlichem Ermessen. Und wenn es doch mal sank, scherzte Cindy, wären ja immer noch die Passagiere unsinkbar, da jeder ständig eine Schwimmweste trage. Ertrunken sei noch nie jemand – oder fast nie. Alles, was man unterwegs benötige, sei wasserdicht an Bord verstaut. Das Essen sei gut, dafür sei der Spaß ja auch ganz schön teuer, haha. Für Bier und Whisky müsse allerdings jeder selbst sorgen. Any questions?
Anthony aus San Francisco hatte eine Frage, die ihm wohl wichtig, aber auch peinlich war: »What about, I mean, you know, well . . .«
»Yes, we have a toilet«, sagte Cindy.
John aus Dallas hatte Angst vor Giftschlangen: »What about rattlesnakes?« fragte er mit angewiderter Miene.
Cindy stellte sich völlig unwissend: Klapperschlangen? Wieso denn das? Sie hätten ausgezeichnete Steaks an Bord, niemand müsse sich von dem ernähren, was er unterwegs fange. Alle lachten ein wenig über den Scherz, aber es klang beklommen. Sissi wurde regelrecht mulmig zumute: Klapperschlangen! Sie haßte Schlangen, ob sie nun klapperten oder nicht. Daß man im Grand Canyon auf welche treffen konnte, daran hatte sie nie gedacht. Hätte ich das gewußt, sagte sie zu sich, säße ich jetzt nicht hier. Zu spät!
Cindy zählte auf, was jeder bei sich haben sollte: leichtes Zeug für den Tag und wärmeres für die Nacht, einen Hut und eine gute Creme gegen die Sonne, Pflaster für alle Fälle, eine Taschenlampe zum Austreten im Dunkeln, Messer, Sicherheitsnadeln, Bindfaden. Jim gab jedem einen Seesack für Bettzeug und Kleidung sowie einen wasserdichten

Blechkasten für Geld und Papiere, Fotoapparat und Sonnenbrille, Zigaretten und Feuerzeug, Sonnencreme und Taschenlampe. Alle machten sich ans Packen.
»Whisky«, sagte Sissi, »wir brauchen eine Flasche Whisky. Oder zwei. Es ist ja wie in der DDR: du kriegst unterwegs nichts zu kaufen.«
Sie kauften im Liquor Shop Whisky und Dosenbier, im Supermarket zwei Dia-Filme als Reserve und etwas Nähzeug für Notfälle.
Rolfs vorsichtige Versuche einer Annäherung wehrte Sissi an diesem Abend mit dem Hinweis ab, sie sei wahnsinnig aufgeregt und könne an nichts weiter denken als an den kommenden Morgen.

Um sechs schleppten dreizehn verschlafene Menschen in Räuberzivil ihre Seesäcke und Blechkisten zu einem Bus, der ringsherum verbeult und ohne jeden Komfort war. Die Fahrt ging eineinhalb Stunden lang durch menschenleere Wüste. Niemand redete. Mitten auf einer Brücke hielt der Bus an. Navajo Bridge, erklärte Cindy und deutete hinab, 467 Fuß über dem Colorado River. In zwei Stunden werde man drunter durchfahren, dann gebe es keine Umkehr mehr, dann müsse jeder mitmachen bis zum bitteren Ende. Jetzt ist sowieso alles zu spät, dachte Sissi.
Das Boot war am Ufer vertäut. Sissi fand es vertrauenerweckend. Es lag tief im Wasser, die wulstigen grauen Schwimmkörper erinnerten an Dickhäuter. Cindy und Jim begannen mit dem Verstauen, die anderen bildeten eine Kette und reichten Seesäcke und Feldbetten an Bord, Ersatzmotore und Benzinkanister, Küchengerät und Proviantkisten, Propangasflaschen und Feuerholz, sogar eine Toilette mit Zelt. Alles wurde sorgfältig mit Leinen festgezurrt, mit wasserdichten Planen abgedeckt und noch mal verschnürt. Zum Schluß wurden, wie versprochen, die Teil-

nehmer der Tour mit orangefarbenen Schwimmwesten unsinkbar gemacht.
Am Ufer stand eine Telefonzelle. Sie wirkte, mitten in der Wüste, paradox und deplaziert. Sissi stellte sich vor, nach Ost-Berlin durchzuwählen: Hallo, Mammi, ich bin in Arizona und fahre gleich den Colorado runter! Kind, was mußt du so Sachen machen! würde es aus Ost-Berlin rufen. Bist du warm angezogen? Sissi hätte furchtbar gern angerufen, aber ihre Familie hatte kein Telefon.
»Okay!« rief Cindy, »any questions?«
Es ging los.

Das Boot trieb gemächlich mit der Strömung. Der Außenbordmotor schnurrte hörbar, aber nicht störend, vor sich hin. Sissi saß hinter Rolf rittlings auf der dicken, grauen Neoprenwurst an der linken Seite. Backbord hieß das wohl. Sie ließ die Beine baumeln und sah sich um. Das Wasser war grünlich, aber glasklar. Die Felsen zu beiden Seiten des Flusses verengten sich bald zu senkrechten Wänden, die in der Morgensonne rötlich glühten. Der Himmel darüber leuchtete blau. Es war wie ein Film in Technicolor.
Die Spannung im Boot war spürbar. Niemand wußte genau, auf was er sich da eingelassen hatte. Hundert Stromschnellen hatte Cindy für die fünf Tage versprochen, alle drei Kilometer eine. Entsprechend ihrer Gefährlichkeit seien sie in Kategorien von 1 bis 10 eingeteilt. Manchmal werde sich das Wasser nur kräuseln, aber einige Male müsse man »rapids« durchfahren, die dem Boot alles abverlangten. Jede Stromschnelle habe einen Namen, und manchen Namen sprächen sogar erfahrene Bootsführer – sie selbst gehöre dazu, hatte Cindy gesagt – nur mit Ehrfurcht aus. Crystal Rapid sei die schlimmste. Oder vielleicht Lava Falls Rapid, deren Name schon andeutete, daß es sich eigentlich mehr um einen Wasserfall handele.

Nach einigen Meilen ruhiger Fahrt ging es unter der Navajo Bridge hindurch.»The first rapid!« rief Cindy.
Sie gab Anweisungen: Nicht mehr rittlings auf den Neoprenwürsten sitzen, denn dabei konnte man sich den ›äußeren‹ Fuß an einem Felsen abquetschen. Hinein ins Boot und auf den Stahlrost kauern. Kauern! Wer sich hinkniete, konnte sich bei den heftigen Bewegungen des Bootes die Kniescheibe brechen, wer sich hinsetzte, riskierte ein zertrümmertes Steißbein. Alles schon vorgekommen! Mit beiden Händen festhalten! Wer über Bord ging, hatte nichts zu lachen. Der Fluß hatte eine Temperatur von zehn Grad und war nebenbei gesagt, fünfzehn Meter tief.
»Okay?« rief Cindy. »Let's go!«
Sissi hatte Angst. Ein bedrohliches Rauschen kam näher, es fing sich an den Wänden des Canyons und dröhnte von allen Seiten. Fünfzig Meter voraus schäumten weiße Wasserwirbel, dreißig Meter, zwanzig Meter, das Boot fuhr schneller und schneller. Sissi krampfte die Hände in die Halteleinen und schloß die Augen. Das Boot fiel in ein Loch, schlug mit lautem Klatschen auf, Sissi kippte fast vornüber, im selben Moment peitschte ein kalter Schwall über sie hinweg und nahm ihr den Atem. Sie riß die Augen auf, sah eine zweite Wasserwand auf sich zufliegen, bekam den Mund nicht schnell genug zu, erwischte einen kräftigen Schluck, mußte husten und hätte am liebsten die Leinen losgelassen. Scheiße! dachte sie, warum bin ich nicht mit nach Las Vegas? Ein dritter kalter Guß schlug ihr ins Gesicht, sie bereute alle Sünden und sehnte sich nach einem ruhigen Lebensabend im Altersheim. Dann plötzlich glitt das Boot in ruhiges Wasser, das Rauschen entfernte sich.
»Okay, everyone?«
Cindy stand hinten im Boot, steuerte lässig mit einer Hand den Außenborder und amüsierte sich über die erschrocke-

nen Gesichter ihrer Fahrgäste. Das sei eine Stromschnelle der Kategorie fünf gewesen, also mittlere Preislage.
Rolf drehte sich zu Sissi um, naß wie ein gebadeter Pudel, aber mit begeistert leuchtenden Augen: »Russenfilm?«
Sissi hob die Schultern: »Ick weeß nich. Man muß es schon ziemlich mögen.«
Robert Kennedy, erzählte Cindy, sei mal durch diese Stromschnelle geschwommen. Womit? wollte Sissi wissen. Mit der Badehose, erklärte Cindy lachend.
Ein kühler Wind wehte Sissi an. Vielleicht empfand sie ihn auch nur als kühl, weil sie bis auf die Haut durchnäßt war. Ihr lederner Cowboy-Hut, das teure Stück, das ihr den Strohhut ersetzte, drückte quietschnaß auf die Stirn. Ihr T-Shirt klebte am Körper, zwei Knospen zeigten an, daß es auch ihrem Busen kalt war. Aus den Turnschuhen quoll bei jeder Bewegung Wasser. Sissi lehnte sich zurück und suchte die Sonne, um sich trocknen zu lassen. Sie beobachtete die Mitfahrer, die auch vor sich hin fröstelten und nachdenklich wirkten.
»The next one!« rief Cindy, noch ehe Sissi ein bißchen angetrocknet war.
Wieder das bedrohliche Rauschen in der engen Schlucht, die schäumenden Wirbel immer näher. Diesmal zwang sich Sissi, die Augen offenzuhalten. Felsen ragten aus dem Fahrwasser, dazwischen ein tiefer Strudel, wie ein Loch im Fluß, genau dort hinein stieß der Bug, ein Sturzbach schlug über das Boot bis zum Heck. Sissi sah sich um. Cindy stand aufrecht, hielt sich mit einer Hand fest, steuerte mit der anderen den Außenborder und lächelte dabei, als wollte sie den Fluß reizen: Komm, zeig's mir!
Plötzlich trieb das Boot quer, Cindy riß das Steuer herum. Sissi sah nach vorn, das Boot schoß auf einen Felsen zu – und haarscharf daran vorbei. Wieder ein Blick nach hinten, Cindy lächelte zufrieden: Mich kannst du nicht austricksen!

Da nahm sich Sissi vor: Ich habe keine Angst, ich habe keine Angst, ich habe keine Angst! Es klappte noch nicht, aber sie nahm sich vor, es sich immer wieder vorzunehmen. Sie setzte sich rittlings auf die dicke, graue Wurst und sah den nächsten Stromschnellen entgegen.

Auch die Mitfahrer schienen den schlimmsten Schock überwunden zu haben und begannen sich über das Erlebnis auszutauschen. Baldwin aus San Francisco, der auf der anderen Seite des Bootes saß, lächelte zu Sissi herüber: »Isn't it something?«

Sissi verstand ihn sogar und lächelte zurück. Überhaupt verstand sie in den letzten Tagen immer mehr von diesem Englisch, und es machte ihr Spaß.

Baldwin zeigte auf ihr T-Shirt: »Cold?«

Lümmel! dachte Sissi. Sei froh, daß man's bei dir nicht so genau sieht! Sie lächelte diesmal verhaltener.

Dann schaute sie zum ersten Mal mit Muße auf die Landschaft. Der Fluß war ungefähr dreißig Meter breit und floß auch in ruhigen Abschnitten zwischen den »rapids« erstaunlich schnell. Zu beiden Seiten stiegen rötlich braune Felswände sicher zwanzig Meter senkrecht empor, darüber weitete sich der Canyon in vielen Stufen. Aber nur in den Biegungen des Flusses ging manchmal der Blick hinauf zum obersten Rand des gewaltigen Einschnitts. Vom Fluß bis dorthin mochten es mehrere Kilometer in der Luftlinie sein und bestimmt tausend Meter an Höhenunterschied. Es gab wenig Grün im Canyon, vereinzelt wuchsen Kakteen in Felsspalten und grünes Gestrüpp auf Sandbänken.

Sissi stellte bald überrascht fest, daß sich ihr Blick immer wieder fing: an scharfkantigen Brüchen, an rundgewaschenen Höhlungen, an schrägliegenden Schichtungen, an glattgeschmirgelten Wänden. Manches wirkte von ferne wie das Werk von Baumeistern und Steinmetzen, doch bei näherem Hinsehen war nicht die geringste Spur menschlicher Betäti-

gung auszumachen. Oft erfaßte sie mit einem Blick geologische Formen, so logisch schienen sie selbst einem Laien. Dann wieder stach ein Stein so merkwürdig hervor, daß er wie ein Irrtum der Natur aussah. Das ist ja wahnsinnig aufregend! dachte Sissi.
Die folgenden zwei Stromschnellen waren von harmloserer Art. Danach steuerte Cindy das Boot zu einer Sandbank und verkündete, es sei Zeit zum Lunch. Am Ufer dürfe man die Schwimmwesten ablegen. Fürs Pinkeln gab sie die Parole aus: »Ladies upstream, men downstream!« Das gelte für die ganze Fahrt. Die Männer schlugen sich stromaufwärts in die Büsche, die Frauen suchten in entgegengesetzter Richtung nach einem verborgenen Plätzchen.
Klapperschlangen! fuhr es Sissi durch den Kopf. Ein Klapperschlangenbiß in den Po! Ihr kamen schreckliche Geschichten in den Sinn: Bißwunde ausbrennen, ausschneiden, aussaugen! Aber am Po?
Sie sah Cindy barfuß auf ein Gebüsch zugehen und darin verschwinden. Was hast du bloß immer für einen Schiß! ärgerte sich Sissi.
Jim hatte die Zutaten für Sandwiches aufgebaut: Weißbrot, Salatblätter, Tomaten, Schinken, Käse, Thunfischsalat, Mayonnaise. Alles kam kalt und knackig frisch aus den großen Blechboxen, die als praktische Kühlschränke ganz unten im Boot lagen, im eisigen Colorado-Wasser. Auch das Bier war gut gekühlt. Rolf ließ eine Dose schnalzen und wollte den Verschluß ins Wasser werfen, aber Cindy fuhr ihn an: »Hey, won't you please!« Nichts, aber auch gar nichts werde hier in die Landschaft geworfen. Und nichts aus ihr entfernt. Er könne sich dafür einen Spruch merken: »Take only pictures, leave only footprints!« Nur Fotos mitnehmen, nur Fußspuren hinterlassen.
»Ganz schön pingelig«, murrte Rolf, aber Sissi gab ihm eins drauf: »Du bist hier nicht zu Hause. Dort kann's aussehen

wie bei Hempels unterm Sofa. Aber hier ist eine anständige Gegend, okay?«
Baldwin aus San Francisco, der sich neben Sissi sein Sandwich belegte meinte: »Du mußt deinen Mann besser erziehen.«
»Er ist nicht mein Mann«, verbesserte Sissi schnell. Dann erst fiel ihr auf: »Sie sprechen ja Deutsch!«
»Ein wenig«, bestätigte Baldwin, »aber wieso ist er nicht dein Mann?«
»Det ist ne jute Frage! Also: Erstens will ich ihn nicht. Zweitens ist er verheiratet. Drittens habe ich einen anderen.«
»Oh, I understand. Und deswegen seid ihr beide hier.«
»Nee, nicht deswegen.«
Baldwin fragte nicht weiter, sondern erzählte, er habe bei der US-Army in Deutschland gedient, und zwar in Bad Nauheim, wo früher auch Elvis Presley stationiert gewesen sei. »Aber bei mir hat es nie in der Zeitung gestanden.«
Baldwin, schlank und dunkelhaarig, sah blendend aus und wirkte ausgesprochen gepflegt. Durch neugieriges Fragen wußte Sissi schnell, daß er mit seinem Freund Anthony ein Restaurant in San Francisco betrieb.
»Deine Frau wollte nicht mit?« fragte Sissi.
»Wer?«
»Deine Frau.«
»Oh, nein!« anwortete Baldwin schnell. »Außerdem bin ich gar nicht verheiratet.«
Wie schön! dachte Sissi.

Nach einer Stunde rief Cindy zum Aufbruch. Sie durchfuhren kurz hintereinander ein halbes Dutzend Stromschnellen der Kategorien 4 bis 6, und da jetzt jeder wußte, wie es ging, bekamen sie Spaß daran. Sie forderten den Fluß mit frechen Redensarten heraus und schrien und jauchzten, wenn er wie

mit Riesenfäusten das Boot schüttelte und wie mit Riesenpranken sein eisiges Wasser über sie goß. Danach streckten sie ihre durchnäßten Körper der Sonne entgegen, ließen den warmen Wind über sich hinwegstreichen oder kauerten sich, wenn er plötzlich kalt aus einem Seiten-Canyon wehte, hinter die schützenden Neoprenwürste.
Schnell wurden die Schatten im Canyon länger. Das Nachmittagslicht war hervorragend für stimmungsvolle Fotos, und Rolf holte die Kamera aus der wasserdichten Blechbox. Andere taten es ihm nach. Rasch wurde es kühl auf dem eisigen Fluß. Cindy steuerte ein sandiges Ufer an und gab Weisung, alles auszuladen, denn hier würden sie für die Nacht ihr Lager aufschlagen. Nah am Ufer wurde das Küchengerät aufgebaut, weit weg das Toilettenzelt.
Jeder suchte sich einen Fleck für sein Feldbett. Sissi ließ sich Zeit, sie wollte sehen, wo Baldwin sich niederließ. Aus den Augenwinkeln heraus sah sie, daß Rolf auf sie wartete. Baldwin seinerseits wartete, bis sein Freund Anthony sich entschieden hatte, und richtete sich neben diesem ein. So ein Knallkopf, dachte Sissi enttäuscht. Vor lauter Ärger schlug sie ihr Lager dicht neben der alleinreisenden Sarah auf. Daraufhin schleppte Rolf mit beleidigter Miene sein Zeug weit weg in die entgegengesetzte Richtung.
In der Zwischenzeit hatte Jim auf dem Propangasherd in einer großen Pfanne ein mexikanisches Mahl aus Bohnen, Tomaten, Hackfleisch und Käse zubereitet. Cindy kümmerte sich derweil um den Salat und baute auf dem Küchentisch verschiedene Dressings auf. Jeder häufte einen Teller voll und suchte sich einen Stein zum Sitzen. Anschließend teilte Cindy das Dessert aus: Eiskrem mit Schokoladensoße! Alle staunten gehörig, aber sie tat so, als sei Eiskrem im Grand Canyon ziemlich normal: »I told you we are first class, right?«
Geschirrspülen mit Flußwasser, Abfall in Plastiksäcke, jeder

half. Jim entfachte ein Lagerfeuer auf einem mitgebrachten Blech und aus mitgebrachtem Holz. Alle setzten sich im Kreis in den Sand.
Es war jetzt fast dunkel, daß Stück Himmel droben zwischen den Felswänden schimmerte violett. Sterne blinkten, sehr viele sogar. Der Fluß rauschte, Zikaden sangen, das Feuer knisterte. Zigaretten glimmten, Anthony zündete sich eine Pfeife an. Rolf öffnete eine Whiskyflasche und ließ sie herumgehen. Jetzt müßte zufällig John Wayne um die Ecke kommen, dachte Sissi.
Die Amerikaner fragten Cindy vieles, Sissi verstand einiges, den Rest mußte wieder Rolf übersetzen. Cindy studierte Geschichte, aber sie kam nicht voran, weil sie jeden Sommer auf dem Fluß fuhr, seit acht Jahren. Über hundert solcher Touren hatte sie schon gemacht. Sie sei besessen davon, sagte sie, und werde vielleicht nie davon loskommen: von der großartigsten Landschaft der Erde, menschenleer und menschenfeindlich, von dem schönsten Fluß des Kontinents, ungebärdig und unbezähmbar. Man hatte den Colorado ein bißchen gebändigt mit Staudämmen, schändlichen Bauwerken, wie Cindy fand, die man sprengen sollte. Eines Tages, versprach sie, werde sie selbst die Bombe zünden. Aber auch in diesen Fesseln sei der Fluß noch ein Gegner, der dem Bootfahrer keinen Fehler verzeihe.
Ob es schon viele Tote gegeben habe? wollte Graham aus Denver wissen.
»Yes, in the early days«, erwiderte Cindy.
Graham hatte aber nicht die waghalsigen Expeditionen der frühen Forscher und Abenteurer gemeint, sondern die touristischen Bootsfahrten der heutigen Tage.
»Well, it's rather safe«, wich Cindy aus.
Sie ließ sich nicht festlegen, ob Touristen ertrunken waren und wie viele, aber sie gab zu, selbst schon heikle Situationen überstanden zu haben. Vor sechs Jahren war ihr Boot in

einer Stromschnelle umgeschlagen. Alle Mitfahrer waren über Bord gegangen, aber sie war unters Boot geraten und mitgerissen worden. Wahrscheinlich seien es nur fünfzig Meter gewesen, bis sie sich hatte befreien können, aber es sei ihr wie zwei Stunden vorgekommen, und ihre Lungen hätten es keine Sekunde länger ausgehalten. »My second birthday« nannte sie diesen Tag, den sie seither jedes Jahr begehe.

Man muß eine Macke haben, um hier mitzufahren, dachte Sissi. Oder man darf vorher nicht fragen, was einen erwartet. Wie ich.

Als das Feuer verloschen und die Gespräche verstummt waren, ging jeder im Schein der Taschenlampe sein Feldbett suchen.

»Darf ich dich noch auf einen Drink in mein Apartment einladen?« fragte Rolf.

»Danke, heute nicht.«

»Migräne?«

»Nein, Sonnenbrand.«

»Also keine Lust«, stellte Rolf fest.

»Sei nicht beleidigt«, bat Sissi. »Hättest dir eben eine Geliebte mitnehmen müssen.«

»Ich dachte . . .«

»Ich nicht«, sagte Sissi.

Sie kroch in ihren Schlafsack, was gar nicht so einfach war, und schaute in die Nacht. Sie hatte noch nie im Freien übernachtet, auch früher nicht beim Zeltlager der Jungen Pioniere. Ihr schien, als hätte der Himmel in dieser Nacht hundertmal mehr Sterne als sonst. Plötzlich meinte sie, eine Sternschnuppe gesehen zu haben. Gespannt paßte sie auf, und wirklich fielen Sternschnuppen, zehn, zwölf innerhalb kurzer Zeit.

Es ist schön, dachte Sissi. Wenn bloß dieser Baldwin nicht so stieselig wäre!

Sobald es dämmerte, rannte Sissi flußwärts in ein Gebüsch. Die ganze Nacht über hatte sie nicht gewagt, austreten zu gehen – aus Angst vor Klapperschlangen.
Die Morgentoilette am Fluß war schnell erledigt. Kurz die Zähne geputzt, eine Handvoll kaltes Wasser ins Gesicht, man würde auch heute wieder genug davon abkriegen. Jim hatte Kaffee gekocht und brutzelte Rühreier mit Schinken.
Eine Stunde nach Sonnenaufgang war man auf dem Fluß.
Am linken Ufer lag, kieloben, ein Holzboot mit einer Aufschrift. »Bert Loper« war zu lesen und ein Datum.
Cindy erzählte die Geschichte: Bert war 1949 in einer Stromschnelle weiter oben ertrunken, sein Boot hatte man hier gefunden, seine Knochen erst nach einem Vierteljahrhundert. Bert war einer von denen gewesen, die lebenslang mit dem Colorado kämpften. Warum? Sie könne es auch nicht erklären, sagte Cindy, weshalb manche von diesem Fluß nicht loskämen. Bert Loper habe stets gesagt, er werde im Fluß sterben, und kurz vor seinem achtzigsten Geburtstag sei es dann geschehen.
»He run his last rapid«, sagte Cindy pathetisch.
Die Fahrt verlief während des Vormittag ruhiger als am Vortag, aber für den Nachmittag versprach Cindy Aufregendes. An einer Flußmündung wurde angelegt. Von links wälzte sich schlammig braun der Little Colorado heran und verfärbte mit einem Schlag auch den ›großen‹, bisher glasklaren Colorado. Über dieser Flußmündung, erzählte Cindy, waren 1956 zwei Flugzeuge zusammengestoßen, Suchmannschaften hatten in der Unwegsamkeit 128 Tote geborgen.
Es ist einfach gigantisch, dachte Sissi. Da waren Millionen Jahre nur Regen und Schnee vom Himmel gefallen, dann ein paar Flugzeugtrümmer, danach wieder nur Regen und Schnee. Es konnte die Berge nicht beeindruckt haben.
Cindy schlug vor, am Little Colorado eine halbe Meile

flußauf zu wandern und sich in Badeanzug und Schwimmweste ein Stück flußab treiben zu lassen. Der Fluß sei ungefährlich und vor allem nicht so furchtbar kalt.
Rolf, Baldwin und Anthony standen bis zur Hüfte im braunen Wasser und wollten Sissi hineinhelfen. Sie lächelte alle drei an und entschied sich für Anthony, über den sie sich noch nicht geärgert hatte. Anthony führte sie an der Hand ein Stück in den Fluß, dann ließ er sich auf den Rücken fallen und segelte davon. Sissi tat es ihm nach. Der Fluß zog sie mit, trieb sie auf eine kleine Stromschnelle zu, drückte ihren Kopf unter Wasser, warf sie mit der Schulter gegen einen Stein, riß sie rascher mit, drückte sie noch ein paarmal unter Wasser, warf sie, diesmal mit dem Knie, gegen einen Felsen, der nicht zu sehen war. Sie japste nach Luft, hatte Wasser in der Nase, was sie haßte, konnte vor Angst nicht mal schimpfen. Endlich bekam sie Grund unter die Füße, wollte ans Ufer, merkte, daß sich ihr Bikini-Oberteil geöffnet hatte, brachte den Verschluß nicht zusammen und dachte: Egal, nur raus!
Baldwin, der neben ihr an Land watete, sah das Malheur und lachte. »Komm, ich mach' dir das Ding wieder zu.«
»Oh, boy!« konnte Sissi nur noch stöhnen.
Jetzt erst sah sie ihr blutendes Knie, und gleichzeitig stellte sich der Schmerz ein.
Ehe das Boot nach dem Lunch wieder ablegte, verteilte Jim wasserdichte Ponchos. Cindy kündigte Hance Rapid an, die Stromschnelle, in der sie vor sechs Jahren umgekippt und zum zweiten Mal geboren war.
Wenn jetzt jemand Sissi gefragt hätte, ob sie gern durch den Grand Canyon fahren wolle ...
Sie beobachtete Cindy, die angespannt nach vorn sah, als erwarte sie einen Angriff. Plötzlich brach das Geräusch des Außenborders ab. Cindy riß an der Leine, um ihn anzuwerfen. Einmal, zweimal, dreimal, sechsmal. Er sprang nicht

an. Das Boot trieb quer zur Fahrtrichtung, schlug mit dem Heck an die Felswand, wurde zurückgeworfen, begann zu kreiseln, schlug wieder hart gegen einen Felsen. Alle hielten sich stumm und erschrocken an den Seilen fest. Cindy arbeitete weiter, und endlich sprang der Motor wieder an, ließ sich das Boot wieder in Fahrtrichtung steuern. Als sie Hance Rapid bezwungen hatten, atmeten alle erleichtert auf, Cindy drehte sich um und schüttelte die Faust.

Am Nachmittag trieben sie unter einer schmalen Hängebrücke hindurch. Ein paar Männer, die mit ihren Maultieren auf ihr den Fluß überquerten, winkten. Von dieser Brücke aus führte der einzige Fußpfad hinauf zu den beiden Rändern des Grand Canyon, die 1700 Meter höher lagen als der Fluß.

»Merkwürdig, daß es außer uns noch andere Menschen gibt«, sagte Rolf.

Sissi stimmte ihm zu: »Es gibt sogar ganze Städte voll Menschen, und die wohnen in Häusern und schlafen in Betten und duschen vorher. Verrückt, was?«

Ein unangenehmer Wind blies von vorn. Cindy befürchtete, es werde abends ein Gewitter geben, und legte an der nächsten Sandbank an.

Jim grillte Steaks, zu denen es Salat gab. Der Wind hatte aufgefrischt und trieb Sand auf die Teller, so daß es beim Kauen knirschte.

Während sie die letzten Bissen hinunterschluckte, führte Cindy vor, wie man die Plastikhaube, die jeder in seinem Seesack hatte, so über das Feldbett zog, daß man trocken blieb, aber nicht erstickte.

Das Gewitter brach so plötzlich los, daß Sissi ihre Regenhaut nicht einmal in die Hand bekam. Grelle Blitze zuckten am Himmel, fast gleichzeitig krachte Donner, der im Canyon schaurig widerhallte. Das war kein gemütliches

Sommergewitter wie zu Hause, es war das, was man ein Inferno nannte.
Sissi rannte in die nächstliegenden Arme, es waren die von Rolf. Er drückte sie fest an sich, streichelte ihr über das klitschnasse Haar, küßte sie auf den Mund. Sie ließ es geschehen, sie hatte nur Angst.
Hier gab es keinen Unterschlupf. Hier konnten sie nicht in den nächsten Hauseingang rennen, unter ein Vordach, in eine Passage, in ein Wartehäuschen. Hier war nichts. Hier hatten sie nur den Himmel über sich, und der war wütend. Mehr noch als in den Stromschnellen wurde Sissi bewußt, daß hier eigentlich kein Ort war, an dem Menschen etwas zu suchen hatten. Noch drei Nächte! dachte sie.
Nach etwa zwanzig Minuten war der Spuk vorbei. Jim bekam später sogar noch ein Lagerfeuer zustande, und Cindy erzählte an diesem Abend die lange Geschichte vom einarmigen Major John Wesley Powell, der im Mai 1869 mit neun Begleitern und vier Holzbooten zur ersten Fahrt durch den Grand Canyon aufgebrochen war. Die zehn wußten nicht, was sie erwartete. Sie hatten keine Karte der Stromschnellen, eingestuft in Kategorien von 1 bis 10. Sie legten vor jeder Biegung des Flusses an und kletterten hinauf, um den weiteren Weg zu erspähen. Wenn nichts zu sehen war, lauschten sie – und fuhren los in der Hoffnung, keinen Wasserfall vor sich zu haben.

Rolf kannte die Geschichte von Major Powell und gab durch Zwischenfragen zu erkennen, daß er sie kannte. Sissi fand ihn wieder mal unerträglich paukerhaft.
»Wenn du deiner Frau genauso auf den Geist gehst wie mir«, sagte sie, »dann verstehe ich sie.«
»Seiner Frau geht man sozusagen gesetzmäßig auf den Geist«, erwiderte Rolf. »Und umgekehrt. Die Ehe ist eine Einrichtung zur gegenseitigen psychischen Vernichtung.«

Warum erzählt er mir das? fragte sich Sissi. Warum braucht man bei Verheirateten nur das Thema Ehe anzupieksen, und schon quillt ein ätzender Strom vernichtender Urteile?
»Immer, wenn du zwei Lebewesen in einem zu engen Käfig zusammensperrst«, fuhr Rolf fort, »fangen sie nach kurzem an zu beißen. Wenn das im Tierversuch geschieht, spricht man von Quälerei. Im Menschenversuch nennt man es Ehe.«
»Ach, weeßte«, sagte Sissi, »det is so 'ne komplizierte Materie . . .«
Sie wollte das alles jetzt nicht wissen, sie wollte nur noch einen Schluck Whisky für einen guten Schlaf.

Nach einer sternlosen Nacht war der Himmel auch morgens noch verhangen. Auf dem Fluß lag Nebel. Es war kühl, aber nicht kalt. Cindy sagte beim Frühstück, sie müßten auf höheren Wasserstand warten, vielleicht ein paar Stunden lang, anderenfalls würden sie in Crystal Rapid auf die Felsen unter der Oberfläche knallen, und das hielte das beste Boot nicht aus.
»Crystal Rapid is something special«, meinte sie.
Stromschnellen, das hätten sie bestimmt schon beobachtet, gebe es überall dort, wo Geröll aus Seiten-Canyons in den Colorado River gespült wurde. Über diese Barrieren müsse sich der Fluß hinwegquälen, und das mache ihn so wütend. Was nun Crystal Rapid betreffe, so sei das immer eine mittelschwere Stromschnelle gewesen – bis 1966 eine Sintflut soviel Geröll ins Flußbett geschüttet habe, daß es hieß, da kommt kein Boot mehr durch! Anfangs habe man die Boote am Ufer entlang getragen, aber dann habe es doch einer gewagt – und sei durchgekommen. Heute gelte Crystal Rapid als eben noch schiffbar. Sozusagen Kategorie 10 plus.
»Ich will raus hier«, sagte Sissi.

Rolf lachte. »Soll ich dir ein Taxi rufen?«
»Du bist wirklich wahnsinnig blöd! Ich habe Angst. Ich will nicht mehr. Ich will raus!«
»Ich wäre dir gern behilflich«, entgegnete Rolf, »aber hier kommst du nicht raus. Und wenn, dann weißt du nicht, wohin du gerätst. Von Major Powells Leuten wollten auch welche unbedingt raus. Canyon-Koller, verstehst du? Sie dachten, hier müßten sie sterben. Weißt du, was denen passiert ist? Drei sind raus aus dem Canyon – und oben von Indianern erschlagen worden. Powell und die anderen sind heil angekommen. Wie findest du das?«
»Nicht vergleichbar«, antwortete Sissi.
»Wieso?«
»Weil Indianer heutzutage nicht mehr erschlagen dürfen.«
»Damals auch nicht«, widersprach Rolf.
»Aber heute wissen sie's.«
Gut zwei Stunden vergingen mit Warten, Reden, Erzählen. Zum ersten Mal gab jeder mehr von sich preis als Namen und Wohnort.
Sarah, erfuhren die anderen, arbeitete in New York bei der UNO als Dolmetscherin für Französisch und Spanisch. Hal war Chemiker an der University of California und schrieb am Wochenende Kriminalromane. June und Bill handelten in der Autostadt Detroit mit Fahrrädern. Lyman verdiente in New Orleans sein Geld mit einem Souvenirladen im alten French Quarter.
Sissi erkundigte sich, ob John in Dallas mit den Ewings verkehre, aber der lachte nur, und auch Graham hatte in Denver keinen Kontakt mit Blake Carrington. Sissi selbst mußte von Berlin erzählen, das die meisten aus Kinofilmen ganz gut kannten. Doch, daß sie einen Antrag hatte stellen müssen, um aus Ost-Berlin herauszukommen, konnen sie nicht verstehen.
Endlich genügte der Wasserstand, es ging los. Zwei ziemlich

schwierige Stromschnellen wurden routiniert überwunden, dann fuhren sie auf das immer stärker werdende Rauschen von Crystal Rapid zu.

»Sag meiner Frau, ich hätte bis zuletzt an sie gedacht«, flachste Rolf.

Sissi konnte ihn jetzt gar nicht mehr leiden: »Ich sage ihr, du hättest mich angebalzt bis zum letzten Schnaufer.«

Das Boot rammte seinen Bug ins erste Wasserloch, braune Brühe klatschte in die Gesichter.

»Falls es dich erwischt«, rief Rolf zurück, »erzähle ich Harry, daß du es ganz brav nur mit Herren versucht hast, die sich nicht für Damen interessieren.«

Schon wieder kam ein kalter Guß, Sissi prustete, ehe sie fragen konnte: »Wieso denn das?«

Rolf drehte sich um und sah sie mit großen Augen an: »Hast du nicht gemerkt, daß Baldwin und Anthony . . .«

Patsch! machte der Fluß.

»Wat denn, wat denn! Det sind zwee . . .? Det jibt's nicht!«

Rolf ließ vor Lachen die Leinen los, genau in dem Augenblick, als das Boot sich drehte und seitlich auf einen Felsen prallte. Es warf ihn einfach über Bord.

»He, bleib hier!« rief Sissi.

»Oh, shit!« rief Cindy.

Alle riefen durcheinander.

Rolf war in den mannshohen braunen Strudeln untergetaucht. Kurz blinkte noch einmal seine orangefarbene Schwimmweste, dann war er wieder weg.

»He!« rief Sissi, »laß doch den Quatsch!«

Sie krampfte ihre Hände in die Leinen und kniff die Augen zu.

Ich muß seine Wertsachen an mich nehmen, dachte sie. Dann klatschte ihr wieder Wasser ins Gesicht.

13. Kapitel

Renate

Renate erwachte und sah auf Harry, der neben ihr schlief. Sie lächelte leise: Na, Verführer?
Es war früher Nachmittag, die Sonne drang durch die Vorhänge des Zimmers in Cesars Palace. Renate stand auf, schlüpfte in ihre roten, hochhackigen Pantöffelchen, die das Bein so vorteilhaft streckten, und trat vor den großen Spiegel am Kleiderschrank. Sie gefiel sich. Ihr seidenes Nachthemd fiel locker über ihre schlanke Figur. Sie legte großen Wert darauf, in allen Lebenslagen ansehnlich zu sein. Nie wäre ihr in den Sinn gekommen, anders als im schicken Morgenmantel am Frühstückstisch zu erscheinen. Im Gegensatz zu Rolf, den sie oft genug zurückschicken mußte, wenn er unrasiert und in heruntergerollten Socken antrat. Nun ja, das war jetzt vorbei.
Renate zog ihr Nachhemd aus und trat wieder vor den Spiegel. Nicht schlecht für Ende dreißig! dachte sie. Leider war es Rolf lange nicht mehr aufgefallen.
Sie schaute auf Harry, der immer noch schlief. Wie schön, mal wieder mit einem Mann in einem Hotelzimmer zu sein und zu warten, was geschah. Oder selbst dafür zu sorgen, daß etwas geschah. Es drängte nicht, hatte keine Eile. War es nicht sogar am schönsten, wenn nichts geschah, wenn es immer nur kurz davor war? Renate fühlte sich entspannt und fast ein bißchen glücklich.
Als sie, mit einem Handtuch um den Körper, vom Duschen zurückkam, wachte Harry auf: »Was ist los? Wie spät ist es?«
Renate setzte sich zu ihm auf die Bettkante: »Du Armer! Du warst heute morgen so müde, daß du gleich eingeschlafen bist. Kein Wunder! Die lange Autofahrt und die halbe Nacht im Casino. Naja, vielleicht ein andermal.«

Harry wollte sie zu sich herabziehen, aber Renate stand schnell auf: »Komm, wir wollen was erleben!«
Während Harry duschte, probierte Renate ihre Garderobe durch. Obwohl sie wußte, daß ihr geblümtes Seidenkleid den größten Eindruck machte, entschied sie sich der Abwechslung halber, auch der Hitze wegen, für einen weißen Rock und ein knallrotes Top mit Spaghettiträgern. Sie gefiel sich schon wieder. Auch Harry schien sehr davon angetan und beschloß Partnerlook: weiße Hose, rotes Hemd.
»Ein schönes Paar«, stellte Renate fest, als sie nebeneinander vor dem Spiegel standen.
»Und kein Mensch käme auf die Idee«, ergänzte Harry, »daß wir nicht zusammengehören.«
Renate umarmte und küßte ihn.
»Was machen wir?« fragte Harry, als sie vor Cesars Palace in der grellen Sonne standen.
»Dein Problem«, antwortete Renate.
»Spielen, Essen, Trinken, Spielen«, schlug Harry vor.
»Ich bin anspruchsvoll«, erinnerte ihn Renate.
»Dann gehen wir am besten gleich wieder aufs Zimmer.«
»Dann gehen wir lieber erstmal essen«, meinte Renate.
Nach dem Essen fragte Harry wieder: »Was nun?«
»Rolf würde jetzt sein Ringbuch zücken und einen präzisen Ablauf vortragen: sechzehn Uhr – Museum für indianische Weihnachtsbräuche, siebzehn Uhr – Busfahrt zum stachligsten Kaktus von Nevada, achtzehn Uhr dreißig – Abfahrt des letzten Zugs nach San Fernando, neunzehn Uhr fünfundvierzig – Mondfinsternis über dem Strip.«
»Ich werde Rolfs Ringbuch aus dem Auto holen und daraus einige Höhepunkte für dich auswählen.«
»Wir sollten nicht so spotten«, meinte Renate. »Rolf ist zwar selten spontan, aber immer glänzend vorbereitet. Du bist überhaupt nicht vorbereitet und hättest es deswegen

dringend nötig, spontan zu sein. Statt dessen fällt dir immer nur ein, mich zu fragen: Und was machen wir nun?«
Sie spürte, wie es hinter Harrys gerunzelter Stirn verzweifelt arbeitete, aber der Berg kreißte einfach nicht. Sie standen wieder vor Cesars Palace in der Sonne, und Renate fühlte allmählich Ärger, aber auch Hohn in sich aufkeimen.
»Auf Klassenfahrt gebe ich meinen Schülern immer Aufgaben zu lösen«, begann sie schließlich. »Zum Beispsiel: Finde heraus, wie der Hund des Oberbürgermeisters heißt und ob er gern Sahnetorte frißt! Oder: Begib dich ins Museum und hänge alle Bilder ab, die du für Fälschungen hältst! Oder für Schüler der Oberstufe: Gehe ins Vergnügungsviertel und ermittele die durchschnittlichen Stundenpreise! Und so weiter. Das ist eine pädagogisch bewährte Methode, jungen Menschen eine fremde Stadt nahezubringen. Soll ich dir auch mal eine Aufgabe stellen?«
Harry schaute etwas gequält, nickte aber mutig.
»Also gut«, sagte Renate: »Bitte informiere dich, wie wir beide hier in Las Vegas heiraten können.«
Harry riß erschrocken die Augen auf: »Bist du verrückt? Damit scherzt man nicht!«
»Warum nicht? Wir können es doch mal ausprobieren. Ich nehme an, bei Ausländern gilt es sowieso nicht. Und wenn, dann verspeche ich dir, daß ich mich zu Hause sofort von dir scheiden lasse. Auf eine Scheidung mehr oder weniger kommt es mir im Moment nicht an.«
Harry war immer noch schockiert: »Nein, nein, nein! Mit so was spaßt man nicht. Gerade du solltest wissen, daß eine Ehe nicht zum Lachen ist. Nein, nein, nein!«
Renate lenkte ein: »Also gut, dann krieg wenigstens erstmal raus, wie's geht! Wo man hingeht, welche Papiere man vorlegen muß, was es kostet. Und so weiter.«
Harry wirkte jetzt erleichtert: »Okay, das machen wir.«
»Nicht wir«, widersprach Renate, »sondern du. Wenn du

alles herausgekriegt hast, kommst du zu mir an den Swimmingpool und berichtest. Okay?«
Renate erwartete, daß Harry ihren blödsinnigen Vorschlag ablehne, doch zu ihrer Überraschung willigte er ein: »Gut! Soll ich auch fragen, ob der Hund vom Bürgermeister Torte frißt?«
»Konzentriere dich lieber auf eine Sache!«

Renate richtete sich im Bikini auf einer Liege am Swimmingpool ein. Es war wie auf Klassenfahrt, denn auch da stellte sie ihren Schülern die Aufgaben nicht vorrangig in pädagogischer Absicht, sondern um mal ein paar Stunden Ruhe zu haben. Ihre Schüler merkten es nicht, sondern kehrten mit leuchtenden Augen zurück: Der Bürgermeister hat keinen Hund, im Museum wurden wir verjagt und im Vergnügungsviertel verprügelt, es war irre toll!
Am Swimmingpool von Cesars Palace war es wie in der großen weiten Welt. Renate winkte einen antik-römisch verkleideten Kellner herbei und bestellte einen rosafarbenen Drink, der sehr süß schmeckte, aber wenig Alkohol enthielt. Sie sah sich die Gäste an, die faul auf ihren Liegen herumlungerten und nur ab und an mit mühsamer Handbewegung nach einer Zigarette griffen. Manche Liegen barsten beinahe unter der Fülle gewaltig ausladender Leiber, deren wabbelige Haut sich in der brennenden Sonne derart gerötet hatte, daß der bloße Anblick die Schmerzen der kommenden Nacht vorausfühlen ließ.
Zum dritten Mal an diesem Tag dachte Renate, daß sie selbst wirklich gut aussehe, nicht nur für ihr Alter und nicht im Vergleich mit manchen Damen am Pool. Da sie überdies Intelligenz besaß und einen guten Beruf hatte, war sie auf niemanden und nichts angewiesen, vor allem nicht auf eine ausgelaugte Ehe mit einem müde gewordenen Mann. Sie scheuchte das bißchen Traurigkeit hinweg, das sie anflog,

als sie an den ersten Abend mit Rolf dachte. Die Fête mit Kommilitonen, damals in Frankfurt nach einer bestandenen Prüfung, hatte drei Ehen gestiftet. Eine davon auf sehr direktem Wege, indem genau neun Monate später eine Niederkunft verzeichnet wurde. Die anderen Ehen waren sozusagen als Spätfolgen eines geselligen Beisammenseins entstanden. Von diesen drei Ehen hatte Renates und Rolfs am längsten gehalten. Laß uns eine kleine Träne weinen, dachte Renate, und dann die Welt wieder anlächeln.

Es war erholsam, unbeachtet unter vielen Menschen am Swimmingpool von Cesars Palace zu sitzen. Seit Frankfurt, seit zehn Tagen also, war Renate nicht zur Ruhe gekommen, und seit dem melodramatischen Auftritt im Yellowstone Park war sie buchstäblich nicht eine Minute allein gewesen. So liebenswert Harry ihr mittlerweile schien, so sehr hoffte sie jetzt, er werde für seine Erkundigungen lange unterwegs sein. Wahrscheinlich war er ohnehin so bereitwillig auf ihre Schnapsidee eingegangen, weil er mal ungestört ein paar Stunden spielen wollte.

Renate schwamm einige Runden, doch das geheizte Wasser erfrischte sie nicht, und so kühlte sie sich mit einem Eisbecher. Eine Sekunde lang mißfiel ihr, daß alles auf Harrys Zimmerrechnung ging, aber dann freute sie sich wieder, daß sie hier saß.

Ein Mann, der Clark Gable hätte doublen können, sprach sie an. Er stellte sich als Hank Smith vor, Immobilienmakler aus St. Louis. Renate schüttelte den Kopf und meinte, das könne nicht stimmen, er müsse aus Hollywood sein, da ein Immobilienhändler aus St. Louis nicht derart blendend aussehen könne.

Hank Smith schien im Zweifel, ob er sich geschmeichelt oder veralbert fühlen sollte, auch Renate wußte nicht, ob sie ihn wegekeln oder mit ihm flirten wollte.

Er bestellte zwei Drinks und schrieb seine Zimmernummer

vor ihren Augen so groß auf die Rechnung, daß sich Renate ärgerte: Sah sie aus wie eine Frau für die erste Nacht?
Sie zahlte es ihm heim, indem sie fragte, welche Rollen ihm besonders lägen, und die Frage gleich selbst beantwortete: Sicher verkörpere er kultivierte, sensible, intellektuelle Typen ohne Interesse für das andere Geschlecht. Jetzt war es Hank anzumerken, daß ihn die Drinks reuten, und Renate setzte das Spiel gutgelaunt mit einer Scheibe Zuckerbrot fort: Wenn Mr. Smith tatsächlich Immobilienmakler sei, müsse sie ihr Bild dieses Berufsstands sofort ändern, denn Makler seien doch immer halbseidene Kerle mit etwas zu modischen Anzügen und etwas zu kessen Oberlippenbärtchen. Hank rief sofort nach weiteren zwei Drinks.
»Three, please«, sagte Renate, denn sie sah Harry kommen. Er wirkte abgekämpft, aber seine Haltung verriet, daß die Mission Erfolg gehabt hatte.
»Du schaffst es in zwei Stunden«, berichtete er, »und wenn du auf dem Weg zur Trauung keinen Stau hast und alles glatt geht, ist es sogar inklusive Hochzeitsnacht.«
»Die dann aber den Namen nicht verdient«, wandte Renate ein.
Sie machte die beiden Herren miteinander bekannt und erklärte Hank, daß Harry gerade erkundet habe, wie sie in Las Vegas heiraten könnten. Hank machte »Oh!«, und Renate dachte: Wenn er Witz hat, bietet er sich als Trauzeuge an. Hank hatte keinen Witz, er bestellte die Drinks ab und ging.
Renate sah ihm nach: »Ich glaube, er ist wirklich Immobilienmakler.«
Harry hatte sich offenbar die Vorhaltung mangelnder Initiative zu Herzen genommen und schlug von sich aus vor, abends nett essen zu gehen und dann ein wenig zu spielen.
»Sehr originell!« lobte Renate. »Aber können wir nicht mal eine Show sehen? Ich höre immer, in Las Vegas sei die

Hölle los, doch dir fällt nur Essen und Trinken und Spielen ein.«
Daß man die Kerle immer schubsen muß, dachte Renate. Den einen, damit er vorübergehend von seinem Ringbuch abläßt, den anderen, damit er endlich mal einen Plan macht. Man müßte aus Rolf und Harry und vielleicht noch ein paar anderen den richtigen Mann für so eine Reise basteln. Einen ganz spontanen Pedanten, einen peniblen Chaoten. Einen aufmerksamen Begleiter, der stets da war, außer wenn er nicht da sein sollte. Einen Spendablen, der einem nicht dauernd das Gefühl gab, eingeladen zu sein. Einen stürmischen Liebhaber, der nicht dauernd etwas von einem wollte. So einen!

Harry hatte tatsächlich zwei Plätze für eine Mitternachtsshow reservieren lassen. Paul Anka war angesagt. Paul Anka! Als Renate ein ganz kleines Mädchen gewesen war, hatte ein etwas größerer Junge gesungen »Put your head on my shoulder« und »Diana«. Daß er als Erwachsener immer noch sang, war Renate entgangen. Sie war gespannt, nicht sehr, aber etwas.
Der befrackte Platzanweiser hatte eine unmißverständliche Art, seine Hand aufzuhalten, und Renate riet Harry, etwas hineinzutun. Sie kannte sich in Las Vegas nicht aus, vermutete aber aufgrund ihrer Lebenserfahrung und Menschenkenntnis, daß sie, falls Harry nichts in die aufgehaltene Hand täte, einen Platz hinter einer Säule und ohne Blick auf die Bühne angewiesen bekämen. Harry fischte eine Note aus seiner Brusttasche, und da es nicht sehr hell war und sich die verschiedenen Dollars im Halbdunkel verteufelt ähnelten, erwischte er eine Zwanzig-Dollar-Note. Der Platzanweiser knickte leicht in der Hüfte ein und geleitete sie zu einem Tisch in der ersten Reihe.
Dort saß bereits ein Paar und grüßte mit einem freundlichen

»Hello!« Renate übernahm die gegenseitige Vorstellung und erfuhr schnell, daß Linda und Hank – schon wieder Hank! – aus Frankfort, Kentucky, kamen. Was sie dort machten, erkundigte sich Renate. Sie hätten einen Gemüseladen, sagte Hank.
»Wow!« rief Renate aus vollem Herzen.
Hank wollte zunächst nicht glauben, daß auch Harry einen Gemüseladen in Frankfurt hatte, nicht Frankfort, Kentucky, aber Frankfurt, West-Germany. Als er endlich überzeugt war, nicht veralbert zu werden, erhob sich Hank und stieß mit Harry an: »To the greens!« Sie tranken auf das Gemüse, dann sang Paul Anka.
Renate war überrascht, wie klein Paul Anka war und wie wenig imponierend mit seinem Alltagsgesicht und dem gelichteten Haar. Aber er hatte ein gewisses Etwas, er zog an, er kam über die Rampe, wie man so sagte. Sein Potpourri der alten Songs im Teenager-Sound der 50er Jahre, mit viel Selbstironie angekündigt und vorgetragen, sagte Renate dennoch nicht zu. Aber als er seinen selbstverfaßten Welthit »My Way» anstimmte, war Renate begeistert. Überhaupt genoß sie es, in diesem verrückten Las Vegas zu sein, in Cesars Palace zu wohnen und in der ersten Reihe die Show eines Weltstars zu erleben. Vor zwei Wochen noch, dachte sie, hätte ich bei diesem Gedanken die Nase gerümpft. Was war inzwischen geschehen?
Hank erzählte, er und Linda seien vor vier Tagen aus San Francisco gekommen, wo die große Convention der Gemüsehändler stattgefunden habe.
»No!« rief Renate.
»Why?« fragte Hank.
Sie konnte es ihm nicht erklären. Vielleicht, dachte sie, haben Hank und Linda in San Francisco genau das Zimmer gehabt, das Sissi und Harry hätten haben können, wenn Hank und Linda nicht zur Convention gefahren, sondern in

Frankfort, Kentucky geblieben wären. Es war überhaupt nicht auszudenken: keine Nacht zu viert in San Francisco, keine Bootsfahrt auf dem Lake Tahoe, kein Ausflug mit Harry nach Reno, keine Melodramatik mit Rolf im Yellowstone Park, kein Las Vegas mit Harry! Alles wäre anders gewesen, wenn nicht Hank und Linda vorige Woche in San Francisco das letzte freie Zimmer gebucht hätten.
Hank war so begeistert von der Begegnung mit einem Kollegen aus Frankfurt, Germany, daß er Harry und dessen vermeintliche Ehefrau nach der Show zu unzähligen Drinks einlud. Renate lernte aus den Fachsimpeleien, daß süße Kartoffeln in Amerika »yams« hießen und Feldsalat hier nicht sehr bekannt war.
Als der fröhliche Abend am frühen Morgen endete, war Harry von Hanks Einladung so betrunken, daß Renate ihn mit Mühe ins Bett brachte. Als Gemüsehändler, dachte sie, warst du heute großartig, aber als Liebhaber . . .

»Was war gestern abend?« fragte Harry beim späten Aufwachen.
»Nichts«, antwortete Renate, die schon angezogen war.
Harry schwieg eine Weile, dann sagte er: »Ja, ich weiß, du mußt das Gefühl haben, daß du für mich . . . wie soll ich sagen?«
». . . eine alte Frau bist«, ergänzte Renate.
»Nein!« rief Harry entsetzt. »Du bist eine knackige Maus. Ehrlich! Für Ende Dreißig bist du sogar . . . wie soll ich sagen?«
»Laß dir was einfallen.«
»Es ist. . . es ist kein Unterschied zu Sissi. Ich meine vom Alter her. Ich meine, du wirkst nicht älter.«
Renate sah ihn streng an: »Ich dachte, ich sei ein wenig reifer.«

Harry lief rot an: »Natürlich, als Mensch bist du reifer, aber doch nicht als Frau.«
Renate zog die Augenbrauen hoch.
»Du bringst alles durcheinander«, stöhnte Harry, »ich meine, du bist eine ausgereifte junge Frau.«
»Mit der man sich gut unterhalten kann«, nickte Renate.
»Nicht nur das.«
»Aber?«
»Es hat sich halt noch nicht ergeben.«
»Wann rechnest du damit?« fragte Renate.
»Sofort, wenn du willst.«
»Nicht vor dem Frühstück.«

Nach dem Frühstück wollte Renate etwas erleben.
»Was denn?« fragte Harry wie erwartet.
»Irgendwo hinfahren, irgend was sehen.«
Männer mußten auf Trab gehalten werden. Frauen hatten aufgrund ihres Geschlechts nicht viele Vorteile im Leben, aber mindestens den einen hatten sie: Ein halbwegs wohlerzogener Mann schlug ihnen so schnell keinen Wunsch ab. Man konnte mit dieser sanften, aber wirksamen Waffe eine Tyrannei ausüben, wenigstens aber konnte man sie anwenden, um sich auf mühelose Art die Dinge nach eigenem Gusto richten zu lassen. Renate überlegte manchmal, ob nur Tradition und Wohlerzogenheit die meisten Männer so folgsam machten oder ob es nicht doch die Begehrlichkeit nach dem Lohn war, den sie erhofften und oftmals auch ganz selbstverständlich erwarteten.
Wie auch immer: Harry sollte sich was einfallen lassen, und über den Lohn ließ sich nachdenken.
»Hier gibt's nur Wüste«, sagte Harry, »möchtest du gern Wüste besichtigen?«
Renate fand das zu einfach und erschwerte die Aufgabe: »Ich hätte gern Wüste mit Bergen und Salzseen und einer

Schlucht mit Wasserfall. Wenn du bitte etwas in dieser Art arrangieren könntest? Ich gehe ein bißchen schwimmen und erwarte dich in einer Stunde vor dem Hotel.«
Als Renate pünktlich aus dem Hotel ins Freie trat, stand der Wagen bereit zum Einsteigen. Daneben Harry in einer etwas zu engen Livrée mit einer Schirmmütze, auf deren Rand in goldenen Buchstaben »Cesars Palace« geschrieben war. Harry machte einen Diener und riß den hinteren Wagenschlag auf: »Bitte sehr, gnä' Frau.«
»Du bist ein Spinner«, lachte Renate.
»Ganz wie gnä' Frau meinen.«
»Wie ist Ihr Name?« fragte sie.
»Jonathan, gnä' Frau.«
»Und wo fahren wir hin?«
»Wenn gnä' Frau belieben, besuchen wir den Hoover-Damm. Der einzige natürliche Wasserfall Nevadas ist bedauerlicherweise verdurstet, aber der Staudamm ist sozusagen ein organisierter Wasserfall. Ich bin sicher, gnä' Frau wird der Fall gefallen.«
Während sich Renate, eine Zigarette in der Rechten, damenhaft in die Polster zurücklehnte, steuerte Harry hinaus aus Las Vegas und auf den Highway nach Arizona.
»Rechts sehen gnä' Frau die Wüste«, erklärte Harry, »links ebenfalls, während die Linie zwischen den beiden Hälften der Wüste die Straße darstellt. Wünschen gnä' Frau eine Erfrischung?« Harry hielt an und servierte Renate Champagner aus der Kühlbox.
»Jonathan, ich vermute, Sie haben in besten Häusern gedient«, lobte Renate.
»Recht wohl, gnä' Frau« bestätigte er bescheiden, »ich begann bei den Kennedys und arbeitete mich sodann nach oben.«
Der Hoover-Damm kündigte sich nach einer Stunde Fahrt an, zuerst mit einem riesigen Stausee unterhalb der Straße,

bald mit Hochspannungsleitungen, die auf haushohen Masten alle demselben Ziel zustrebten, dann mit Andenkenbuden und Hamburger-Stationen, Busparkplätzen und einem Informationspavillon. Endlich erlaubte eine Kurve den ersten Blick auf den oberen Teil der gewaltigen Staumauer.

Die Straße führte über die Mauerkrone, ungefähr in der Mitte hielt Harry vor einem turmartigen Aufbau, der offenbar den Zugang zu der Anlage erlaubte. Ein junger Mann kam auf den Wagen zu, öffnete die Tür und half Renate hinaus.

»He, Jonathan, was wird hier gespielt?« fragte sie.

»Oh, ich vergaß, gnä' Frau zu sagen, daß gnä' Frau bei der Verwaltung des Staudamms avisiert sind.«

»Harry! Was soll der Scheiß?« rief Renate.

»Ich habe gnä' Frau angekündigt als Besitzerin von einem Dutzend Kraftwerken in Deutschland, sozusagen als Herrin über einige Zehntausend Megawatt. Man ist hier informiert, daß gnä' Frau gegebenenfalls etwas Strom zu importieren gedenken.«

»Harry, du Knalltüte! Strom kann man gar nicht importieren. Nicht über den Ozean. Das weiß ja sogar ich!«

Harry lüftete seine Mütze, verbeugte sich leicht, stieg ins Auto und fuhr davon. Renate war mit dem jungen Mann allein. Dieser verbeugte sich leicht: »The U .S . Department of die Interior welcomes you to Hoover Dam!«

Harry, das zahle ich dir heim! dachte Renate, ehe sie sich dem jungen Mann zuwandte. Er entschuldigte sich dafür, daß wegen der kurzfristigen Ankündigung des Besuchs niemand von der Leitung des Kraftwerks anwesend sein könne. Dann führte er Renate, der alles sehr peinlich war, durch das Bauwerk und gab Erläuterungen: 221 Meter hoch, der höchste Staudamm der westlichen Welt, eingeweiht 1935 von Präsident Roosevelt, benannt nach Präsi-

dent Hoover, 17 Generatoren mit zusamen 1300 Megawatt, 177 Kilometer langer Stausee.
Als sie am Fuß der Mauer standen, kam Renate der Gedanke an das viele Wasser, das hinter ihr drängte, und sie wäre lieber woanders gewesen. Der junge Mann fragte nach Renates Kraftwerken. Sie gestand, sie hätte nur ein paar kleine und wisse wenig darüber. Ihr Mann habe immer den Strom gemacht, sie sei nur die Witwe.
»I'm so sorry!« sagte der junge Mann.

»Haben gnä' Frau die Anlage günstig erwerben können?« erkundigte sich Harry, der am Ausgang vorgefahren war.
»Du Hund!« knurrte Renate.
Bei der Abfahrt bemerkte sie, wie Harry dem jungen Mann grinsend ein verstohlenes Zeichen gab.
Sie haute ihm auf die Cesars-Palace-Mütze: »Du Hund! Das wirst du mir büßen!«
»Gern«, antwortete Harry.

Harry büßte mit einer Dinner Show im MGM Grand Hotel. Das Dinner fand Renate durchschnittlich, die Show phantastisch. Das Spektakel gipfelte im Untergang der ›Titanic‹, der sich auf offener Bühne mit infernalischem Getöse und Strömen echten Wassers vollzog. Danach traten vierzig Tänzerinnen auf, die alle gleich groß waren und alle gleich große bzw. gleich kleine Busen hatten, die sie alle im gleichen Rhythmus wippen ließen.
»Toll!« begeisterte sich Harry.
»Was ist daran toll?« fragte Renate.
»Na, hör mal! Zwei gleich große findet man ja noch hier und da. Aber achtzig!«
»Wo liegt da überhaupt der Witz? Stell dir vor, es wären vierzig Männer mit genau gleich großen . . .«
»Das wäre unanständig.«

». . . mit genau gleich großen Ohren. Was wäre dabei?«
»Das ist ein ganz abwegiger Vergleich«, rügte Harry. »Ohren sind relativ häßliche Gebilde, schon von der Konsistenz her unangenehm, knorpelig und verknautscht und nicht gut anzufassen. Aber ein Busen, verstehst du, das ist ein unvergleichliches Gebilde! Zart wie eine Seifenblase. Dennoch fest wie eine nicht zu reife Frucht, wenn ich mal diesen Vergleich aus meiner Branche wagen darf. Es gibt nichts Schöneres, und den Anblick zu lieben, ist nicht eine Frage der schmutzigen Lust, sondern der Freude am ästhetisch Vollkommenen. Übrigens könntest du da oben auch mit auftreten.«
»Ich oder mein Busen?« fragte Renate.
»Alle drei«, antwortete Harry.

Später, im Hotelzimmer, sahen sie Football im Fernsehen. Sie verstanden beide nicht, nach welchen Gesetzen die behelmten und bis zur Unkenntlichkeit gepolsterten Menschen übereinander herfielen, sich zu Knäueln verfransten, sich entwirrten, in gebückter Haltung ein Kommando erwarteten, um sich wieder gegenseitig zu Boden zu reißen. Irgendwie schien auch eine Art Ball eine Rolle zu spielen.
»Das ist so schwachsinnig«, fand Renate, »daß Frauen es nie tun würden. Aber Männer halten es für männlich, ihren Kopf so lange zu testen, bis sie sicher sind, daß er aus Holz ist.«
Harry überging die unfreundliche Bemerkung und suchte mit seinem Kopf Renates Busen. Sie fand das eigentlich ganz schön, aber sie hatte sich nun mal vorgenommen, Harry für den Hoover-Damm büßen zu lassen. Wenigstens heute.

»Wir fliegen zum Grand Canyon«, verkündete Harry beim Frühstück.

»Wieso?« fragte Renate.
»Frag nicht wieso, sei lieber froh, daß mir endlich mal was eingefallen ist.«
Wenn wir noch eine Weile zusammen unterwegs wären, dachte Renate, würde es wahrscheinlich richtig schön. Harry kam auf Touren, wurde witzig und hatte Ideen. In den Tagen seit Salt Lake City hatte sich eine Vertraulichkeit entwickelt. Es war schon selbstverständlich geworden, daß Renate zuerst aufstand und ins Bad ging, ehe sie Harry mit einem Kuß weckte, daß sie abends ein wenig an den ›einarmigen Banditen‹ spielte und dann Harry beim Roulette zusah. Es war, als sei alles schon lange so.
Anfangs hatte sie sich unter Druck gefühlt. Schließlich war sie mit einem Mann zusammen, Tag und Nacht und im selben Bett, und eigentlich mußte irgendwann passieren, was in solcher Lage unausweichlich war. Renate hatte darauf gewartet und, als Harry nichts unternahm, daran gedacht, selbst etwas zu unternehmen. Denn passieren mußte es ja!
Inzwischen hatte sie jedoch das Gefühl, es müsse nicht mehr passieren. Der Punkt war überschritten, da es zum Sinn und Zweck des Unternehmens zu gehören schien. Wenn es doch noch passiert, dachte Renate, dann aus Lust und Laune.
»Wolltest du nicht in Las Vegas mit mir schlafen?« fragte sie.
»Ja, warum?«
Renate wunderte sich ein wenig, daß sich Harry über ihre Frage gar nicht zu wundern schien.
»Warum tust du's nicht?« fragte sie.
Harry schaute sie an: »Bist du eine Frau für die erste Nacht? Es muß sich ergeben. Erst wenn keiner mehr daran denkt, passiert es plötzlich.«
»Ach so«, sagte Renate.

Scenic Airlines flog mit kleinen Maschinen von Las Vegas zum Grand Canyon. Renate war das Unternehmen wegen ihres empfindlichen Magens nicht geheuer, aber sie wollte erstens kein Frosch sein und zweitens wenigstens aus der Luft die Landschaft sehen, die sie ursprünglich im Boot hatte durchfahren sollen.
Das Flugzeug war kleiner als das von Willy. Es rappelte sich in ein paar hundert Meter Höhe hinauf, von wo aus man Las Vegas wie ein zerlaufenes Omelett auf einem Teller ohne Rand liegen sah. Über dem Hoover-Damm stieß Harry Renate in die Seite und grinste. Sie zwickte ihn in die Nase. Dann sahen sie den Canyon des Colorado. Ein tiefer Riß zog sich durch die Erde, nicht glatt und ebenmäßig, sondern wild gezackt mit ausgefransten Rändern. Der Pilot ließ die Maschine rasch sinken, so daß Renate ihre Hände ängstlich um die Sitzlehnen krampfte, und fing sie erst wieder auf, als er förmlich in die Schlucht eingetaucht war und die Ränder links und rechts zm Greifen nahe schienen.
Renate sah merkwürdig geformte Felsen vorüberfliegen, Grate und Dome, Abstürze und Schründe. Der Pilot folgte jetzt dem gewundenen Lauf des Canyons und legte bisweilen die Maschine schräg, so daß seine Passagiere einen Blick auf den Fluß viele hundert Meter unter sich hatten. Renate hielt Ausschau nach Booten, sah aber aus der großen Höhe nur bräunliches Wasser, das an manchen Stellen hell schäumte. Im übrigen hatte sie mit ihrem Magen zu tun und hoffte, es wäre nicht mehr weit bis zur Landung auf dem Flugplatz von Grand Canyon Village. Sie erinnerte sich an den Rat des klugen Rolf, man solle bei aufkommender Übelkeit möglichst singen, und sie probierte es.
»Bärenstark, was?« schwärmte Harry, »langsam bereue ich, daß ich nicht mit auf die Bootstour bin.«
»Ach so?« fragte Renate.
»Mit dir natürlich«, versicherte er schnell.

Die Landschaft wurde immer grandioser, aber Renate sehnte sich immer heftiger die Landung herbei.
Leidlich erholt, besichtigte sie mit Harry und den anderen Mitfliegern den Rand des Canyons. Die Nachmittagssonne goß einen warmen rötlichen Ton über die braunen Felsen, doch in kilometerweiter Ferne, wo die leblose Kulisse mit dem Himmel verschmolz, wirkten die Steine genauso bläulich-blaß wie die Luft. Den Fluß tief drunten konnte man von hier oben weder sehen noch hören, nur ahnen.
Unmittelbar am Rand der großen Schlucht stand ein altertümliches Holzhaus. Der Pilot, der auch die Führung übernahm, erklärte, was es damit für eine Bewandtnis hatte. Um die Jahrhundertwende, als die ersten Touristen zum Canyon kamen, richteten die Brüder Emery und Ellsworth Kolb hier ein Fotostudio ein. Es ging ihnen wie so manchen, die gekommen waren: Die Landschaft ließ sie nie wieder los. Sie begannen den Colorado zu befahren und den Canyon zu erforschen und blieben hier bis zu ihrem Tod. Im Jahre 1911 drehten sie den ersten Film über eine Canyon-Expedition. Und den, sagte der Pilot, werde man sich jetzt anschauen.
In Schwarzweiß und mit vielen Schrammen wurde vorgeführt, wie die Männer damals in ihren zerbrechlich wirkenden Holzbooten auf abenteuerlichste Art durch übermannshohe Stromschnellen steuerten, an Felsen stießen, auf Wellenkämmen kenterten, in Gischt versanken, nach endlos scheinender Zeit wieder auftauchten.
»Da kannst du ja totgehen«, meinte Renate schaudernd.
»Die arme Sissi«, murmelte Harry.

Auf dem Rückflug versuchte es Renate wieder mit Singen. Harry streichelte ihr den Nacken und redete ihr gut zu: »Im Hotel nehmen wir ein Bad oder gehen schwimmen, dann ruhen wir uns aus, dann trinken wir ein Täßchen Champagner – und schon bist du wieder am Leben.«

»Du bist sehr lieb«, bedankte sich Renate.
Wenn ich heute abend noch am Leben bin, dachte sie, könnte es passieren.

14. Kapitel

Rolf

Rolf war eine Ewigkeit unter Wasser. Jedenfalls kam es ihm so vor, als wäre er eine Ewigkeit unter Wasser. Das einzige, was er in seiner Todesangst denken konnte, war: Schluß, Schluß, Schluß! Aber es ging immer weiter.
Erst als er unterhalb von Crystal Rapid in ruhigerem Wasser trieb, begann Rolf zu begreifen: Er war in der gefährlichsten Stromschnelle des Grand Canyon über Bord gefallen. Der tobende Fluß hatte ihn mitgerissen und untergetaucht und mehrmals gegen Felsen geschleudert. Rolf hatte, ohne zu denken, die Arme über den Kopf gepreßt, die Augen zugekniffen und die Luft angehalten, so lange es ging. Gedacht hatte er nur für einen Sekundenbruchteil, und blödsinnigerweise nur: Hoffentlich vergißt Sissi nicht, meine Sachen an sich zu nehmen! Wie kam es, daß einem in einer lebensbedrohenden Situation so etwas einfiel?
Erst jetzt, im ruhigeren Wasser, spürte Rolf die beißende Kälte des Flusses. Und einen stechenden Schmerz im rechten Knie. Ich muß ans Ufer! schoß es ihm durch den Kopf. Aber noch war er nicht fähig, zu schwimmen. Wo blieb nur das Boot? Sie mußten ihn doch rausfischen aus dem eisigen braunen Fluß!
»Lebst du noch?« rief jemand.
Das Boot war plötzlich neben Rolf, Sissi beugte sich über ihn: »Ich hab' dich was gefragt!«
Rolf hob zum Zeichen, daß er noch lebe, matt die Hand.

Mehrere Hände griffen nach ihm und zogen ihn an Bord, wo er kraftlos liegenblieb.
»Looks bad«, hörte er Cindy sagen.
Er richtete sich mühsam etwas auf und sah an sich hinunter. Die Jeans waren zerrissen, sein rechtes Knie blutete heftig.
Cindy steuerte das Boot ans Ufer. Dann ließ sie sich von Jim einen Verbandskasten reichen und schnitt erstmal Rolfs Hosenbein überm Knie ab, während Sissi die Whiskyflasche hervorholte und Rolf einen großen Schluck einflößte. Ein wohliges Brennen vom Gaumen bis in den Magen durchfuhr ihn gleichzeitig mit einem stechenden Schmerz im Bein. Da alle ihn neugierig oder betroffen anstarrten, versuchte er ein Lächeln, das ihn große Mühe kostete.
»Wolltest du zu Fuß gehen?« fragte Sissi.
Rolf biß die Zähne zusammen und nickte.
Sissi grinste: »Immer sparst du am falschen Fleck.«
Kanaille! dachte Rolf.

Nach dem dramatichen Vorfall in Crystal Rapid war es für eine Weile sehr still an Bord. Cindy hatte Rolf keinen Vorwurf gemacht, wenigstens hatte sie nichts gesagt. Aber ihre Blicke hatten für sich gesprochen: Wie kannst du mir solchen Trouble machen! Wahrscheinlich, überlegte Rolf, wäre es das Ende ihrer Bootsführerlaufbahn gewesen, wenn sie einen der Teilnehmer als ›abgängig‹ hätte melden müssen. Schließlich war sie verantwortlich. Auch für Idioten!
Die folgenden Stromschnellen wurden ohne das übliche Hallo durchfahren. Als Cindy zum Lunch anlegte, merkte Rolf, daß er mit seinem dick geschwollenen Knie kaum laufen konnte. Der kurze Weg flußabwärts zum Pinkelplatz in den Büschen wurde ihm furchtbar beschwerlich.

Als er zurückgehumpelt kam, hatte ihm Sissi ein Sandwich gebaut und eine Büchse Bier geholt. Er setzte sich auf einen Baumstamm, den der Fluß angeschwemmt hatte, und kaute schweigend.
»Warum bist du ins Wasser gefallen?« fragte Baldwin.
»Vor Lachen«, antwortete Rolf.
»Lachen warum?«
Das nun konnte Rolf ihm gerade nicht erklären.
»Sissi hat einen Witz gemacht«, sagte er nur.
»Hast du gedacht, du bist tot?« fragte Baldwin weiter.
»Im ersten Moment, ja. Aber dann habe ich gedacht: Hoffentlich macht jemand ein Foto. Für die Freunde zu Hause.«
Baldwin lachte und übersetzte es den anderen. Sie, die betreten geschwiegen hatten, wandten sich Rolf zu. Er mußte erzählen, wie er mit kühlem Kopf und starkem Arm die Wellen und Strudel gemeistert hatte. Je mehr Einzelheiten er schilderte, desto kühner erschien ihm im nachhinein sein Verhalten. Er spürte eine Woge der Anerkennung, ja der Hochachtung. Am Ende war er beinahe überzeugt, den Sprung zum Beweis gewagt zu haben, daß man für eine solche Stromschnelle gar kein Boot benötigte. Als sie ihn zur Weiterfahrt an Bord trugen, war ihm wie einem Helden zumute.
»Wenn du so weitermachst«, grinste Sissi, »kriegst du einen Orden und darfst das ganze dem Präsidenten beim Tee erzählen.«
»Es war wirklich gefährlich«, sagte Rolf.
Sissi sah ihn keß an: »Weeßte wat? Doofe leben imma jefährlich.«
Rolf schüttelte die Bemerkung von sich ab und sah geradeaus, der nächsten Stromschnelle entgegen. Mochte das blonde Mäuschen doch plappern. Er war nicht ihretwegen auf dem Colorado, sondern wegen des Abenteuers. Da störte Sissi eher. Auch Renate hätte gestört. Jeder störte

hier, vor allem jede Frau. Eigentlich, dachte Rolf, müßte man allein in dieser Landschaft sein, auf eigene Faust den Canyon durchfahren. Nicht mit einer Horde Touristen und nicht unter Anleitung dieser jungen blonden Cindy, die entschied und befahl und kommandierte. Eigentlich müßte man sich den Grand Canyon erobern wie die Alten, die sich dem Fluß mit Haut und Haaren verschrieben hatten, die weder die Gefahr achteten, noch den Spott der Spießer, die oben am Rand der Schlucht ihre Erinnerungsfotos knipsten und ihren Kaffee mit Süßstoff tranken. Rolf redete sich innerlich in ein Gefühl hinein, als sei er der geborene einsame Wolf des Wilden Westens und nicht ein beamteter Pädagoge aus Darmstadt.
Daß er noch vor ein paar Tagen in Sissi verliebt gewesen war, kam ihm lächerlich vor. Was sollte sie ihm bedeuten? Er gestand sich, daß es ihn ein wenig enttäuscht hatte, als das erhoffte Abenteuer ausblieb, aber dennoch: Was sollte er mit ihr? Ein Gutes hatte die ganze zufällige Begegnung mit Sissi und Harry aber auf alle Fälle: Endlich war zwischen Renate und ihm Klarheit. Ihre Ehe hatte seit Jahren auf der Kippe gestanden, Sissi und Harry und ein Dutzend Zufälle hatten die Entscheidung ausgelöst.
Cindy legte am Ufer an und lud zu einem Ausflug ein. Sie versprach einen Pool mit klarem, grünem Wasser von angenehmer Temperatur und einem reizvollen Wasserfall. Rolf, mit seinem geschwollenen Knie, das er kaum bewegen konnte, blieb an Bord. Er genoß die Stille und das Alleinsein mitten in dieser menschenfeindlichen Landschaft. Er war mit einem Male sehr heiter und dachte daran, daß er viele Pläne Renates wegen nicht hatte ausführen können. »Das wird von nun an anders«, versprach er sich und dem Fluß.

Abends am Feuer kam Cindy nochmal auf ihr Lieblingsthema: die Verwüstung des Grand Canyon durch die Stau-

dämme. Als wenn man einen wilden Stier in Ketten legte, damit er ein Wägelchen zöge! Wozu die Dämme? Daß eine Mißgeburt wie Las Vegas mit Millionen bunter Birnen die Nacht zum Tage machte? Daß die Menschen mit ihren Air Conditions verlernten, wie Menschen zu schwitzen? Daß in Palm Springs, dem Ghetto der Millionäre, jeder Swimmingpool auf Badewannenwärme geheizt werde? Dazu die Dämme? Der Fluß, sagte Cindy, werde sich rächen. Er werde die Stauseen zuschütten mit Geröll und Schlamm, bis sein Wasser die nutzlos gewordenen Dämme einfach überspüle wie jede beliebige Stromschnelle.
Rolf bat Cindy, die Geschichte von Frank Mason Brown zu erzählen. Er hatte sie gelesen und konnte sich vorstellen, daß Cindy sie gern erzählen würde. Und richtig, er sah im Feuerschein ihre Augen funkeln, als sie begann: Da hatten vor fast hundert Jahren Geschäftsleute geglaubt, man könne die Kohle aus Colorado besonders preiswert nach Kalifornien bringen, wenn man eine Eisenbahn durch den Grand Canyon baute. Flugs wurde eine Gesellschaft gegründet und eine Expedition ausgerüstet, die der Präsident, Mr. Frank Mason Brown, höchstpersönlich leitete. Aber was geschah? Mr. Brown fiel in den Fluß und wurde nie gefunden. Mit ihm starb der ganze Plan. »Beautiful story, isn't it?« begeisterte sich Cindy.

Beim Aufwachen am nächsten Morgen sah Rolf nicht die Hand vor Augen. Nebel hatte sich auf den Grund des Canyons gelegt, das Rauschen des Flusses klang wie von Watte gedämpft. Der Schlafsack war feucht und klamm. Rolf hatte eine schlechte Nacht hinter sich, da sein Knie bei jeder Bewegung auf dem engen, harten Feldbett schmerzte. Im Halbschlaf hatte er ein Palaver vernommen, dessen Anlaß er beim Frühstück erfuhr: Baldwin war beim Austreten barfuß auf einen Skorpion getreten. Der Fuß war dick geschwollen und rötlich verfärbt, aber Cindy meinte, es sei keiner von den ganz gefährlichen Skorpionen gewesen. Rolf schlug vor, einen Club der Invaliden zu gründen, und bot sich, da seine Verwundung älter war, als Präsident an. Mittags hatte sich der Nebel so weit aus dem Canyon verzogen, daß Cindy zur Weiterfahrt rief. Wieder standen unterwegs Ausflüge in schöne Neben-Canyons auf dem Programm, an denen Rolf und nun auch Baldwin nicht teilnehmen konnten.

Sie blieben im Boot und unterhielten sich.

»Schön, diese Ruhe«, bemerkte Baldwin.

Rolf stimmte ihm zu: »Hier müßte man mal ganz allein sein.«

»Ja. Was ist übrigens mit deinem Mädchen? Hast du Trouble?«

»Sie ist nicht mein Mädchen. Sie ist die Freundin von einem Mann, der mit meiner Frau in Las Vegas ist.«

»O ja! Sie hat es mir schon erklärt, aber ich konnte es nicht verstehen. Ich finde sie sehr nett.«

»Sie findet dich auch sehr nett«, erwiderte Rolf.

Baldwin machte große Augen: »Mich? Da hat sie aber Pech! Hat sie denn nicht gemerkt, daß Anthony und ich . . .«

»Sie hat es nicht gemerkt. Deswegen mußte ich doch so lachen, daß ich aus dem Boot gefallen bin.«

Baldwin schlug die Hände über dem Kopf zusammen: »Oh no! So war ich beinahe schuld an deinem Tod!«

»Something like that«, bestätigte Rolf.

»I'm so sorry!«

Baldwin lud Rolf ein, ihn in San Francisco in seinem Restaurant zu besuchen.

Nachmittags stand dem Boot und seiner Besatzung die letzte große Prüfung bevor: Lava Falls Rapid. Cindy sprach den Namen mit hörbarer Ehrfurcht aus. Rolf beobachtete,

wie sie, anders als sonst, mit zusammengekniffenen Lippen und starrem Blick das Steuer hielt.
Die Stromschnelle hatte es in sich. Das Boot wurde geschüttelt und gestoßen und mit kalten, braunen Sintfluten übergossen, daß Rolf dachte: Viel schlimmer war es zu Fuß auch nicht!
»Well, that's it!« rief Cindy, als sie hindurch waren.
Sie legten bald darauf an und richteten zum letzten Mal ihr Lager für die Nacht her. Rolf beobachtete, daß sich Sissi in der Nähe von Jim ansiedelte, dem kleinen Assistenten der Bootsführerin.
Am Lagerfeuer kam Abschiedsstimmung auf. Leah aus Santa Monica meinte, jetzt, da man sich ein wenig kenne, müßte man noch ein par Wochen lang weiterfahren, dann entstünde eine richtig schöne Gemeinschaft. Alle stimmten ihr zu.
Cindy erzählte eine letzte Geschichte, eine traurige: Da hatte 1928 ein jungvermähltes Paar, Glen und Bessie Hyde, seine Hochzeitsreise auf dem Colorado angetreten, zu zweit in einem Boot. Nach dreieinhalb Wochen Fahrt waren sie hinaufgestiegen zum Rand des Canyons, um Emery Kolb zu besuchen, der Pionier, der als erster eine Fahrt durch die Stromschnellen gefilmt hatte. Er war der letzte, der mit den beiden sprach. Ihr Boot wurde gefunden, auch Bessies Tagebuch, sie selbst behielt der Fluß.
Wären sie heil durchgekommen, meinte Cindy, erinnerte sich ihrer heute niemand mehr, so aber seien sie eine Legende.
Nun ja, dachte Rolf, es war schon immer etwas teuer, legendär zu werden. Mindestens das Leben mußte man dafür eintauschen.
Sissi saß bei Jim und kraulte ihm den Nacken.
Das Lagerfeuer flackerte nur noch niedrig, Rolf trank seinen Whisky aus. Viel Whisky, dachte er, hilft viel gegen Knie-

schmerzen. Alles in allem, überlegte er, hatte sich die Fahrt gelohnt, trotz des Unfalls. Aber das nächstemal würde er allein auf Abenteuerfahrt gehen.

Rolf erwachte am Morgen von Cindys ärgerlichem Ruf: »Hey, Jim, you son of a bitch, where are you?«
Die Sonne stand schon schräg im Canyon, es mußte später als acht sein. Cindy, sichtbar wütend, machte sich am Kaffeetopf zu schaffen und überschüttete den abwesenden Jim mit einer Flut von Schimpfworten, die Rolf teilweise noch gar nicht kannte. Nach einer Weile kam Jim von flußaufwärts angeschlendert, Hand in Hand mit Sissi. Beide wirkten fröhlich und nahmen Cindys Ärger nicht ernst.
»Nice morning, isn't it?« meinte Jim.
»Your last one in this job«, erwiderte Cindy barsch.
Rolf schmunzelte. Für uns der letzte Morgen im Canyon, dachte er, warum bleiben wir nicht?
Sarah aus New York hatte die Idee eines Abschiedsfotos. Alle stellten sich am Ufer vor dem Boot auf, das vier Tage lang fast ihr Zuhause gewesen war. Als Sarah durch den Sucher ihrer Kamera schaute, mußte sie lachen und konnte sich kaum wieder beruhigen. Alle sahen sich gegenseitig an: Sie waren verschmutzt und zerlumpt, wie es die Stadtstreicher in der New Yorker Bowery oder die Clochards unter den Brücken von Paris nicht schlimmer sein konnten. Der Grand Canyon hatte Tribut verlangt: zerrissene Hosen und T-Shirts, braun vom Colorado-Wasser, durchlöcherte Turnschuhe, zerfetzte Strohhüte, stoppelige Bärte, verkleisterte Haare. Alle lachten gröhlend. Sarah schoß eine Serie von Fotos, dann wurden die Adressen ausgetauscht, damit jeder ein paar Abzüge bekäme.
Der kleine Hubschrauber, der die Gruppe jeweils paarweise aus dem Canyon holte, kam wie aus einer anderen Welt. Rolf flog mit Sissi. Er sah hinab auf den Fluß und das Boot

und das Lager der letzten Nacht, der Hubschrauber stieg, das Abenteuer versank.
Rolf wandte sich von dem Bild ab und Sissi zu. »Wie hast du geschlafen?«
Sie sah ihn herausfordernd an: »Verdammt gut, wenn du das meinst.«
»Das habe ich gar nicht gemeint«, erwiderte Rolf.
Nach etwa einer Viertelstunde ging der Hubschrauber, Staubwolken wirbelnd, auf einem trockenen, fast vegetationslosen Hochplateau nieder. Dort wartete am Anfang einer Lehmpiste eine zweimotorige Maschine. Die Passagiere konnten sich bis zum Abflug im Terminal aufhalten: mitten in der Wüste zwei Holztische mit Bänken, darüber auf vier Pfählen ein Dach, daran ein Schild: »Tooweep International Airport, Gate 1«. Rolf mochte diese Art von Humor.
Die dreizehn »river runners« bestiegen schließlich die Maschine, die nach einem langen, rumpelnden Anlauf abhob und westlichen Kurs nahm.

Zur Frühstückszeit landeten sie auf dem Flughafen von Las Vegas. Nachdem sie sich von den Gefährten der Tour verabschiedet hatten, standen Sissi und Rolf mit ihrem spärlichen Gepäck in der kühlen Halle des Terminals.
»Nicht zu fassen«, murmelte Rolf nach einem Blick in einen Wandspiegel. Er drehte sich um und sah über die Schulter, daß durch seinen Hosenboden leuchtend rot die Badehose blitzte.
»Ob sie uns in diesem Aufzug irgendwo ein Zimmer geben?« fragte er zweifelnd.
»Hast du keins bestellt?« fragte Sissi.
Rolf schüttelte den Kopf. Er hatte keinen Plan. Er hatte sich geweigert, an die Zeit ›nach dem Canyon‹ zu denken. An die Rückkehr in die Zivilisation, an das unsinnige Las Vegas, an

die Verabredung mit Renate und Harry am Abend um acht am Eingang von Cesars Palace.
»Wir haben ja noch neun Stunden Zeit«, meinte er.
»Ach so? Und so lange machen wir einen Stadtbummel, oder?«
»Wir können uns ja irgendwo hinsetzen.«
Sissi setzte sich demonstrativ auf den Boden der Flughafenhalle und blinzelte Rolf von unten an: »Bitte, setz dich doch! Ach so, geht ja nicht, dein Knie! Also bleib stehen! Hör mal, mein Lieber, ich brauche sofort ein Zimmer mit Badewanne, anschließend ein paar nicht zerfetzte Klamotten und nachher ein anständiges Mittagessen. Tu was, du bist das Männchen!«
Rolf spürte Zorn aufsteigen, aber er beherrschte sich: »Was sollen wir jetzt ein Zimmer mieten? Das haben doch Renate und Harry getan.«
Sissi lachte: »Aber nicht für uns! Für sich selbst.«
Es half nichts, Rolf mußte sich mit der merkwürdigen Situation befassen, die er lieber ignoriert hätte. Also: Sie waren für acht Uhr mit Renate und Harry verabredet, und was dann? Große Versöhnung? Sissi fällt Harry in die Arme, Renate umarmt Rolf? Ersteres war vorstellbar, letzteres nicht. Es konnte auch sein, daß sich Renate und Harry nach einem angeregten Abend mit einem freundlichen »Gute Nacht!« zurückzogen.
»Gut, laß uns ein Motel suchen«, schlug Rolf vor.
»Cesars Palace.«
»Das ist viel zu teuer.«
»Harry bezahlt's.«
Sie nahmen vor dem Flughafen ein Taxi, dessen Fahrer sie freundlich musterte: »Oh, river runners!«
Rolf nickte und bat, zu einem preiswerten Motel gebracht zu werden.
Las Vegas gefiel ihm nicht. Nach den Tagen im Canyon kam

es ihm laut und übelriechend, grell und häßlich vor. Und das, obwohl der unsinnige Lichterzauber, den Cindy so verachtete, um diese Stunde Pause machte. Wie schlimm mußte es da erst am Abend und in der Nacht sein!
Der Taxifahrer fragte nach Rolfs Verletzung und empfahl ihm das Sunrise Hospital, wo seine Frau Krankenschwester sei. Dann hielt er vor einem Motel, das Ambassador Inn hieß und stattlich aussah. Rolf erschrak etwas, doch als ihm an der Rezeption der Zimmerpreis genannt wurde, legte sich seine Erregung: 25 Dollar für zwei Personen waren erträglich.
Sissi badete zuerst, während Rolf sich auf dem Bett ausstreckte. Die Ruhe tat seinem Knie gut. Er schaltete den Fernseher ein, sah hin, hörte aber nicht zu. Warum, dachte er, muß man fernsehen? Wozu Zeitung lesen? Telefonieren? Hatten sie im Canyon ferngesehen, Zeitung gelesen, telefoniert? Hatten sie es vermißt? Brauchte man es zum Leben? Mußte man wissen, daß in Uganda geputscht wurde? Oder in Bonn gepfuscht? Konnte man nicht abseits dieser kurzatmigen Aufgeregtheiten leben? Die Tage im Canyon, dachte Rolf, haben in meinem Kopf etwas verändert. Für wie lange?
Sissi kam aus dem Bad. Sie ließ ihr Handtuch fallen und sah Rolf vorwurfsvoll an: »So kann ich nicht unter Leute, ich brauche was zum Anziehen.«
»Du hast drei Koffer voll«, erwiderte Rolf, »die stehen irgendwo in Las Vegas, um acht hast du sie wieder. Was mußt du jetzt Neues kaufen?«
»Du sollst es nicht bezahlen, bloß auslegen.«
Rolf ließ sich seinen wasserdichten Brustbeutel reichen und gab Sissi 100 Dollar. Sie zog ihre zerrissenen Sachen an und ging.
Rolf legte sich auf das Bett zurück und schaute an die Decke.

15. Kapitel

Harry

Harry war gespannt.
Was konnte alles passiert sein! Vor zehn Tagen, am Lake Tahoe, hatten sie mit Willy und Andy verabredet, sich heute abend um acht am Eingang von Cesars Palace zu treffen. Es konnte inzwischen passiert sein, daß Willy pleite war, das ging, wie man wußte, in Amerika noch schneller als anderswo. Er konnte auch mit seinem Flugzeug abgestürzt sein, man mußte die Dinge realistisch sehen. Andy konnte in einer Höhle verschollen sein. Oder beide, Willy und Andy, konnten sich gesagt haben: Was sollen wir wegen dieser Knallköpfe nach Las Vegas fliegen?
Und dann Sissi und Rolf, von denen sie sich vor einer Woche in Salt Lake City getrennt hatten. Die beiden konnten – das Leben war manchmal grausam! – im Colorado ertrunken sein. Oder als romantisches Liebespaar in die Einsamkeit des Wilden Westens durchgebrannt sein für immer und ewig. Sissi war verrückt genug, und Rolf hatte in gewissen Momenten auf Harry den Eindruck gemacht, als sei auch er ein Verrückter, der sich nur als Beamter tarnte. Es konnte freilich auch sein, daß alle pünktlich zur Stelle waren. Dann, dachte Harry, nehme ich Sissi in die Arme und sage: Schön, daß du wieder da bist! Denn so ungewöhnlich und anregend die Zeit mit Renate gewesen war, Sissi hatte ihm von Tag zu Tag mehr gefehlt. Renate, das war das Abenteuer, die Herausforderung, die Drehbuchszene aus einem erotischen Film. Sissi war die Frau für alle Tage. Nicht alle Tage waren gut für Abenteuer, und Abenteuer waren nichts für alle Tage.

Fünf vor acht kreuzte Andy auf. Er umarmte Renate und

gab Harry die Hand, dann stutzte er: »Irgend was ist anders als letztes Mal. Irgend was paßt nicht zueinander.«
»Richtig«, erwiderte Renate, »Harry und ich passen nicht zueinander.«
»Genau! Jetzt merke ich's auch. Und wie kommt's?«
»Das erzählen wir später. Wo ist Willy? Kommt er?«
»Er kommt, und sogar zu zweit.«
»Treib die Spannung nicht über den Siedepunkt!«
Jemand tippte Harry von hinten auf die Schulter. Er fuhr herum – und nahm Sissi in die Arme. Er wollte etwas sagen, aber er konnte nicht. Er wühlte sein Gesicht in ihre Haare, dann küßte er sie auf die Stirn, auf die Augen, auf den Mund.
Sissi befreite sich: »Nun mal nich so dolle! Sonst wird deine Begleiterin noch eifersüchtig.«
»Ach, so läuft der Hase!« rief Andy.
Harry schüttelte den Kopf: »Nicht mehr. Der Hase hat ausgelaufen.« Er nahm Sissi wieder in die Arme.
Schlag acht kam Willy – mit Jessica, der blonden Croupieuse.
»Grüß Gottle!« rief er fröhlich, und als sei es ganz normal, sich auf die Minute an einem bestimmten Ort der USA zu treffen, ging er zum nächsten Punkt der Tagesordnung über:
»Kommt, wir gehen essen!«
»Moment!« rief Harry, »wo ist Rolf?«
»Ja, wo ist Rolf?« wiederholte Sissi mit gedämpfter Stimme und ernstem Gesicht.
»Wo ist er denn?« fragte Willy.
»Ihr wißt ja«, begann Sissi, »daß so eine Fahrt durch den Grand Canyon nicht ganz ungefährlich ist. Früher, vor den Staudämmen, war es noch viel gefährlicher, da ist sogar mal ein komplettes Hochzeitspaar ertrunken und bei anderer Gelegenheit ein leibhaftiger Eisenbahnpräsident. Aber auch

heute kann einem leicht etwas zustoßen. Und der arme Rolf hat eben Pech gehabt.«
Harry beobachtete Renate, die sich noch nicht nach ihrem Mann erkundigt hatte und auch jetzt erkennbar bemüht war, gleichgültig dreinzuschauen.
»Wenn jemand in einer Zehner-Stromschnelle über Bord geht«, fuhr Sissi fort, »hat er eigentlich keine Chance mehr. Man muß das gesehen haben: Der Kandidat ist plötzlich weg. Der Todeskandidat sozusagen. Weg! Verschlungen von den braunen Wellen. Mitgerissen. Gegen Felsen geschleudert. Einen halben Kilometer weiter ziehst du ihn leblos aus dem Wasser. Ja, so war das.«
»Und?« fragte Andy aufgeregt.
»Das wäre eine Story für dich gewesen«, erwiderte Sissi, »aber du bist ja ein Reporter, der nie da ist, wenn was passiert.«
Harry sah Renate lächeln und schaute in die gleiche Richtung wie sie: Eine zerlumpte Gestalt humpelte in durchlöcherten Turnschuhen heran, mit abgeschnittenem rechtem Hosenbein und dick bandagiertem Knie.
Alle sahen Rolf an, als sei er ein Gespenst.
»Was ich noch sagen wollte«, sagte Sissi schnell, »er war nicht ganz tot.«
Rolf trat in den Kreis und salutierte: »River runner Rolf vom Einsatz zurück. Fast ertrunken. Sonst keine besonderen Vorkommnisse.«
»Dann können wir ja essen gehen«, schlug Willy ein weiteres Mal vor.
Harry nahm Rolf erstmal mit aufs Zimmer, wo das Gepäck war und er sich seiner Lumpen entledigen konnte.
»Die hebe ich auf, als Souvenir«, sagte Rolf, »und ziehe sie jedesmal am Jahrestag an und feiere meine zweite Geburt.«
»War's so schlimm?« fragte Harry.
»Schlimm genug.«

Rolf stieg mit sichtbarem Genuß in seinen leichten Sommeranzug, während Harry zwei Whisky eingoß. Sie stießen miteinander an und lächelten sich zu.
»Wie ging's mit Sissi?« fragte Harry.
»Gar nicht«, antwortete Rolf.
»Das habe ich nicht gemeint«, sagte Harry.
»Ach so? Dann nicht. Ansonsten ging's. Sie war sehr tapfer in den Stromschnellen.«
Harry überlegte, ob somit alles klar war. Nichts war klar! Aber er mußte es erfahren. Er wußte, er konnte Sissi nichts vorwerfen. Er selbst hatte die ganze verworrene Lage heraufbeschworen, indem er im Yellowstone Park aus einer heute nicht mehr erklärbaren Laune heraus beschlossen und verkündet hatte: Ich fahre mit Renate nach Las Vegas! Er war sich dabei großartig vorgekommen: frivoles Abenteuer mit einer attraktiven Frau, Demonstration männlicher Unabhängigkeit und ungebrochener Spontaneität. Aber mit jedem Tag hatte er Sissi mehr vermißt.
»Also hat Sissi nicht mit dir geschlafen?« fragte Harry.
»Mit mir nicht«, erwiderte Rolf.
»Was heißt das?«
»Das heißt: Wenn sie mit mir geschlafen hätte, wüßte ich es.«
»Aber?« drängte Harry.
»Der Wilde Westen ist weit, und die Nacht hat keine Ohren.«
Harry war wütend. Gern wäre er Rolf an die Kehle gegangen und hätte die Antworten bröckchenweise herausgeschüttelt. Irgendwie, dachte er, komme ich noch dahinter.

Als Harry mit Rolf zum Essen erschien, hatten die anderen schon den Aperitif genommen. Renate und Sissi schilderten gerade launig, wie es zur Trennung in Salt Lake City und zur ›veränderten Marschordnung‹ gekommen war.

»Und nun?« fragte Andy. »Nun tut ihr, als sei nichts gewesen und alles wieder beim alten?«
»Nein!« riefen Renate und Sissi wie aus einem Mund.
»Ich bin auf keinen Fall wieder beim Alten«, bekräftigte Renate, »nicht beim bisherigen.«
»Und du?« Andy wandte sich an Sissi.
Sissi wiegte den Kopf und blinzelte vielsagend. Oder auch nichtssagend. Willy übersetzte alles für Jessica, die um Verständnis zu ringen schien.
»That's how we Germans are«, erklärte ihr Willy.
»Really?«
»Yes. But I'm not a typical German«, beruhigte er sie rasch.
Beim Essen, das vorzüglich war, redeten alle sieben kreuz und quer über Geysire und Stromschnellen, Las Vegas und San Francisco, Roulette und Wurst. Nach dem Dessert ließ Willy Champagner kommen.
Er schlug an sein Glas, bis Stille war, erhob sich, griff nach einem Teller und ließ ihn zu Boden fallen, daß er mit Scheppern zerbrach. Alle sahen ihn überrascht an.
Willy erhob sein Glas und grinste: »Polterabend!«
»He!« rief Harry, »Glückwunsch!«
»Danke.«
»Und wen wollt ihr heiraten?«
Willy überging die Frage.
»Wat denn, wat denn!« rief Sissi, »ihr zwee beede kennt euch doch kaum.«
»Sonst würden sie ja nicht heiraten«, meinte Andy.
»Kamikaze-Hochzeit«, murmelte Rolf.
»Alles Quatsch!« rief Renate, »die Chance ist immer einundfünfzig Prozent, daß es klappt oder nicht klappt.«
Willy übersetzte seiner Jessica die Bemerkungen nicht, sondern stieß mit allen an.
Inzwischen war ein Kellner gekommen, um den zerbrochenen Teller aufzufegen. Willy hielt ihn davon ab und bedeu-

tete ihm, es ginge erst richtig los, aber er dürfe alles auf die Rechnung setzen.
Jeder warf jetzt einen Teller zu Boden und ein Glas hinterher. Es kam neuer Champagner in neuen Gläsern, und es wurde ein lustiger Abend.
»Weißt du, wie man heiratet?« fragte Harry zwischendurch.
»Wie meinst du das?« fragte Willy zurück. »Beim ersten Mal habe ich zwar korrekt geheiratet, aber leider die falsche Frau.«
»Ich meine, ob du weißt, wie hier in Las Vegas die Prozedur ist?«
»Nein. Weißt du's?«
Harry nickte, und Willy sah ihn verwundert an: »Wozu weißt du das? Was hast du vor? Und vor allem, mit welcher von den beiden?«
»Nein, nein, nein! Willy, du bist auf einer völlig falschen Fährte. Ich habe das nur mal so recherchiert. Aus allgemeinem Interesse.«
»Du wirst mir morgen helfen«, sagte Willy.

Lange nach Mitternacht standen Renate und Harry, Sissi und Rolf ratlos in Renates und Harrys Zimmer in Cesars Palace.
»Du glaubst doch wohl nicht, daß ich mitten in der Nacht noch hier ausziehe!« fauchte Renate Harry an.
»Das sagt ja keiner«, verteidigte sich Harry.
»Denn kann ick ja jehn!« rief Sissi.
»Das sagt ja keiner«, verteidigte sich Harry.
Rolf lag auf dem Bett und hatte sein Bein ausgestreckt.
Sissi rannte wütend zur Tür: »Ick finde immer 'n Bette!«
»Und wenn's 'n Feldbett ist«, bemerkte Rolf.
Sissi drehte sich kurz vor der Tür um und funkelte ihn an: »Jawoll, det ooch!«

Harry machte einen Vorschlag: »Ich geh' runter und miete ein zweites Zimmer.«
»Für wen?« fragte Renate.
»Für dich und Rolf.«
»Bist du verrückt?« rief Renate, »wir leben getrennt!«
Auch Rolf lehnte ab: »Ich habe mein Zimmer. Seht nur zu, wie ihr drei euch unterbringt.«
Harry fühlte Wut aufsteigen und hielt sich mühsam im Zaum: Wer bin ich eigentlich, daß ich mir dieses Theater bieten lassen muß? Was wollen die überhaupt von mir?
»Einigt euch!« sagte er und ging hinunter ins Casino.
Eine halbe Stunde darauf fand ihn Rolf, der abgekämpft wirkte. Harry sah ihn erwartungsvoll an: »Na?«
»Ja«, antwortete Rolf.
»Ja, was?«
»Mich haben sie weggeschickt, und du sollst dich ja nicht blicken lassen.«
Harry kippte seinen Whisky: »Nun geht das wieder los! Nun kommt wieder dieser ganze Emanzen-Mief an die Oberfläche. Wie die Schlammvulkane im Yellowstone Park! Jetzt schmeißen sie sich wieder in die Brust und brechen auf zum Kreuzzug gegen die Machos. Jetzt kannst du tage- und nächtelang kein vernünftiges Wort mit ihnen reden. Jetzt schaukeln sie sich gegenseitig hoch: Die Kerle sind alle gleich, man sollte sie alle in einen Sack stecken. Wozu braucht man sie eigentlich, mal abgesehen von der einen Sache? Wenn wir diesen Punkt im Griff hätten, könnten wir sie wirklich abschaffen.«
Rolf massierte vorsichtig sein Knie und zögerte lange, ehe er etwas sagte: »Vielleicht haben wir etwas falsch gemacht. Du vor allem.«
»Ich weiß«, knurrte Harry.
Willy kam zu ihnen.
»Na?« fragte Harry.

»Well«, antwortete Willy.
Harry fragte präziser: »Bist du sicher?«
»Wann ist man sicher? Was ratet ihr mir?«
Rolf gab eine Art Antwort: »Wir sind im Augenblick ungeeignet als Ratgeber für einen Hochzeiter. Wir sind im Augenblick eher skeptisch. Ich persönlich würde sogar zu äußerster Vorsicht raten.«
Harry war der gleichen Meinung: »Wenn wir drei jetzt zusammen Whisky trinken, und sei es nur eine Flasche, dann besteht die Gefahr, daß wir dich von deinem Vorhaben abbringen. Wir sollten schlafen gehen.«
Willy bestellte Whisky.

Als Harry spät in der Nacht mit Rolf in dessen Motel-Zimmer eintraf, erinnerte er sich an den ersten Abend in San Francisco. Da hatten die beiden Frauen sich auch verbündet und hinter einer Tür verschanzt. Aber damals – mein Gott, es war erst zwei Wochen her! – hatte es sich um einen Zufall gehandelt, um eine Notlösung für eine Nacht. Gemüsehändlerkongreß! San Francisco ausgebucht! Inzwischen war die Welt auf den Kopf gestellt. Renate hatte Rolf sozusagen aus dem Bett gewiesen, und er, Harry, hatte sich flugs hineingelegt. Woraufhin Sissi postwendend . . .
»Mal ganz ehrlich«, fragte Harry, »war wirklich nichts mit Sissi?«
Rolf bandagierte sein Knie und sah nicht auf, während er antwortete: »Es waren fünfzehn Personen an Bord. Zwei davon waren Homosexuelle, die kein Interesse an Sissi zeigten. Fünf waren Frauen, die mit größter Wahrscheinlichkeit ebenfalls nichts mit ihr im Sinne hatten. Ich selbst muß Fehlanzeige melden, wenn auch, wie ich zugebe, mit Bedauern. Bleiben sechs weitere Männer, darunter drei Verheiratete und drei Ledige. Wenigstens für letztere kann ich nicht die Hand ins Feuer legen.«

»Und die Nacht hat keine Ohren«, ergänzte Harry bissig. Es wurmte ihn so sehr, daß er zu spüren glaubte, wie der böse Wurm in seinem Inneren nagte. Es wurmte ihn, weil er Sissi mit Rolf und dreizehn anderen allein in diesen verdammten Canyon gelassen hatte. Es wurmte ihn, weil er ihr den Vorwand geliefert hatte, alles zu tun, was sie wollte. Die Freiheiten, die er sich genommen hatte, wogen das nicht auf.

Rolf wechselte das Thema: »Wenn der Willy seine Jessica morgen wirklich heiratet, muß er mit dem Klammerbeutel gepudert sein.«

Harrys Denken war durch Whisky verzögert: »Warum?«

»Mensch überleg doch mal: Sie will schon vor der Hochzeit den genauen Wurstumsatz wissen.«

»Sie will halt nicht die Katze im Sack.«

»Haha! Katze im Sack! Wie nennst du denn das: Die Hochzeitsnacht will sie erst nach der Hochzeit. Was sind denn das für neue Sitten? Ist das nicht erst recht Katze im Sack?«

»Du meinst, Vertrauen ist gut, Kontrolle ist besser?«

»Genau!« rief Rolf. »Auge um Zahn! Erst zeigt jeder, was er hat und kann, dann wird geheiratet. Deswegen macht man ja die Hochzeitsnacht vor der Hochzeitsnacht. Wenn nicht, dann gibt's auch vorher keine Kontoeinsicht. Habe ich recht?«

»Ja«, sagte Harry schläfrig, »vielleicht heirate ich auch.«

16. Kapitel

Sissi

Sissi erwachte fröhlich.
Sie war froh, die Tage hinter sich zu haben, in denen sie trotz aller Selbstbeschwörungen nur in Angst gelebt hatte. Heute nacht waren ihr die Stromschnellen im Traum erschienen: das bedrohliche Rauschen, mit dem sie sich ankündigten; die schäumend braunen Wirbel, in denen das Boot zu trudeln und zu schlingern begann; die eisigen Wassermassen, die über die Köpfe schlugen; das kieferklappernde Frösteln in den durchnäßten Textilien; der Sand, der zwischen den Zähnen knirschte und in den tagelang ungewaschenen Haaren juckte.
Sissi war froh, in die Zivilisation heimgekehrt zu sein. In ein komfortables Hotelzimmer mit Badewanne und ihren Koffern voller schöner Sachen. Mit dem Abenteuer auf dem Fluß würde sie ein Leben lang angeben, aber wiederholen würde sie es nie mehr!
Sie war auch froh zu bemerken, daß Harry das schlechte Gewissen plagte. Gut so! Sie selbst hatte sich nichts vorzuwerfen. Oder nicht viel. Schön, sie war aus Verärgerung sehr schnell und bereitwillig auf Rolfs Angebot eingegangen, sie in den Grand Canyon mitzunehmen. Oder hatte er es gar nicht angeboten? Hatte sie selbst sich angeboten? Wie auch immer: Harry war schuld!
Sissi hätte gern gewußt, was wirklich zwischen Renate und Harry gewesen war. Sie hatte heute nacht Renate nach allen Regeln weiblicher List ausgefragt und immer nur aus einem lächelnden Mund die lapidare Antwort erhalten: Was soll gewesen sein? Sissi traute grundsätzlich niemandem, Frauen schon gar nicht und in diesem besonderen Fall überhaupt nicht. Aber was auch immer gewesen sein

mochte: Sissi hatte vorgesorgt. Die letzte Nacht im Canyon gab ihr die beruhigende Gewißheit: Wenn Harry sie betrogen hatte, war er bestraft, und wenn er's nicht getan hatte, traf die Strafe dennoch keinen Verkehrten.
Renate schlief noch, und so nahm Sissi ein ausgiebiges Bad. Als Renate endlich kam, bohrte Sissi noch einmal: »Wie hast du dich denn gewehrt, wenn dich Harry bedrängt hat?«
»Bedrängt? Wie kommst du denn darauf?«
»Harry bedrängt immer.«
»Mich nicht.«
»Dann liegt's an dir«, stellte Sissi fest. »Dann mußt du auf dem Gebiet 'n ziemlich trockenes Brötchen sein.«
»Hör mal!« empörte sich Renate, aber gleich darauf lächelte sie gewinnend: »Wahrscheinlich ist Harry mehr für 'ne gutbelegte Butterstulle zu haben. Du bist ja nun auch wieder da.«
»Hör mal!« Jetzt war Sissi dran, sich zu empören.
Renate setzte sich auf den Badewannenrand: »Wie war's denn mit Rolf?«
»Bärenstark!«
»Wirklich?«
»Ich kann's dir ja sagen, weil ihr euch ohnehin getrennt habt: Er war wild wie die Stromschnellen des Colorado!«
Es klopfte an der Zimmertür, Andy begehrte Einlaß, Renate zog den Morgenmantel über und öffnete.
»Auf geht's!« rief Andy, »heute wird geheiratet. Wo ist Harry?«
»Wieso Harry?« wunderte sich Sissi, »ich denke, Willy soll geheiratet werden.«
»Ja, aber Harry weiß als einziger, wie's geht. Wo ist er?«
»Muß ich das wissen?« fragte Sissi, »ich bin nicht mit ihm verheiratet.«
Durch einfaches Nachdenken kamen sie darauf, daß Harry die Nacht am ehesten bei Rolf im Ambassador Inn verbracht

haben könnte. Andy machte sich auf den Weg. »Punkt zehn ist Abfahrt!« rief er im Gehen.
Sissi beeilte sich, die Badewanne für Renate freizumachen. Dann suchte sie ein weißes Kleid aus, das vorn und hinten ziemlich ausgeschnitten war. Weiß, dachte sie, weiß bin ich dem Hochzeitspaar schuldig. Und der Ausschnitt ist in erster Linie für Harry gedacht. Der soll ruhig sehen, was er aufs Spiel gesetzt hat, aber erstmal werde ich ihn auf Distanz halten.
»Sollen wir Jessica warnen?« fragte Renate »Oder lieber Willy?«
Sissi überlegte nur kurz: »Laß sie machen! Wenn's nichts wird, ist Jessica versorgt, und Willy muß nicht verhungern.«
»Du denkst praktisch.«
»Das hat mich das Leben gelernt«, sagte Sissi pathetisch. Und doch hatte sie die Vorstellung, eines Tages einen Mann zu heiraten, in den sie sehr verliebt war. Allerdings durfte er auch gut verdienen.

Um zehn waren alle vor Cesars Palace versammelt, locker elegant gekleidet, sommerlich leicht, denn um diese Stunde herrschten im Schatten schon wieder weit über 30 Grad Celsius. Jessica trug ein blaues Kostüm mit weißem Kragen, Willy einen ebenfalls blauen Leinenanzug, dessen Hosenbeine nach amerikanischer Sitte etwas zu kurz waren.
»Wo sollen wir heiraten?« fragte er.
Harry wußte Bescheid: »Die Hochzeitskapellen sind alle ungefähr gleich teuer und gleich scheußlich. Am wenigsten kitschig fand ich eine gegenüber dem Stardust Hotel.«
»Die nehmen wir«, beschloß Willy ohne Umschweife.
Auf Renates Vorschlag hin fuhren die vier Männer in Harrys Mietwagen, während die drei Frauen Willys Mietwagen nahmen.
»Brautjungfern!« feixte Willy.

»Are you sure you want to get married?« fragte Renate unterwegs die Braut.
Jessica war sicher, daß sie wollte. Bisher, sagte sie, hatte sie mit Männern stets so lange zusammengelebt, bis beiderseits die Überzeugung gereift war, es sei besser, nicht zu heiraten. Diesmal hatte sie beschlossen, nicht so lange zu warten.
Die weiß genau Bescheid, dachte Sissi.
Die Hochzeitskapelle hieß Candlelight Wedding Chapel. Sie war ganz aus Holz und außen wie innen sehr schlicht. Die Bankreihen hätten dreißig Gäste aufnehmen können, nicht mehr. Zwei Stufen führten zu einer Art Altar, den, außer einer aufgeschlagenen Bibel, nur ein großer bunter Blumenstrauß mit rosa Schleifchen zierte. Links und rechts davon befanden sich barockartige Wandleuchter mit elektrischen Kerzen.
»Einfach, aber geschmacklos«, bemerkte Willy anerkennend.
Eine junge Dame stellte sich vor: »Hi, I'm Wendy, may I help you?«
Ausgerechnet Wendy, dachte Sissi, so hieß doch Willys erste Frau.
»We'd liked to get married«, sagte Willy.
»I guess«, lächelte Wendy.
Sie führte die Hochzeitsgesellschaft ins Büro und klärte zunächst, welche der drei Damen Willy heiraten wollte. Dann fuhr sie mit dem Zeigefinger über einen großen Terminkalender und entdeckte eine Lücke um elf Uhr fünfundvierzig und eine zweite um drei Uhr dreißig nachmittags. Willy war für den frühestmöglichen Termin, Jessica nickte dazu. Ob sie einen Orgelspieler wollten? fragte Wendy.
Willy und Jessica berieten sich und stellten bei dieser Gelegenheit fest, daß Orgelmusik sie beide nur traurig mache. Schallplattenmusik? Der übliche Verdi oder was anderes?

Jessica fragte nach Frank Sinatra. Wendy fand »Strangers in the Night«, Willy fand es passend, Wendy notierte fünfzehn Dollar extra für Schallplattenmusik. Der Brautstrauß: Naturblumen oder Seide mit Plastik? Willy war für Natur, aber Jessica wollte etwas Dauerhaftes als Andenken für alle Zeiten. Wendy notierte zwanzig Dollar. Fotograf? Selbstverständlich! Fünfzig Dollar.
»Ganz schön teuer«, sagte Sissi, mehr zu sich selbst.
»Teuer ist nicht die Hochzeit«, flüsterte Willy, »sondern die Ehe. Und am teuersten die Scheidung.«
»Jetzt aufs Rathaus«, kommandierte Harry, »für die Lizenz.«

Im Rathaus von Las Vegas gab es ein eigenes Büro für Heiratswillige. Die drei Schalter waren voneinander getrennt nicht durch Pfosten oder Säulen, sondern durch große Pakete in Geschenkpapier mit rosa Schleifchen. Sissi fand so viel Symbolik fast schon wieder anstößig.
Der Andrang war mächtig, die Schlange rückte langsam voran, der Uhrzeiger viel schneller. Es war elf Uhr zwanzig, als Willy und Jessica an die Reihe kamen und je ein Formular ausfüllen mußten. Sissi schaute ihnen neugierig über die Schulter. Es wurde nicht nur nach Namen, Geburtstag und -ort gefragt, sondern auch nach Namen und Herkunft der Eltern und Großeltern.
Beim Großvater mütterlicherseits zögerte Willy: »Heiligs Blechle, wie het der Kerle bloß g'hoiße?«
Als er nicht darauf kam, schrieb er »Karl« hin.
Außerdem war anzukreuzen, ob man gegebenenfalls schon verheiratet sei. Willy machte sein Kreuz bei »No«.
Die Dame hinterm Schalter nahm die Formulare wieder entgegen und übertrug die Angaben auf ein schön verziertes Blatt Papier, auf dessen Kopf in altertümlicher Schrift »Marriage Certificate« gedruckt stand. Sie drückte einen Stempel darauf und bat um 25 Dollar.

Sissi wunderte sich, daß die Dame nicht die Pässe prüfte, die Willy und Jessica bereithielten. Da kann ja jeder jede mit jedem verheiraten, dachte sie.
Nach schneidiger Fahrt kamen sie um elf Uhr sechsundvierzig vor der Candlelight Wedding Chapel an. Die Eile erwies sich als nutzlos, da das vorhergehende Paar noch im Heiraten begriffen war.
»Are you sure?« fragte Renate noch einmal.
Jessica nickte ernst.
Sissi versuchte sich in ihre Lage zu versetzen: Noch konnte sie nein sagen, wegrennen, flüchten. Hatte nicht jeder und jede in diesen Minuten das Gefühl, wegrennen zu sollen? Wußte man in dieser Sekunde, worauf man sich einließ? Sissi hatte noch nie akut heiraten wollen, wen denn auch? Aber sie hatte sich ihre Hochzeit schon vorgestellt: Ganz spießig in Weiß und mit Orgelspieler und Naturblumen. Mit Mutter und Schwiegermutter heulend in der ersten Bankreihe. Naja, Mutter und die anderen würden wohl kaum kommen können aus Ost-Berlin. Es gab zwar die Ausreise bei dringenden Familienangelegenheiten, aber wenn die Tochter dem real existierenden Sozialismus den Rücken gekehrt hatte . . . Auf jeden Fall stellte sich Sissi ihre Hochzeit zum Steinerweichen rührend vor.
Wendy kam mit dem Seiden-Plastik-Strauß aus dem Büro und bat zur Zeremonie. Sissi drückte ganz schnell Jessicas Hand. Vor dem Altar wartete im dunklen Anzug ein weißhaariger Herr, dessen Miene Ernst und Ergriffenheit andeutete. Er gab Braut und Bräutigam die Hand, las von einem Zettel ihre Namen ab und bat sie, vor ihm Aufstellung zu nehmen. Er schaute verstohlen auf seine Armbanduhr, ehe er einen langen englischen Text vortrug, dem Sissi nur teilweise folgen konnte. Satzweise mußte zuerst Willy, anschließend Jessica den Text nachsprechen. Dann bat der würdige Herr um die Ringe.

»Damned!« entfuhr es Willy, »we forgot to buy some.«
Der Herr schien nicht zum ersten Mal zu erleben, daß bei der hastigen Heiraterei die Ringe vergessen wurden, er überging es mild lächelnd. Unbemerkt hatte sich der Fotograf eingeschlichen und blitzte das Paar an. Jessica und Willy mußten in die Kamera lächeln, mußten sich umarmen, dann küssen, mehr verlangte der Fotograf nicht.
Wendy drängte sanft, dem nächsten Paar die Kapelle freizugeben.
Im Büro unterschrieben Wendy und der Fotograf als Trauzeugen die Urkunde, Willy bekam die Filmrolle und die Rechnung ausgehändigt.
»Stop!« rief Wendy, »we forgot the music.«
Sie zog fünfzehn Dollar ab für die vergessenen »Strangers in the Night«, Willy zahlte mit American Express.
»So, das war's«, sagte Harry draußen im Freien und schaute auf seine Uhr: »Eine Stunde siebenundvierzig Minuten, alles inklusive.«
Sissi sah sich nach der Kapelle um: »Det is ja 'ne Hochzeitsfabrik. Des is ja Ehe vom Fließband. Und dieser heilije Vorarbeiter, wer war det eijentlich? Seid ihr ganz sicher, det ihr jetzt verheiratet seid?«
»Geht Scheidung auch so schnell?« fragte Renate.
Harry wußte es nicht, bot aber an, noch einmal auf Recherche zu gehen, falls Renate ehrlich interessiert sei. Sie lachte nur.
Willy verabschiedete seine Freunde bis zum festlichen Abendessen, um sich trotz des hellen Tages mit seiner Frau zu einer Art Hochzeitsnacht zurückzuziehen.

Sissi lag neben Renate am Swimmingpool von Cesars Palace, nippte an einem bunten Cocktail und fühlte sich noch aufgedrehter als morgens beim Aufwachen. Ihr war so zumute, daß sie plötzlich mit einem langen Jauchzer ins

Wasser hüpfen und darin minutenlang toben mußte wie ein übergeschnappter Pudel.
»Geht's dir gut?« fragte Renate danach.
»Liebste Freundin, ich weiß, daß deine Frage hinterhältig gemeint ist. Aber ich antworte mit ja.«
»Ich wüßte gern den Grund.«
»Ganz einfach, es geht mir gut. Das wirst du nie kapieren. Die kleine Sissi vom Prenzlauer Berg ist in Las Vegas! Det jibt's in keen Russenfilm! Die Stromschnellenmaus im Grand Canyon, Cindy hieß sie, die hat Las Vegas verdammt in alle Ewigkeit, weil es alles kaputtmacht. Hat sie recht. Ich bin dafür, alles hier abzureißen. Aber erst, wenn ich abgereist bin. Solange es noch steht, find ich's nämlich toll, daß ich hier bin!«
In der warmen Sonne hing Sissi schläfrig ihren Gedanken nach. Sie dachte an ihre Leute in Ost-Berlin – wie immer, wenn es ihr besonders gut ging. Aber sie dachte auch daran, wie Harry ihr in der vergangenen Woche gefehlt hatte. Merkwürdig, Harry und sie betrieben miteinander das Gemüsegeschäft, und weil sie sich nicht unsympathisch waren, lebten sie in einer Wohnung und schliefen manchmal im selben Bett. Liebe? Sissi hatte bisweilen schon den schlimmen Verdacht gehabt, sie wäre kalt wie eine Hundeschnauze und ginge mit Harry ins Bett, nur weil er den Gewinn des Geschäfts mit ihr teilte. Und es stimmte ja zumindest dieses: Als einfache Verkäuferin hätte sie mit demselben Aufwand an Mühe und Zeit einen Bruchteil der Annehmlichkeiten, die sie als Harrys Lebensgefährtin genoß. Allerdings stimmte auch dies: Ohne sie hätte Harry weniger Umsatz.
Nun hatte sie den Verdacht, Harry zu lieben. Oder so ähnlich.
Am späten Nachmittag kam Harry an den Pool. Er hatte doch recherchiert und herausgefunden, daß Scheidung län-

ger dauerte als Heirat: »Bis morgen zieht ihr das nicht durch.«
»Dann müssen wir's zu Hause machen«, sagte Renate. »Schönen Dank trotzdem! Wo ist übrigens mein zu scheidender Ehemann?«
Harry hatte im Anschluß an die Hochzeit Rolf zur Untersuchung seiner Verletzung ins Sunrise Hospital gefahren. Ergebnis: Leichte Besserung, keine Operation nötig, große Schonung angeraten. Jetzt war Rolf im Motel, Harry vermutete, er werde abends nicht zur Hochzeitstafel erscheinen.
»Eigentlich müßte ich mich kümmern«, sagte Renate, »aber ich habe keine Lust.«
»Laß mal. Er fühlt sich ganz wohl als mißverstandener Held. Außerdem ist er der Auffassung, du seist von Anfang an die falsche Frau gewesen.«
»Für ihn ganz bestimmt«, erwiderte Renate.
»Weeßte wat«, meintne Sissi, »ick laß die Finger davon.«
»Wovon?« fragte Harry rasch.
»Vom Heiraten. Es sei denn, ich treffe den Richtigen.«

Für das Hochzeitsmahl hatte Willy in Cesars Palace einen Tisch für sieben Personen reservieren lassen. Da Rolf nicht kam, wurde ein Stuhl weggetragen. Jessica wirkte erschöpft, Willy sogar sehr erschöpft, aber beide schienen sehr verliebt.
Der große Dinner-Saal war in der Art eines römischen Palastes hergerichtet, mit Säulen und Statuen, die vorgaben, aus Marmor zu sein. Die Bedienungen beiderlei Geschlechts trugen Gewänder, wie sie vermutlich die Römerinnen und Römer vor zweitausend Jahren getragen hatten. Sissi fand das Ambiente sehr kitschig und sehr eindrucksvoll. Besonders gefiel ihr der Oberkellner, der für ihren Tisch zuständig war, ein hünenhafter Farbiger in einem weißen, golddurchwirkten Gewand, das den Hintern soeben bedeckte und

zwei stämmige Beine sehen ließ, die in cäsarischen Sandalen steckten. Harry grinste: »Quo vadis, Gladiator! In jeder Hand ein Löwe und, rumms-rumms, immer die Köppe gegeneinander geknallt, bis die Löwen müde sind.«
»Toll, was?« nickte Sissi.
Das Dinner wurde zelebriert. Es begann mit einem kunstvoll gestalteten Gebirge aus Rohkost, dem verschiedene Hors d'Oeuvres folgten, danach wurden gratinierte Jakobsmuscheln aufgetragen. Sissi, die sich seit ihrem Weggang aus der DDR einen gewissen kulinarischen Standard angewöhnt hatte, war mit dem Gebotenen sehr zufrieden und fragte sich, warum so viel über amerikanisches Essen gespottet wurde. Hochachtung nötigte ihr auch die junge Dame ab, die unermüdlich mit einer langschnäuzigen Karaffe herbeikam und aus fast einem Meter Entfernung mit erstaunlicher Treffsicherheit kalifornischen Weißwein in die Gläser schoß. Nachdem die Vorspeisen gegessen waren, schob der Gladiator ein Wägelchen an den Tisch und bat, ein jeder möge sich den Hauptgang aussuchen.
»Canard à l'orange!« deklamierte er feierlich und deutete darauf. »Tournedo Rossini! Maine Lobster! Boeuf Stroganoff! Carré d'agneau!« Jeder Name klang wie eine Fanfare, so als zeige ein Feldherr auf der Landkarte die Schauplätze seiner siegreichen Schlachten.
»Mensch, det is ja allet Plaste!« rief Sissi.
Sie hatte es jetzt erst bemerkt: Die sieben oder acht Gerichte waren tatsächlich, täuschend ähnlich, aus farbigem Kunststoff nachgebildet.
»Det jibt's in keen ... Also, wenn ick det nach Ost-Berlin schreibe!«
»Das ist für die Weizenfarmer aus dem Mittelwesten«, vermutete Andy. »Die haben wahnsinnig viel Geld, aber kennen nur geröstete Maiskolben und gebackene Bohnen. Die müssen sich angucken können, was es zu futtern gibt.«

Nachdem sich Sissi beruhigt hatte, entschied sie sich für den Hummer, zumal ihr versichert wurde, er sei bereits aus seinen Schalen und Scheren befreit.
Zwischen Dessert und Kaffee klopfte Harry an sein Glas: »Liebes Brautpaar, ich bewundere euch! Ich bewundere dich, Jessica, daß du einfach so heiratest, obwohl du es noch nie vorher getan hast. Und ich bewundere dich Willy, daß du heiratest, obwohl du es schon einmal getan hast. Es ist schwer zu sagen, wer von euch beiden den größeren Mut beweist. Vielleicht doch Jessica. Denn man sagt ja, daß der erste Versuch nicht immer der beste ist. Der dritte soll normalerweise der beste sein. So gesehen, wäre Willy näher an einer endgültigen Lösung als Jessica. Aber es gibt von jeder Regel eine Ausnahme, und wenn man nicht glaubte, die Ausnahme von der Regel zu sein, würde man ja nicht heiraten. Ich wünsche euch viele glückliche Monate, wenn nicht Jahre, und beneide euch um euren Mut. Prost!«
Es wurde reihum angestoßen und geküßt.
»Wir danken für deine warmen Worte!« entgegnete Willy. »Sie kamen von Herzen und gingen zu Herzen. Du hast uns den Tag versüßt, und man könnte dich dafür mit Genuß umbringen. Das tue ich aus zwei Gründen nicht. Erstens ist es nach amerikanischem Gesetz nicht statthaft. Zweitens muß ich dich gar nicht strafen, weil auch dich sehr bald dasselbe Schicksal ereilen wird. Nochmals Prost!«

Am Ende und als Höhepunkt des Tages lud Willy seine Freunde in eine Show ein. Er versprach ihnen das Beste, das man in Las Vegas und in der Welt sehen könne: Siegfried & Roy! Sissi hatte schon mal Zauberer gesehen, früher in Ost-Berlin, im alten Friedrichstadtpalast. Da waren Kaninchen und Tauben verschwunden, und Sissis Vater hatte scherzhaft gemeint, man solle doch derart leckere Mangelwaren nicht auf diese Weise vergeuden. Siegfried und Roy zauber-

ten nicht mit Kaninchen. Sie hatten gar keine Kaninchen bei sich, sondern Tiger.
Ein gläserner Käfig senkte sich von der Saaldecke herab bis etwa einen Meter über der Bühne, eine junge Dame stieg unter aufreizenden Verrenkungen hinein, ein Vorhang wurde über den Glaskasten geworfen und nach Sekunden wieder gelüftet: Die Dame hatte sich in einen fauchenden Tiger verwandelt. Das Publikum rief, nach einer Sekunde der Verblüffung, unisono »Aaah!«, dann applaudierte es frenetisch. Siegfried und Roy traten an die Rampe und verbeugten sich.
»Russenfilm?« fragte Harry augenzwinkernd.
»Wahnsinn«, nickte Sissi.
Willys Hochzeitsgesellschaft saß direkt an der Rampe an zwei Tischen in der ersten Reihe. Zwischen ihnen und der Bühne gab es weder Gitter noch Trennscheibe, die Tiger liefen in Greifweite vorbei, Sissi glaubte ihren Atem zu spüren. Anfänglich kniff sie jedesmal die Augen zu und biß die Zähne zusammen, um nicht aufzuspringen und davonzulaufen. Dann redete sie sich ein, das ganze wäre bestimmt schon lange behördlich verboten, wenn die Tiger die Angewohnheit hätten, Gäste zu fressen.
Nach der ersten Verblüffung nahm sich Sissi fest vor, den zwei Zauberern auf die Schliche zu kommen. Man wußte ja, es war Schnelligkeit und keine Hexerei, tausendmal trainierte Schnelligkeit, gepaart mit ein paar technischen Tricks und raffinierten Ablenkungsmanövern. Ein Mensch mit scharfem Verstand und ebensolchen Augen mußte doch dahinterkommen! Unablässig verschwanden Tiger, verwandelten sich Löwen in Leoparden, wurden Flamingos zu Luft, wurde Luft zu Krokodilen. Siegfried und Roy lösten sich vor aller Augen auf der Bühne in Nichts auf – und kamen im selben Augenblick als Siegfried und Roy aus der hintersten Ecke des Saals herbeigeschritten. Ein Feuerwerk von Tricks

und Täuschungen! Sissi starrte mit aufgerissenen Augen auf die Hände der Zauberer und wartete auf den Moment, da sie rufen konnte: Jetzt! Jetzt hab' ich was gemerkt! Aber die beiden gaben sich keine Blöße. Sie zauberten lächelnd und scheinbar mühelos, so daß das Publikum ein ums andere Mal nach verblüfftem »Aaah!« in stürmischen Beifall ausbrach.
Kanaillen! dachte Sissi, allmählich wütend. Diese zwei alternden Schönlinge! Blondgefärbt der eine, schwarzgefärbt der andere, aufgeputzt mit allerlei Flitter, in schimmernden Goldlamé gezwängt, mit glitzernden Kettchen behängt, die blitzenden Zähne bestimmt vom teuersten Gebißschneider der Westküste zusammengestellt. Aber sie ließen sich nicht auf die Schliche kommen. Kanaillen!
Show-Einlagen zwischendurch, Ballett, Gesang, dann wieder Zauberei. Ein Elefant verschwand, ein Pferd kam abhanden, Tiger sowieso in großer Zahl. Eine Dame wurde mit kreisender Säge in Höhe des Nabels zerteilt, die Menschen im Saal schrien entsetzt, als Siegfried und Roy die beiden Damenhälften effektvoll auseinanderrissen.
Sissi suchte nicht mehr nach Erklärungen. Sie gab auf. Sie fand sich damit ab, daß es hier nicht mit rechten Dingen zuging. Zauberer konnten eben zaubern, deswegen nannte man sie Zauberer. Basta!
Außerdem waren Siegfried und Roy gar nicht unsympathisch, im Gegenteil. Sie waren ausgesprochen witzig und ausgenommen einnehmend. Den Amerikanern im Saal schien besonders zu gefallen, daß sie Amerikanisch mit hartem deutschem Akzent sprachen. Sissi war sicher, daß die beiden längst perfekte Amis waren und den Akzent als exotische Masche pflegten. Nach zwei Stunden Show war sie erschöpft und begeistert. Siegfried und Roy machten entlang der Rampe Shake-hands mit den Gästen, Sissi

bekam Siegfrieds Hand zu fassen und rief: »Das war Spitze!«
»Danke!« antwortete Siegfried, »wo kommen Sie her?«
»Aus Frankfurt.«
»Grüßen Sie Deutschland«.
Sissi schlug Harry auf die Schulter: »Mensch, haste det jesehen? Der hat mit mir jeredet! Richtig live!«
Beim abschließenden Drink in Cesars Palace versicherten sich alle gegenseitig, es sei ein phantastischer Hochzeitstag gewesen.
»Ich heirate nur noch in Las Vegas«, schwärmte Willy, und alle lachten.
»What did you say?« fragte Jessica irritiert.
Willy biß sich auf die Lippe und versprach, er werde es ihr nachher unter vier Ohren erklären.

»Wie machen wir's denn heute nacht mit dem Schlafen?« fragte Harry.
»Wie gestern«, schlug Sissi vor.
Harry machte ein langes Gesicht.
»Du mußt doch Rolf erzählen, wie's war«, sagte Sissi.
Bald, dachte sie, hast du die Woche mit Renate abgebüßt.

17. Kapitel

Renate

Renate steuerte das große Auto über den Strip in Richtung Highway 95.
Rolf neben ihr streckte sein immer noch bandagiertes Bein aus, hinten saßen Sissi und Harry. Renate wollte eigentlich nicht fahren, aber Harry hatte sie überredet, und es machte ihr Spaß. Sie hätte, um Las Vegas zu verlassen, gleich neben

Cesars Palace auf den Highway einbiegen können, aber sie wollte zum Abschied noch einmal langsam den Strip hinaufgleiten. Hätte ihr vor ein paar Wochen jemand gesagt, sie werde sich ungern von Las Vegas trennen, so hätte sie in voller Überzeugung geantwortet: Dort werde ich keine Stunde bleiben! Wie sich die Zeiten änderten. Und die Ansichten.

Willy, Jessica und Andy waren nach dem Frühstück nach San Francisco abgeflogen. Renate und Rolf, Sissi und Harry hatten danach ihre restliche Route beraten. In einer Woche war für Renate und Rolf der Rückflug von San Francisco nach Frankfurt. Sissi und Harry hatten keine feste Buchung, wollten aber auch bald wieder zu Hause in ihrem Geschäft sein. Von Las Vegas nach San Francisco boten sich verschiedene Wege an. Es gab die nördliche Route durchs Tal des Todes und den Yosemite Park, aber auch die westliche nach Los Angeles und die Pazifikküste hinauf. Rolf hatte alle Möglichkeiten durchgerechnet. Er plädierte für die Straße am Pazifik, die Traumstraße der Welt, schlug jedoch einen Schlenker durch das Tal des Todes vor, den tiefstgelegenen und heißesten Landstrich des Kontinents. Der Plan wurde ohne Aussprache einstimmig gebilligt. Renate hatte dabei das Gefühl, alle wollten Rolf etwas entgegenkommen, da er unter der bisherigen Reise erkennbar am meisten gelitten hatte, körperlich wie seelisch.

Natürlich hätte man sich in Las Vegas auch trennen können, aber diesen Vorschlag hatte niemand gemacht.

»Wie hieß gleich noch diese Hütte da drüben?« fragte Sissi auf dem Strip.

»Candlelight Wedding Chapel«, antwortete Rolf.

»Hübscher Name«, sagte Sissi.

Der breite Highway 95 stieß linealgerade in nordwestlicher Richtung durch die Wüste. Sie hatten zwar die Sonne im

Rücken, aber dennoch war sie derart gleißend, daß Renate mit Sonnenbrille fahren mußte. Es waren wenige Autos unterwegs, das Fahren strengte nicht an. Im Wagen herrschte angenehme Kühle, zu hören waren nur das charakteristische Geräusch von Reifen auf heißem Asphalt und der Ventilator der Air Condition. Niemand sprach, jeder schien Gedanken nachzuhängen.

Renate fühlte sich eigenartig beschwingt. Sie überlegte, ob nur das Erlebnis Las Vegas nachklang oder ob es etwas anderen, Grundsätzlicheres war. Sie hatte eine eigenartige Woche hinter sich mit einem Mann, der ihr allmählich sympathisch geworden war, wenn auch nicht sympathisch genug, um sich in ihn zu verlieben. Trotzdem war sie anfangs zu allem entschlossen gewesen, um ganz schnell ganz viel Abstand von Rolf zu gewinnen. Aber die ersten Tage oder, richtiger, Nächte hatte es einfach nicht klappen wollen mit ihr und Harry. Dann hatten sie sich gesagt, daß es wohl doch nicht nötig sei mit ihm zu schlafen und schließlich war es nur noch darauf angekommen, nicht mit Harry zu schlafen und dennoch mit ihm fröhlich zu sein. Daraus war ein knisterndes Beisammensein entstanden, das aber keinen Tag länger hätte dauern dürfen, wie sie fand.

»Du darfst nur fünfundfünfzig Meilen fahren«, mahnte Rolf.

Renate sah auf den Tacho, der ungefähr siebzig anzeigte, und nahm Gas weg.

Früher wäre sie explodiert: Mußt du mich sogar am Steuer überwachen? Hast du nichts anderes zu tun, als auf den Tacho zu starren? Ich zahl's von meinem Gehalt, wenn ich geblitzt werde!

»Danke«, sagte sie freundlich.

Mit einemmal wußte sie, was sie beschwingt machte: Sie war frei! Sie war frei, mit Rolf freundlich zu sein. Sie mußte sich nicht mehr verteidigen. Sie war frei, sich zu verlieben.

Ohne Heimlichkeit und ohne schlechtes Gewissen. Harry war nicht der Richtige, der Nächste oder Übernächste vielleicht auch nicht. Aber dann ...

»Wenn wir im Tal des Todes sind«, kündigte Rolf an, »erzähle ich euch was darüber.«

»Det is jut«, lobte Sissi, »sonst ham wa't bis dahin wieder verjessen.«

Nach etwa eineinhalb Stunden verengte sich die Straße auf zwei Fahrspuren, die Landschaft änderte sich nicht: Sand und Steine, niedrige Büsche, von gelblichem Staub überzogen, in einigen Kilometern Entfernung kahle Bergzüge von der gleichen Farbe. Links und rechts der Straße in großen Abständen Hütten oder aufgebockte Wohnwagen, darauf riesige Fernsehantennen für Empfang von weither, daneben oft Windräder für den eigenen Strom. In der schläfrigen Hitze drehten sie sich kaum. Einmal sah Renate voraus auf der Fahrbahn ein Tier stehen, einen großen Hund vielleicht; sie bremste ab, das Tier schlug sich in letzter Sekunde in die Büsche.

»Ein Coyote«, bemerkte Rolf.

»Ich dachte, das sei ein Schimpfwort bei Karl May«, sagte Renate und beobachtete Rolf aus den Augenwinkeln.

Er runzelte die Stirn und zog ganz leise Luft durch die Zähne. Renate kannte seine Gedanken: Muß man dir alles hundertmal erklären? Habe ich dir nicht über die Fauna der Weststaaten erzählt? Sie lächelte. Mir mußt du nichts mehr erklären. Der nächsten kannst du wieder alles erklären. Vielleicht zweihundertmal.

Beatty war der dritte Ort seit Las Vegas. Also gab es an diesem Highway alle sechzig Kilometer etwas, das man mit viel gutem Willen eine Ansiedlung nennen konnte. Rolf riet, in Beatty einen Lunch zu nehmen, da es im Death Valley auf langer Strecke nichts Eßbares gäbe. Wieder einmal fielen sie

auf ein Omelet Mexican Style herein, dessen Schärfe ihnen die Schweißperlen auf die Stirn trieb.
»Det is je mehr 'ne Handjranate wie 'n Rührei«, ächzte Sissi und verlangte ein drittes Bier.
Beim Tanken vor der Weiterfahrt wurde auf Rolfs Empfehlung ein großer Kanister Trinkwasser gekauft. Renate fand das wichtigtuerisch, aber sie war milde gestimmt und wollte Rolf nicht seine kleine Show verderben.
Der Mittagssonne entgegen, fuhren sie hinein ins Tal des Todes. Zehn Meilen hinter Beatty passierten sie die Grenze nach Kalifornien.
»Das Kalifornische Quartett meldet sich zurück«, rief Harry von hinten.
»Allerdings ein bißchen ramponiert«, ergänzte Renate.
»Wißt ihr noch«, fragte Sissi, »wie wir in Kalifornien angekommen sind? Die erste Nacht in San Francisco?«
»Unvergeßlich!« sagte Rolf. »Überhaupt, die ganze Reise: unvergeßlich!«

Death Valley!
Da lag es vor ihnen: in flimmernder Hitze ein breites Tal, so tot wirkend, wie sein Name erwarten ließ. Kein Hauch lebendigen Grüns. Blau am Horizont aufgetürmt Berge, deren Höhe nicht zu schätzen war. Davor ausgedehnte weiße Flächen, in denen sich grell die Sonne spiegelte. So grell, daß es über viele Kilometer hinweg die Augen blendete.
»Wahnsinn!« sagte Sissi.
Backofen! war Renates erster Gedanke, als sie aus dem Auto stieg. Die Hitze schlug ihr ins Gesicht und mit dem ersten Atemzug bis in die Lungen. Noch nie hatte sie solche Hitze gespürt.
»Sechsundfünfzig Grad im Schatten sind hier schon gemessen worden«, wußte Rolf.

Renate nahm diese Mitteilung nicht sogleich auf. Sie ärgerte sich nur, daß dieser Mensch immer und überall etwas wußte. Seit Jahren und Jahren ärgerte es sie, daß er stets eine Information zur Hand hatte. Meistens stimmten seine Informationen, das war es nicht, aber fast immer kamen sie zum falschen Augenblick. In diesem Augenblick mußte man doch schauen!

»Der Name Death Valley kommt übrigens . . .«

»Rolf!« rief Sissi, »du bist jetzt mal still!«

Etwa fünf Minuten lang ließen sie stumm die unglaubliche Landschaft auf sich wirken, dann wurde es ihnen zu heiß, und sie flüchteten ins kühle Auto.

»Jetzt darfst du erzählen«, sagte Sissi.

»Also, der Name«, begann Rolf unverdrossen von vorn: »Das war achtzehnhundertneunundvierzig, daß haben ein paar Leute auf dem Weg nach Westen, zum kalifornischen Gold, eine Abkürzung gesucht. Ausgerechnet hier! Die Überlebenden haben dann der Gegend den Namen gegeben: Tal des Todes.«

Renate versuchte sich das vorzustellen. Da kamen sie hier an und sahen diese tote Landschaft unter brennender Sonne. Jenseits des Tals, ungefähr zwanzig Kilometer entfernt, die blaue Kette der Berge. Vielleicht gab es dort ein Schlupfloch? Und Wasser? Sie wußten es nicht. Sollten sie umkehren, einen anderen Weg suchen? Wo? Nördlich von hier oder südlich? Jeder Tag, den sie früher in Kalifornien anlangten, konnte Gold wert sein. Sie wagten es.

Tal des Todes: eine von vielen amerikanischen Geschichten. Millionen kleiner Leute hatten mühsam Meile um Meile des unbekannten Landes erobert. Wenn man diese Meilen mit eigenen Augen sieht, dachte Renate, versteht man ein wenig.

Rolf las die Karte und dirigierte Renate zu den Sanddünen, die bereits auf Meereshöhe lagen. Es schien, als habe die

Sonne hier unten noch ein paar Grad zugelegt. Renate spürte, als sie auf eine der Dünen stieg, den Sand durch ihre Schuhsohlen brennen.
»Ich zeige euch einen alten Goldgräberort«, versprach Rolf. Die Straße dorthin zweigte nach etwa vierzig Kilometern von der asphaltierten Hauptstraße ab. Ein Schild warnte, daß die holprige Nebenstrecke nur mit allradgetriebenen Jeeps zu befahren sei.
»Wir schaffen das schon«, meinte Rolf.
Die schmale, staubige Straße wand sich steil und kurvig durch die Ödnis und erlaubte nur Schrittgeschwindigkeit. Trotzdem trommelten Steine in die Radkästen. Die Einsamkeit wurde Renate unheimlich. War ihnen schon auf der Hauptstraße in der Stunde kein halbes Dutzend Autos begegnet, so fuhren sie hier vollends allein. Die langsame, vorsichtige Fahrt quälte den Motor, die Nadel des Kühlwasserthermometers kratzte an den roten Bereich.
Die Straße endete nach vierzig Minuten im Nichts. Ein verwittertes Schild zeigte zwar, wo einst die Goldgräberstadt gewesen war, aber es war kein Haus, kein Mauerrest, kein Weg, kein Steg erhalten. Einzig ein paar Löcher im steinigen Boden ließen ahnen, wie hier Menschen unter unvorstellbarer Mühe Gold aus der Erde gekratzt hatten. Nichts beantwortete mehr die Frage, ob die Mühe sie reich und glücklich gemacht hatte oder krank und verzweifelt. Renate fand, sie habe nie einen trostloseren Ort gesehen.
»Sehr nett«, meinte Sissi nach kurzer Besichtigung, »hier sollte man 'ne Datsche haben.«
»Phantasie sollte man haben«, sagte Rolf mit einem belehrenden Ton.
Als sie zurückfahren wollten, streikte das Auto. Renate drehte immer und immer wieder den Zündschlüssel, der Anlasser arbeitete auch mit vernehmlichem Rasseln, aber der Motor sprang nicht an.

»Laß mich mal«, sagte Rolf und versuchte es, ebenfalls vergeblich.
Renate spürte aus dem Magen ein krampfartiges Gefühl aufsteigen. Sie kannte das. Wenn sie in Panik geriet, zog sich zuerst der Magen zusammen, dann der ganze Körper, sie begann zu zittern und bald zu heulen. Es passierte beim Skifahren, als sie im Nebel von der Piste abkam und in Tiefschnee geriet. Es passierte, als sie in Athen in der Rushhour im Verkehr steckenblieb. Es passierte sogar, wenn die ersten Gäste schon in der Tür standen, aber die Mayonnaise nicht steif werden wollte. In solchen Situationen konnte Renate nicht mehr klar denken und vernünftig handeln, sie konnte nur noch alles fallen lassen und Rolf anschreien.
Reiß dich diesmal zusammen! befahl sie sich.
»Der Motor ist überhitzt«, hörte sie Harry sagen. »Der hat wahrscheinlich Luftblasen im Vergaser.«
»Der hat gar keinen Vergaser«, widersprach Rolf, »das ist ein Einspritzer.«
»Vielleicht ist die Benzinleitung leck. Vom Steinschlag auf der miesen Straße.«
»Sieh halt mal nach! Ich kann mich schlecht bücken.«
Harry tauchte auf den staubigen Erdboden und kam mit der Meldung wieder nach oben, unten sei alles in Ordnung. Gemeinsam öffneten die Männer die Motorhaube, beugten sich über die Technik. Sie klopften hier, rüttelten dort, gaben Renate zeichen, den Anlasser zu betätigen. Nichts rührte sich. Renate ballte die Fäuste und versuchte sich zu beherrschen.
»Früher, mit dem alten Käfer, da konnte man sich noch selber helfen«, sagte Harry, »aber dieser ganze neumodische Quatsch.«
»Ganz früher war alles aus Holz«, erwiderte Rolf, »aber da hat's wenigstens funktioniert.«

Renate spürte, wie das Zittern begann. »Macht keine Witze!« bat sie.
»Mach du keine Szene!« antwortete Rolf.
Renate biß sich auf die Lippen, um nicht laut zu schreien. Sie stemmte sich mit beiden Händen gegen das Steuer und drückte sich fest in die Polster, um nicht auszusteigen und wegzurennen, irgendwohin. Sie schloß die Augen.
»Nichts zu machen«, hörte sie Rolf sagen.
»Soll ich losmarschieren?« fragte Harry.
»Ich kann ja nicht mit dem Knie.«
»Ich werde bestimmt vier, fünf Stunden brauchen.«
»Nimm Wasser mit«, riet ihm Rolf. »Und tu was auf den Kopf, von wegen Sonnenstich.«
Renate öffnete die Augen. Sie war plötzlich ruhig. Sie staunte über sich selbst. Sie sagte sich, es könne ihnen nichts geschehen. Sie hatten drei Gallonen Wasser gegen den Durst, ein paar Kekse und Mars-Riegel gegen den Hunger, den Schatten einiger Felsen gegen die Hitze des Tages und viele Koffer voller Kleidung gegen die Kälte der Nacht.
Harry machte sich bereit.
»Willste meinen Cowboy-Hut?« fragte Sissi, die erstaunlich gelassen wirkte.
»Bleib immer auf der Straße«, sagte Rolf. »Wenn die Karre anspringt, folgen wir dir.«
Harry marschierte los.

Die Stille war das Erstaunliche. An keinem Ort hatte Renate die Stille so deutlich gehört.
Sie saß seit einer Stunde im Schatten eines kleinen Felsens. Rolf hatte sich ins Auto zurückgezogen, mürrisch und wortkarg. Sissi ertrug das Malheur vergleichsweise fröhlich. Sie hatte sich sogar für kurze Zeit zu einem Sonnenbad entblößt, aber bei der ersten Rötung ihren

Busen wieder verhüllt. Jetzt ging sie auf und ab und schaute interessiert in die Löcher, die vor fünfzig oder hundert Jahren Goldsucher in die knochentrockene Erde gewühlt hatten.
Gut, daß ich die Nerven behalten habe, dachte Renate. Sie überlegte, woran es lag. Hing es damit zusammen, daß sie Rolf nicht mehr als ihren Mann ansah? Brauchte Hysterie nicht einen Adressaten? Jemanden, den der Ausbruch unter Druck setzen, terrorisieren, hilflos machen sollte? Wurde man auch hysterisch, wenn man allein war?
Sissi besuchte bei ihrem Auf- und Abgehen Renate und blieb stehen: »Doof, wat?«
Renate nickte: »Ziemlich.«
»Normalerweise wäre ich ausgerastet«, gestand Sissi, »aber stell dir vor, der arme Harry hat mitten im Wüstensand 'ne hysterische Heulboje am Hals.«
»Furchtbare Vorstellung!«
Rolf hatte etwas mitzuteilen: »Ich gebe jetzt jede Stunde einen Becher Wasser für jeden aus. Kommt her zu mir!«
Sissi sah Renate kopfschüttelnd an: »Mimt der jetzt Old Shatterhand?«
Renate lächelte: »Laß ihn! Gehn wir hin!«
Sie tranken und lobten Rolf für seine Umsicht. Renate setzte sich hinters Steuer und drehte am Zündschlüssel.
Der Motor sprang an.
»He!« rief Sissi, »det Auto muß kaputt sein!«
Rolf rang erkennbar um Fassung: »Das ist ja . . . Der ist inzwischen soweit abgekühlt, daß . . . Also, ich hatte auch gerade überlegt . . .«
»Ich weiß«, sagte Renate, »im Moment wolltest du es selbst versuchen.«
»Soll ich ans Steuer?« fragte Rolf.
»Nein, nein«, wehrte Renate ab, »man muß ihn jetzt sehr sensibel behandeln. Und mit deinem Knie . . .«

Renate hupte anhaltend, als sie weit voraus Harry gehen sah. Der drehte sich um – und rannte dem Auto entgegen.
»Wie habt ihr das gemacht?« rief er beim Einsteigen.
Renate zeigte auf Rolf: »Er hatte die Idee, den Zündschlüssel umzudrehen.«
»Und?«
»Es hat geklappt.«
Rolf schwieg.

Furnace Creek war eine grüne Oase, die überhaupt nicht in die unwirtliche Landschaft zu gehören schien. Wenigstens paßt der Name zu diesem Flecken Erde, dachte Renate, denn Furnace, wußte sie, hieß soviel wie Schmelzofen. Alles außer dem Namen schien fehl am Platze, zum Beispiel vor kahlen, zerklüfteten Bergen, die in der rötlichen Sonne glühten, ein langgestrecktes gelbes Gebäude im spanischen Stil, mit dunkelroten Ziegeln bedeckt und von Palmen umstanden.
»Da übernachten wir!« rief Harry begeistert.
»Falls es ein Hotel ist«, meinte Renate.
»Vielleicht ein Kloster mit einsamen jungen Mädchen«, raunte Sissi.
»Es ist ein Hotel«, wußte Rolf, »aber ein teures.«
»Ihr seid meine Gäste«, versprach Harry.
»Ich auch?« fragte Sissi.
»Aber Rolf und ich brauchen getrennte Zimmer«, warnte Renate.
»Ihr könnt mich mal«, maulte Harry.

Sie buchten drei Zimmer, stellten ihre Koffer ab und fuhren gleich weiter. Es war später Nachmittag, und Rolf hatte von einem Ort gelesen, vierzig Kilometer entfernt, von dem aus ein atemberaubender Sonnenuntergang zu sehen sei: Dante's View.

Was sie dann sah, raubte Renate wirklich den Atem. Auf einer steilen Klippe stehend, sah sie fast zweitausend Meter unter sich das Tal des Todes liegen: mehrere Kilometer in der Breite, einige Dutzend Kilometer in der Länge. Eine Fläche, weiß wie Schnee in der sich blendend die sinkende Sonne spiegelte. Die Berge jenseits des Tals wirkten, als die Sonne über sie hinweggeschritten war, wie eine bläulich-schwarze Wand vor einem rötlich-blauen Himmel. Die sengende Hitze des Tages war zwar nicht abendlicher Kühle gewichen, aber angenehm erträglicher Wärme. Über allem lag Einsamkeit und unbeschreibliche Stille.
Bis Rolf redete: »Alles Salzseen. Sechsundachtzig Meter unter dem Meeresspiegel.«
»Rolf!« warnte Sissi, »es hat keiner was gefragt.«
Da fuhr Rolf aus der Haut: »Was habt ihr eigentlich alle gegen mich? Warum müßt ihr mir dauernd über den Mund fahren? Ich komme mir allmählich wie das fünfte Rad am Wagen vor.«
»Wenn schon«, verbesserte Sissi, »dann das vierte Rad am Dreirad.«
»Jawoll!« schrie Rolf. »Ich versuche euch was zu erklären, aber ihr wißt das ja alles viel besser ohne mich!«
»Ja«, sagte Renate.
Rolf sah ihr wütend ins Gesicht, dann machte er auf dem Absatz kehrt und marschierte davon. Jetzt fährt er mit dem Auto weg, dachte Renate erschrocken, und läßt uns hier oben stehen. Aber Rolf beachtete das Auto nicht, sondern stapfte, das rechte Bein nachziehend, die Straße hinab, die sie vorhin heraufgefahren waren.
Sissi sah ihm kopfschüttelnd nach: »Rumpelstilzchen!«
»Ihr wart aber auch sehr unfreundlich«, fand Harry.
»Er ist immer so paukerig«, verteidigte sich Sissi.
Renate wandte ihre Augen und ihr Interesse wieder der herrlichen Aussicht zu. Der Name, fand sie, war hübsch

gewählt: Dante's View. Zwar hatte der Dichter lange vor der Entdeckung Amerikas gelebt, aber man durfte unterstellen, er habe beim Dichten seines »Infernos« manchmal an etwas Ähnliches wie das Tal des Todes gedacht.
Bis die Sonne hinter die schwarzblauen Berge jenseits der Salzseen gesunken war, sagte keiner der drei etwas. Dann stiegen sie ins Auto. Nicht weit entfernt, wartete Rolf am Straßenrand. Renate fuhr an ihm vorbei und hielt nach hundert Metern. Im Rückspiegel sah sie, daß er zunächst stehenblieb, dann aber langsam herbeikam. Er setzte sich schweigend neben sie.
Renate fand sich ein bißchen gemein, aber andererseits erinnerte sie sich in diesem Augenblick an vieles, das ihr heimzahlenswert erschien.

In Furnace Creek gab es einen beleuchteten Swimmingpool, in dem sich alle außer Rolf nach dem heißen Tag und vor dem Umkleiden zum Essen erfrischen wollte.
Harry stürzte sich als erster unter erwartungsfrohem Geheul ins Wasser. Mit verblüffter Miene tauchte er wieder auf: »Das ist ja wie 'ne Badewanne!«
Tatsächlich war das Wasser über dreißig Grad warm, von Erfrischung konnte keine Rede sein.
»Nun erklär mir, wie die das machen«, sagte Sissi zu Rolf, der zuschaute.
»Ich erkläre nichts mehr.«
»Aber wenn du doch so nett gefragt wirst . . .?«
»Nein!«
»Rolfilein, du sollst doch bloß nicht pausenlos erklären. Sieh mal, in Darmstadt am Gymnasium wirst du ja dafür bezahlt, aber jetzt ist Urlaub, da kannst du doch mal kurzzeitig nichts erklären. Wenn ich nun allerdings gern wüßte, was es mit dem Swimmingpool auf sich hat . . .?«
Rolf schwieg.

»Ich geh' hier nicht eher raus«, drohte Sissi.
Rolf schwieg.
»Das heiße Wasser wird tagsüber mit Tankwagen aus Las Vegas gebracht«, erklärte Renate, »und auf dem Rückweg nehmen sie das kalte wieder mit zum Aufwärmen.«
»Quatsch! Hier ist eine heiße Quelle«, brach es aus Rolf heraus.
»Oder so«, sagte Renate.

Das Dinner war gut, der Tag war gut gewesen, es war gut, endlich einmal allein ein Zimmer zu haben, allein in einem Bett zu liegen. Renate genoß.
Sie konnte, obwohl Mitternacht lange vorüber war, nicht einschlafen. Sie stand auf, trat auf den Balkon und schaute hinüber zu dem noch immer beleuchteten Pool, dann hinauf in einen dichtbesäten Sternenhimmel, der zum Greifen nahe schien. Death Valley war, nach Las Vegas, schon wieder einer der verrücktesten Orte der Welt. Mitten in einer menschenfeindlichen Hölle eine blühende Oase mit spanisch angehauchtem First-Class-Hotel, naturgeheiztem Swimmingpool, 18-Löcher-Golfplatz und Flutlicht-Tennis. Total verrückt, aber schön!
Renate hatte das Gefühl, in den letzten Tagen eine andere Frau geworden zu sein. Vor eineinhalb Wochen, als sie unter dem blödsinnigen Geysir im Yellowstone Park ihre Ehe aufgekündigt hatte, da war ihr beim ersten ruhigen Nachdenken angst und bange geworden. Vor der eigenen Courage. Vor der Heimkehr nach Darmstadt. Vor den Fragen und Antworten. Vor dem ganzen Trümmerhaufen und seiner Räumung.
Heute nacht war die Angst weit weg. Renate schaute in den Himmel und wartete auf eine Sternschnuppe. Sie überlegte, was sie sich wünschen könnte, und hoffte, daß keine Sternschnuppe fiel, ehe ihr ein Wunsch eingefallen war.

18. Kapitel

Rolf

Rolf war beim Klingeln seines Weckers hellwach. Er war kein geborener Frühaufsteher, aber wenn er sich abends schon auf den Morgen gefreut hatte, war es, als habe die freudige Spannung die Nacht überdauert. Rolf zog sich rasch an, dann klopfte er bei Harry und Sissi: »Aufwachen!«
»Was ist los?« fragte Harry verschlafen.
»In einer halben Stunde geht die Sonne auf!«
»Die geht auch ohne uns auf«, maulte Sissi hinter der Tür.
»Wie ihr wollt«, sagte Rolf, »vielleicht wird für euch die Show nach dem Frühstück wiederholt.«
»Wir kommen ja schon«, versprach Harry.
Rolf klopfte bei Renate: »Sonnenaufgang!«
»Fangt ruhig schon mal an!« rief sie zurück.
Eine Viertelstunde später fuhren Rolf, Sissi und Harry ein paar Meilen weit die Straße hinterm Hotel hinauf, bis zu einer Abzweigung nach Zabriskie Point. Dort standen auf einem Parkplatz schon ein paar Autos, deren Insassen ausgestiegen waren und in der Morgenkühle fröstelten. Der Himmel färbte sich rosa, bald blinzelten erste Strahlen über die Berge im Osten, dann kroch zusehends das Licht über die Landschaft. Gezackte Rücken tauchten gelb aus der Nacht, rundgewachsene Hügel wurden golden getönt. Immer schneller verzogen sich die Schatten hinunter in die Schluchten und Täler, die Sonne fraß förmlich das Dunkel auf. Und ebenso rasch wurde es heiß.
»Bärenstark!« schwärmte Sissi beeindruckt.
Rolf hatte sich an ihre prosaischen Formulierungen gewöhnt und nahm den Ausdruck als Lob für seine Idee, den Sonnenaufgang am Zabriskie Point zu erleben. Daß Renate nicht mitgekommen war, fand er traurig. Traurig für

sie. Da reisten sie zehntausend Kilometer und weiter, um etwas zu sehen, das man nicht alle Tage sah – doch diese Frau drehte sich lieber noch einmal im Bett um. Natürlich konnte sie tun und lassen, was sie wollte, schon gar neuerdings. Aber ein Erlebnis wie diesen Morgen einzutauschen gegen eine Mütze voll Schlaf?
Überhaupt: Renate war merkwürdig verändert. Las Vegas war mit einemmal ihr Milieu! Schön für sie, wenn sie einen fand, der es ihr bezahlen konnte. Einen Gemüsehändler zum Beispiel. Er mußte ja nicht viel wissen, nur viel Gemüse verkaufen. Er mußte nicht wissen, daß »Zabriskie Point« ein berühmter Film von Michelangelo Antonioni war. Es gab vieles, was man nicht wissen mußte, wenn man nur viel Gemüse verkaufte.
Renate schlief noch immer, als die drei ins Hotel zurückkamen. Rolf klopfte mehrfach und immer ärgerlicher an ihre Tür. Er sorgte sich um seinen Zeitplan. Er wollte noch einige sehenswerte Punkte im Tal des Todes besuchen und dann schnurstracks die dreihundert Meilen nach Los Angeles fahren. Diese Strecke, auf der Karte wie ein Katzensprung, war nicht unter sechseinhalb bis sieben Stunden zu schaffen – selbst wenn heute Harry das Steuer übernahm.
»Hast du ausgeschlafen?« fragte Rolf, als Renate endlich zum Frühstück erschien.
»Ja, danke«, strahlte sie ihn an.
»Wir haben schon gepackt«, sagte er.
»Ich noch nicht. Wie ist die Sonne heute hochgekommen?«
»Schneller als du.«
Renate lächelte ihn an. Sie ließ sich Rühreier mit Schinken kommen.
»Wie hieß das, wo ihr heute morgen wart?« fragte sie zwischendurch.
»Zabriskie Point«, antwortete Harry. »Kennst du nicht den Film von Antonioni?«

»Wißt ihr was?« rief plötzlich Sissi: »Wir baden nochmal in dem bekloppten Swimmingpool!«
»Nein!« Rolf war strikt dagegen: »Das tun wir nicht! Wir müssen nach Los Angeles.«
»Müssen?« fragte Renate. »Wir müssen gar nichts. Wir tun, was uns Spaß macht. Wir haben auf dieser Reise schon soviel erledigt. Du wärst ums Haar ertrunken, wir haben unsere Ehe aufgekündigt, Sissi und Harry hätten sich beinahe getrennt, Willy und Jessica haben wir ins Verderben stolpern lassen. Das ist doch wahrhaftig genug Programm für nicht einmal drei Wochen. Und jetzt kommst du und sagst: Wir müssen, wir müssen! Wir gehen baden!«
Rolf ging nicht mit baden. Er wartete eine Stunde auf die drei anderen und ärgerte sich. War es nicht vernünftig, am Nachmittag Los Angeles zu erreichen, um noch etwas von der Stadt zu sehen, für die sonst nur ein einziger Tag blieb? Statt dessen: Baden! Als ob es in Darmstadt keine Badeanstalt gab!
Renate hatte in der Ehe stets das Wort führen wollen, daran war Rolf gewöhnt. Aber wenigstens auf Reisen hatte sie seinen Kenntnissen vertraut und war seinen Vorschlägen gefolgt. Ihm war das immer wichtig gewesen, denn Urlaub bedeutete für ihn eine Zeit ohne Bevormundung. Nicht nur ohne Bevormundung durch Dienstpläne und Vorgesetzte, sondern ohne jede Art von Bevormundung.
Nun sehnte er das Ende der Reise herbei und freute sich schon auf die nächste, die er allein machen würde. Vielleicht im VW-Bus durch die Sahara? Das war so ein Plan, und niemand würde dann fragen: Was soll das? Was hast du davon? Da gibt's doch nur Sand! Darüber gab es künftig keine Diskussionen mehr.
Überhaupt war alles gut, wie es war.
Den Auftritt im Yellowstone Park hatte er zuerst nicht ernstgenommen. Der Vorfall hatte ihm willkommenen

Anlaß geboten, sich in das Grand-Canyon-Abenteuer mit Sissi zu stürzen. Was Crystal Rapid anging, war es ein Abenteuer geworden, was Sissi anging, ein Schuß in den Ofen. Die ganze Zeit über war er sich sicher gewesen, daß sich beim Wiedersehen in Las Vegas alles einrenken würde. Aber Renate hatte nicht den leisesten Wink gegeben. Nun, ihm war es recht.

Gegen elf fuhren sie los. Renate wollte wieder ans Steuer, Harry hatte nichts dagegen, Rolf mochte nicht widersprechen. Trotz der fortgeschrittenen Zeit blieb er dabei, das Tal des Todes weiter zu erkunden. So bald, dachte er, komme ich nicht wieder hierher.

Ein staubiger Weg führte von der Hauptstraße mitten hinein in die schneeweiße Fläche, die sie am Abend vorher von Dante's View aus gesehen hatten.

»Salz«, sagte Rolf, »ihr könnt es schmecken.«

Sie stiegen aus, taten ein paar zögernde Schritte auf dem knirschenden weißen Untergrund, brachen ein Stückchen ab und leckten daran: Es war Salz.

Am tiefsten Punkt des Tals lag am Fuß einer steilen Felswand ein flacher See, dessen Wasser wie Quecksilber aussah und salzig schmeckte.

»Da oben ist das Meer«, sagte Rolf und zeigte auf die Felswand, wo hoch über ihren Köpfen groß geschrieben stand: »Sea Level«.

Dann drängte Rolf in Richtung Los Angeles. Gegen zwei Uhr lag das Tal des Todes hinter ihnen, eine weitere gute Stunde später stießen sie auf den Interstate Highway von Las Vegas nach Los Angeles. Wiederum eine Stunde darauf verlangten Renate und Sissi energisch eine Pause und einen Hamburger. Sie waren nicht davon abzubringen. Als Los Angeles immer noch zweieinhalb Stunden voraus lag, entdeckte Sissi ein Schild: »Calico Ghost Town – Next Exit«.

»Det will ick sehen!«
»Da ist nichts zu sehen«, wehrte Rolf ab, »reiner Touristenrummel.«
»Davon hab' ich aber was, daß ihr 'ne schönere Geisterstadt kennt!«
»Sissi hat recht«, sagt Renate, »und ich will auch hin.«
Sie nahm die nächste Ausfahrt.

Calico durfte sich wirklich nicht mit Bodie messen. Es sah aus wie eine Filmkulisse, Rolf konnte kaum ausmachen, welche der Hütten und Hotels, Shops und Saloons echt waren und welche nur täuschend echt. Alles schien drapiert und arrangiert für den Auftritt von Gary Cooper: die alte Eisenbahn, die Pferdekutschen, die Feuerspritze.
Ein schmaler Sonnenrand blinzelte noch über die Bergkette, hinter der fern im Westen Los Angeles lag. Rolf gab sich und seinen Tagesplan geschlagen und bot an, im nächsten Nest ein Motel zu suchen. Da alle müde waren und sich nach einer Dusche sehnten, widersprachen sie nicht. Was sie im Dunkeln fanden, war keine komfortable Unterkunft. Der ganze Ort lud zu nichts ein, so ließen sie das Abendessen aus und machten sich in Sissis und Harrys Zimmer über die restlichen Getränke aus der Kühlbox her.
»Was wollen wir morgen in L .A . tun?« fragte Rolf.
»Was gibt's denn da?« fragte Sissi.
Rolf zählte auf: »Hollywood, den Sunset Boulevard, die Universal Filmstudios, die NBC-Fernsehstudios, Beverly Hills, Disneyland, die ›Queen Mary‹ im Hafen von Long Beach, den größten Gemüsemarkt Kaliforniens . . .«
»Den will ich sehen«, unterbrach Harry.
»Und ich will Liz Taylor sehen«, verlangte Sissi.
»Für mich bitte Telly Savalas«, bestellte Renate.
»Demnach nichts Anspruchsvolles«, resümierte Rolf.

Die Kühlbox war leer, Harry gab zu erkennen, daß er mit Sissi allein sein wollte, Renate und Rolf machten sich auf.
»Schlaf gut«, sagte Renate vor ihrer Tür.
Sie hielt die Hand auf der Klinke und lächelte Rolf an. Sie lächelte nicht spöttisch und nicht herausfordernd, sondern einfach nett. Genauso wie an dem Abend, dachte Rolf, an dem wir uns in Frankfurt zum ersten Mal sahen.
War jetzt der Augenblick, da man einen letzten Versuch machen sollte? Etwa: Laß uns noch einmal von vorn anfangen?
Im Vertrauen auf: Alte Zauber binden wieder? Wenn irgendwann, dann war jetzt der Augenblick.
Renate drückte die Klinke herunter und drehte sich langsam um.
»Angenehme Nachtruhe«, sagte Rolf.
Als er im Bett lag, ging ihm das Bild durch den Kopf: Renate drehte sich ganz langsam um und öffnete die Tür ihres Zimmers. Rolf wußte, dieses Bild würde ihm für den Rest seines Lebens durch den Kopf gehen.

»Was ist denn das, um Gottes willen?« rief Renate.
»Der Smog von Los Angeles«, antwortete Rolf, möglichst gelassen.
Dabei war er selbst überrascht. Natürlich hatte er gelesen, die Riesenstadt am Pazifik sei an den meisten Tagen des Jahres von Smog belästigt. Aber was er sah, übertraf seine Befürchtungen: Über der Ebene, in die der Highway aus den Bergen hinabstieß, hing eine eklige gelbe Wolke.
»Harry, gib Gas!« rief Sissi, »daß wir schnell wieder rauskommen!«
Renate unterstützte das Verlangen: »Bloß nicht anhalten!«
Rolf schüttelte resigniert den Kopf. Wie konnte man so wenig neugierig sein? Man kam nach Los Angeles! L. A. hatte miserable Luft, das war bekannt und brachte einen

nicht um. Was aber konnte aufregender sein, als hineinzustoßen in diese riesige Stadt, die sich hundert Kilometer lang von Horizont zu Horizont ausbreitete und, genaugenommen, aus Los Angeles und fünfzig Nachbarstädten bestand? Was konnte spannender sein, als sich hineinzuwagen in das fremde Gewimmel von zehn Millionen Menschen, die sich in fünf Millionen Autos über Tausende Kilometer Highways bewegten? Das war etwas anderes als ein Bummel durch Rothenburg ob der Tauber! In L. A. mußte man wissen, wo's lang ging!
Rolf ärgerte sich, daß er sich im Grand Canyon nicht das linke Bein angeschlagen hatte, das man bei einem Automatik-Wagen nicht bewegen mußte, denn er hatte Los Angeles am Steuer erobern wollen und nicht als Beifahrer auf der Rückbank. Solche Absichten und Gefühle schienen den drei anderen fremd zu sein. Mit denen, dachte Rolf, könnte man genausogut durch die Vorderpfalz zockeln.
»Ist es nicht phantastisch«, sagte Rolf, »daß hier Millionen Autos auf Achse sind und es trotzdem fließt und fließt und fließt.«
»Toll«, sagte Harry teilnahmslos.
»Aber wenn es wirklich mal irgendwo hakt«, fuhr Rolf fort, »dann bricht alles zusammen. Es ist wie eine Embolie, die den Kreislauf lahmlegt.«
Der Verkehr wurde immer dichter. Obwohl der Highway bald fünf Spuren in jeder Richtung hatte, waren alle voll. Rolf las die Karte auf seinen Knien und dirigierte Harry zum San Bernardino Freeway. Die meisten Ausfahrten führten zu Städten mit spanisch klingenden Namen.
Nach etwa zwanzig Meilen auf dem San Bernadino Freeway wurde der Fluß der Autos zäher, dann begann er zu klumpen, schließlich kam er zum Stehen.
»Embolie«, sagte Sissi.
»Was?« fragte Rolf.

»Embolie«, wiederholte Sissi.
»Ach so. Nein, es geht gleich weiter.«
Rolf beschrieb die Tour, die er vorgesehen hatte: erst zu den Überbleibseln des historischen Los Angeles, die unter Denkmalschutz standen; dann durch Downtown nebenan, die City der Glas- und Betontürme; hinauf zum Forest Lown Memorial Park, dem eigenartien, fast kuriosen Friedhof, wo neben manchen anderen Berühmtheiten Lilli Palmer bestattet war; hinüber zu den Universal Studios, der größten Studio- und Kulissen-Stadt Hollywoods und der Welt; hinab zum Sunset Boulevard und zum Hollywood Boulevard, wo Kinostars der legendären Jahre ihre Fuß- und Handabdrücke in Zement hinterlassen hatten; weiter zu Farmers Market, dem größten Obst-, Gemüse- und Lebensmittelmarkt Kaliforniens; schließlich nach Beverly Hills, wo vor weißen Villen die Porsches und Daimlers der Reichen und Erfolgreichen parkten.
»Da müssen wir uns aber ganz schön sputen«, bemerkte Renate.
Nach einer guten halben Stunde begann der Verkehr wieder vorsichtig zu fließen. Ein paar Meilen weiter stand er erneut, diesmal für länger.
Gegen Mittag meinte Rolf: »Vielleicht lassen wir den Friedhof weg.«
»Haben wir noch was zu trinken?« fragte Sissi.
»Keinen Tropfen«, antwortete Harry, »wir haben die Kühlbox gestern abend ratzeputz leergetrunken.«
»Gibt's hier 'ne Kneipe?« fragte Sissi.
»Rolf, gibt's hier 'ne Kneipe?« frage Renate.
»Woher soll ich das wissen?« antwortete Rolf unfreundlich.
»Ich denke, du kennst dich hier aus?«
Rolf schwieg beleidigt. Mußte die Embolie ausgerechnet heute eintreten? Mußte Renate ihn dafür noch verhöhnen? Ich denke, du kennst dich hier aus! Alle Reisen hatte Rolf

von A bis Z vorbereitet, nie hatte es größere Pannen gegeben, doch wann immer eine Kleinigkeit nicht klappte, kam Renates: Ich denke, du kennst dich hier aus.
Manche Autofahrer stiegen aus und vertraten sich die Beine, andere setzten sich am Rande des Highway nieder und machten im Schatten der Bäume ein Nickerchen im Gras. Niemand schien aufgeregt.
»Gebt mir mal 'n paar Dollar«, sagte Sissi, »ich gehe Bier holen.«
Sie machte sich tatsächlich auf, kam jedoch nach zwanzig Minuten mit leeren Händen zurück: »Lausige Gegend, dieses Los Angeles!«
Nach eineinhalb Stunden rückte die Schlange im Schrittempo weiter. Harry fragte, ob man die nächste Ausfahrt nehmen und sich über die Dörfer durchschlagen solle. Rolf war der Ansicht, das bringe erfahrungsgemäß keinen großen Vorteil.
Der nächste Stau dauerte nur knapp eine Stunde. Als es endlich weiterging, ging es nicht weiter, weil der Wagen streikte.
»Scheißkarre!« fluchte Harry.
»Wenigstens stehen wir nicht im Tal des Todes«, stellte Renate fest.
Dafür standen sie als Verkehrshindernis auf der mittleren der fünf Fahrspuren. Mit Hilfe der anderen Autofahrer schoben sie ihren Wagen auf die Standspur.
Rolf stieg aus und ging ein paar Dutzend Schritte. Die anderen sollten nicht sehen, wie er mit den Tränen zu kämpfen hatte. War ihm auf dieser Reise noch nicht genug mißlungen? War er nicht seit dem Lake Tahoe, spätestens aber seit dem Yellowstone Park der dumme August? Und in diesem grauenhaften Las Vegas, diesem Mekka des Tingeltangel, das die anderen in schieres Entzücken versetzt hatte, war er sich überflüssig vorgekommen. In Los Angeles wollte er's ihnen noch mal zeigen!

Harry hatte, als Rolf zurück zum Auto kam, die Motorhaube geöffnet: »Der gleiche Mist wie vorgestern im Tal des Todes. Warten wir'n Stündchen!«
»Und dann«, stöhnte Sissi, »fahren wir schnurstracks auf diesen Markt und kaufen was zu futtern!«
Im Schatten eines Baumes liegend, verfolgten sie, wie sich ein neuer Stau bildete und wieder auflöste. Wenn einmal der Wurm drin ist, dachte Rolf, bleibt er auch drin. Nach einer Stunde war der Motor noch nicht wieder bereit, aber nach eineinhalb. Es ging auf fünf Uhr.
»Diesen Markt«, sagte Harry, »den würde ich auch gern sehen. Aus beruflichem Interesse. Und aus Hunger.«
Rolf willigte sofort ein. Er war sogar dankbar, daß wenigstens eine einzige seiner zahlreichen Anregungnen aufgegriffen wurde.
Sissi stürzte sich im Farmers Market auf den erstbesten Imbißstand und zeigte mit dem Finger und allen Zeichen großer Ungeduld auf den erstbesten Imbiß. Es war Hummer, aber das war ihr egal, so hungrig war sie. Alle vier aßen und tranken sich durch das vielfältige Angebot hindurch. Als sie satt und wieder mit der Welt im Einklang waren, machten sie einen Rundgang über den Markt. Harry prüfte kennerisch die Waren und faßte am Ende zusammen: »Hier gibt's alles, was es gibt.«
»Dann hat ja wenigstens einer von uns einen Gewinn vom Besuch dieser zauberhaften Stadt«, sagte Renate.
Jetzt war es Rolf, der so schnell wie möglich aus Los Angeles rauswollte.
Am liebsten hätte er schon alles hinter sich gehabt: Los Angeles, Kalifornien, den Rückflug, die Scheidung, den Verkauf des Hauses, die Teilung des Hausrats. Alles!
»Laß uns wenigstens noch bis Santa Barbara fahren«, schlug er vor.

19. Kapitel

Harry

Harry bestellte sich ein zweites Rührei mit Schinken. Er frühstückte an diesem Morgen mit besonderem Genuß. Santa Barbara würde er nie vergessen, das wußte er schon jetzt, obwohl er von der Stadt kaum etwas gesehen hatte; denn sie waren gestern im Dunkeln angekommen und hatten nach des Tages Strapazen wieder mal das erstbeste Motel genommen, diesmal zufällig ein gutes. In der Nachbarschaft hatten sie mexikanisch gegessen, sich danach früh zurückgezogen.

Sissi hatte eigentlich nur die Beine übereinandergeschlagen und Harry angeschaut, und schon war es passiert. So plötzlich und so heftig, daß Harry nicht mal mehr sagen konnte, wer wen überfallen hatte.

Beim Schluck Wein danach hatte Sissi ihm gestanden, daß sie eigentlich bis San Francisco hatte warten wollen, daß es ihr aber von Tag zu Tag schwerer gefallen sei. »Und übrigens ist mit Rolf im Grand Canyon nichts gewesen. Großes Ehrenwort!«

Sissi frühstückte ebenfalls mit Hingabe, während Renate und Rolf eher mümmelten. Harry hielt ein aufmunterndes Wort für angebracht: »Freut euch des Lebens! In einer Woche hockt ihr wieder im Lehrerzimmer.«

Beide sahen ihn an, als hätte er ihr baldiges Dahinscheiden angekündigt.

»Was erleben wir heute?« fragte Harry fröhlich.

Rolf schaute ihn müde an: »Falls ich heute mehr Glück habe als gestern, möchte ich euch Hearst Castle zeigen.«

»Sag's mal auf Deutsch«, bat Sissi.

»Also für Anfänger: Ihr kennt Patty Hearst, die Entführte, die dann mit ihren Entführern eine Bank überfiel. Ihr Opa war William Randolph Hearst, der Zeitungsverleger, der unmenschlich viel Geld gemacht hat. Für Fortgeschrittene erwähne ich hier Orson Welles und seinen Film ›Citizen Cane‹, der Herrn Hearst zum Vorbild hat. Dieser Herr hat sich an der kalifornischen Küste, ungefähr zweihundert Kilometer von hier, ein riesiges Schloß gebaut, das so kitschig ist, daß man es gesehen haben muß, auch wenn es einem vor Entsetzen den Magen wendet.«

Sissi deutete mit dem rechten Zeigefinger auf Rolf: »Aber manchmal stellst du dir vor, du wärst kein Pauker, sondern so was wie dieser . . ., wie heißt er?«

»Hearst.«

Harry fand seinen Sissi in diesem Moment goldrichtig. Oft genug hatte er sich in den drei Wochen über diesen pädagogischen Besserwisser geärgert, und auch auf den letzten Meilen der Reise änderte sich das nicht. Renate war ihm anfangs ähnlich vorgekommen wie Rolf, aber sie hatte sich in Las Vegas sehr zu ihrem Vorteil verändert. Die Woche mit ihr bereute Harry nicht, aber er war froh, sie hinter sich zu haben und eine gute Zeit mit Sissi vor sich. Alles in allem freute er sich auf das Ende der Reise.

Rolf führte durch Santa Barbara. Erste Station war die Missionskirche von 1820, nicht prächtig, aber stimmungsvoll. Ebenso der subtropisch wuchernde Klostergarten mit den Gräbern früher Missionare. Ein kleines Museum versuchte davon zu überzeugen, daß die hiesigen Mönche die Indianer wie Menschen behandelten – und daß die Indianer sich um eine christliche Taufe förmlich gerissen hätten.

Die ganze Stadt mit ihren hübschen Häusern und üppigen Blüten sah so aus, wie Harry sich Mexico vorstellte, nicht Mexico-City, sondern Mexico-Land. Santa Barbara hatte etwas, das die Nerven beruhigte. Es schien nicht hierher zu

gehören. Nach San Francisco, Las Vegas und Los Angeles, nach Yellowstone und Death Valley schien es eine andere Welt.
»Das wäre was für später«, sinnierte Harry.
»Wann?« fragte Sissi.
»Wenn wir die letzte Avocado verkauft haben. Wenn wir frei sind und hingehen können, wohin wir wollen – dann!«
Sissi schüttelte den Kopf: »Harry, du gehst auf die Vierzig, du wirst sentimental.«
Rolf ließ am Verkehrsbüro von Santa Barbara anhalten und bestellte Eintrittskarten für Hearst Castle. Er hatte sich informiert, daß es in Kalifornien ein computerisiertes Reservierungssystem für alle »major attractions«, also alle Hauptsehenswürdigkeiten des Staats, gibt. Harry wäre nie auf den Gedanken gekommen, daß es möglich oder gar nötig wäre, zweihundert Kilometer im voraus Einlaß zu buchen. Er fuhr immer einfach los und tat, sobald er angekommen war, sein möglichstes, um eingelassen zu werden. Meistens ging es ganz gut mit Geld. So einer wie Rolf, dachte er, war zwar unerträglich, würde aber einen ausgezeichneten Butler abgeben.
Alle Welt schien nach Hearst Castle zu wollen, das hoch droben auf dem Berg zu sehen war. Rolf holte am richtigen Schalter die bestellten Tickets für vier Personen, Abfahrt des Busses »2 p. m.«. Das Auto mußte man unten auf dem Parkplatz stehenlassen.
»Das gibt's in keinem Russenfilm!«
Diesmal war es Harry, der Sissis Standardformel benutzte, um seinem Staunen Ausdruck zu verleihen. Dieses Schloß über dem Pazifik schien der Traum eines Verrückten zu sein. Keinesfalls war es das, was sich ein normaler Mensch, sei er auch sehr reich, als Ferienhaus erdacht hätte. Von außen eine spanische Kathedrale, aus Beton zwar, aber sonst täuschend echt. Drinnen ein bewohnbares Museum

europäischer Kunst der verschiedenen Länder und Epochen. Alles echt und in »merry old Europe« zusammengekauft! Alle Kunstrichtungen, die man so kannte, kamen sich auf engstem Raum ins Gehege. Alle Kostbarkeiten von Florenz bis Madrid, von Wien bis London, hatte Mr . Hearst für viel, viel Geld zu einem stillosen Stilleben vereinigt. Es paßte wirklich nichts zueinander, das merkte sogar Harry, der sich in Kunst nicht auskannte. Aber alles zusammen ergab ein Potpourri von absonderlichem Reiz.
»Das ist«, sagte Harry, »als wenn du ein Chateaubriand mit einer Schlachtplatte mischst und mit einer Schwarzwälder Kirschtorte garnierst.«
»Ein anspruchsvoller Vergleich für einen Gemüsehändler«, lobte Renate.
»Nenn mich doch Krauter«, bat Harry, »das ist kürzer und treffender.«
Nach Hearst Castle wurde die Küstenstraße grandios. Sie führte in ungezählten Kurven halbhoch über dem Pazifik entlang, der drunten weiß gegen die Felsen schäumte. Bis zum Horizont staffelten sich steil ins Meer fallende Bergrükken. Jede Biegung offenbarte neue Ausblicke und Stimmungen. Es war wirklich eine Traumstraße der Welt.
Harry berauschte sich an der Landschaft und am Fahren und an seiner guten Laune. Er begann zu singen, sinnigeroder unsinnigerweise fiel ihm ausgerechnet das Lied von der Nordseeküste ein, wo die Fische im Wasser waren und selten an Land. Nach anfänglichem Zögern fielen Sissi und Renate in Harrys Gesang ein. Sie stimmten alle möglichen Lieder an, von Elvis bis Heino.
Rolf sang nicht mit. Dafür leitete er wieder sehr zuverlässig. Sie bekamen Mammutbäume zu sehen und weiße Strände und einen Felsen mit Seelöwen. Sissi schlug ein Bad im Meer vor, aber nachdem sie den großen Zeh ins Wasser getaucht hatte, nahm sie sofort Abstand, es war eiskalt.

Der Tag war zu kurz für die hundert Schönheiten der Strecke. Wieder wurde erst im Dunkeln das Etappenziel erreicht: Monterey.
»Hier weiß ich ein tolles Fischrestaurant!« rief Sissi.
Eine Stunde später betraten sie Rappa's auf Fisherman's Wharf. Sissi bestand auf demselben Tisch, an dem sie vor zweieinhalb Wochen mit Renate gesessen hatte. Sie amüsierte sich darüber, daß der Kellner offensichtlich mit einer unscharfen Erinnerung an die beiden Damen kämpfte. Sie bestellte, da es das letzte Mal so gut geschmeckt hatte, gegrillten Red Snapper und war unheimlich aufgekratzt: »Mensch, wie find ick denn det! Jetzt hab ick schon 'ne Stammkneipe in Amerika!«
Harry mußte seine Sissi herzhaft küssen.
»Weißt du noch«, fragte Renate, »wie du wütend aus dem Lokal gerannt bist?«
»Ich?« rief Sissi. »Das warst doch du!«
»Ich?« rief Renate. »Das würde ich nie tun!«
»Und ob! Ich weiß sogar noch ganz genau . . . Sag mal, du willst mich veräppeln, was?«
Renate nickte und stieß mit Sissi an.
Harry wollte wissen, worüber Renate so empört gewesen sei, und sie sagte es ihm: »Sissi hat Andeutungen gemacht, daß mein Mann in sie verknallt sei.«
»Janz jenau!« bestätigte Sissi. »Und denn isse abjezischt wie 'ne Rakete.«
»Darüber würde ich mich heute nicht mehr aufregen«, meinte Renate.
»An dem Gerücht war auch nichts dran«, beteuerte Rolf.
»Ach wat!« gluckste Sissi fröhlich, »keen Jedanke!«

Beim Frühstück erinnerte sich Sissi, weshalb Willy damals nach Monterey geflogen war: »Hier macht er seine Zweigwurstfabrik auf. Oder heißt es Wurstzweigfabrik? Egal.

Jedenfalls soll das hier die Wurstmetropole der westlichen Welt werden.«
Richtig! Harry war beinahe entfallen, daß ihm Willy gesagt hatte, er suche einen wie ihn für dieses neue Unternehmen. Verrückte Idee! Man konnte ja mal mit ihr spielen. Harry als Wurstmacher in Monterey. Im weißen Kittel tagsüber durch die Produktionshallen, im weißen Cadillac abends heim ins weiße Haus am grünen Hang überm blauen Meer. Wochenende in San Francisco oder Las Vegas. Lebensabend in Santa Barbara. Eine gute Idee?
Warum nicht? Warum nicht noch mal was Neues vor der Mitte des Lebens? Man konnte den Laden in Frankfurt verpachten oder verkaufen. Man kam nicht, wie Willy, mit leeren Händen in Amerika an. Die Idee, ahnte Harry, würde ihn die nächste Zeit umtreiben. Er behielt sie für sich, aber bei der Rundfahrt vor der Weiterreise sah er sich Monterey sehr genau an. Es gefiel ihm.

»Ob diesmal die Fischhändler in San Francisco tagen?« ulkte Renate, als sich die Stadt mit den Spitzen ihrer Hochhäuser ankündigte.
»Wißt ihr was?« rief Sissi, »wir sollten wieder in die billige Bude gehen, in der das ganze Unheil begann.«
»Wieder zu viert in ein Zimmer?« fragte Harry.
»Bloß nicht!« wehrte Sissi ab, dann legte sie den Arm um Harry und flüsterte ihm ins Ohr: »Wir haben doch heute nacht wieder festgestellt, daß die ideale Zimmerbelegung genau zwischen einer und drei Personen liegt.«
Sie fuhren tatsächlich zu ihrem alten Motel in der Union Street, wo sie diesmal ohne Schwierigkeiten drei Zimmer bekamen. Sie riefen bei Willy an, dort war niemand zu Hause. Andy erreichten sie, er hatte ihre Ankunft erwartet und schon alles organisiert: »Heute abend um acht bei Ettore. Wißt ihr noch, wo es ist? Willy und Jessica kommen auch.«

»Sind sie noch verheiratet?«
Andy lachte. »Ja, aber morgen ist der verflixte siebente Tag.«
Harry und Sissi, Renate und Rolf traten auf die Union Street hinaus, der Himmel strahlte, die Sonne wärmte, brannte aber nicht, ein leichter Wind strich vom Meer herauf. Es war ein Tag zum Verlieben.
»Was machen wir?« fragte Harry.
»Ich finde, jeder macht, was er will«, antwortete Rolf.
Eine gute Idee! Harry war zwar heute glänzender Laune, daß er alles und jeden ertragen hätte, aber am liebsten wäre er mit Sissi alleine gewesen.
»Drei Wochen lang waren wir wie die Kletten«, sagte Rolf, »mir reicht das nun.«
Renate gab ihm recht: »Wir müssen uns langsam daran gewöhnen, daß wir nicht unser ganzes Leben zu viert zubringen können.«
»Mach dich nur lustig!« rief Rolf. »Ich fand die Reise nicht sehr komisch.«
Renate wies ihn zurecht: »Das ist sehr unfreundlich gegenüber unseren freundlichen Gefährten. Außerdem warst du es, der unter allen Umständen von San Francisco zum Lake Tahoe fahren wollte.«
»Weeßte wat?« sagte Sissi, »kloppt euch alleene!«
»Viertel vor acht ist Abmarsch«, rief Harry im Gehen.
»Endlich frei!« jubelte Sissi an der nächsten Straßenkreuzung und küßte Harry.

Sie stießen ziemlich zufällig auf die Cable Car und sprangen hinein. Sie war auf der Fahrt zum Hafen hinunter. Dort toste das Leben. Sissi und Harry ließen sich treiben, schlenderten durch Ladenpassagen, schauten in Restaurants, sahen Pantomimen und Maschinenmenschen zu, lauschten Straßenmusikanten, aßen Shrimps mit rosa

Soße aus der Tüte. Sissi schrieb eine riesengroße Ansichtskarte mit der Golden Gate Bridge für die Lieben in Ost-Berlin. Ab und zu blieben sie mitten im Strom der Passanten stehen und küßten sich. Das fiel nicht weiter auf, denn jeder tat hier, was er wollte.
Sissi war aus dem Häuschen: »Det ist ja allet Wahnsinn! Und die kleene Sissi immer mittenmang!«
Harry war sehr glücklich. Vor allem Sissis wegen. Und er freute sich, daß er hier sein konnte. Daß er, ohne lange nachzudenken und sein Geld zählen zu müssen, nach Amerika fliegen konnte. In seiner Familie war er der erste, dem das möglich war.
Plötzlich standen sie vor einem Schiff nach Alcatraz Island, der berühmten Zuchthausinsel in der Bucht von San Francisco.
Sissi wollte hin, Harry kaufte zwei Tickets.
Das verlassene Zuchthaus war bedrückend. Die Stimme des Fremdenführers hallte durch leere Zellentrakte. Soweit Harry verstand, hatten hier immer die schwersten Jungs der USA eingesessen, die renitenten und absolut unverbesserlichen. Mit härtesten Strafen für kleinste Aufmüpfigkeiten hatte man die meisten in den Griff bekommen. Ein offener Jackenknopf – ein Tag Dunkelzelle! Und zwar nackt. Der Führer führte die Stahlkäfige vor, deren einzige Einrichtung ein Loch im Boden war, anstelle einer Toilette. Er forderte auf, sich ein paar Minuten einschließen zu lassen, »just for fun«.
Es war stockfinster und völlig still in der Zelle. Harry tastete nach einer Wand, die Berührung des kalten Stahls machte eine Gänsehaut.
»Hier gefällt's mir nicht«, flüsterte Sissi.
Harry nahm sie in die Arme: »Auch nicht mit mir?«
»Doch, mit dir ist es urgemütlich.«
»Wo ist dein freches Mundwerk? Gib es her!«

Sie suchten sich, stießen mit den Nasen aneinander, brachten schließlich einen Kuß zuwege.
Harry hatte eine Idee: »Wollen wir heiraten?«

20. Kapitel

Sissi

Sissi mußte noch Stunden später lachen, als sie es bei Ettore den anderen erzählte: »Heiratsantrag in der Dunkelzelle!«
»Ja, und?« fragte Andy, »hast du ihn angenommen?«
»Klar! Auf der Stelle.«
»Und wann ist Hochzeit?«
»Heute nicht mehr.«
Willy schwäbelte dazwischen: »Hen ihr morge scho ebbs vor?«
»Morgen was vor?« fragte Sissi zurück. »Nee, warum?«
Willy schmunzelte und schien zu warten, daß bei Sissi irgendein Groschen fiel.
»Las Vegas«, flüsterte Andy ihr ins Ohr.
»Wieso Las Vegas?«
»Ich vermute«, sagte Andy, »daß Willy morgen mit euch nach Las Vegas fliegen will. Und zurück, denn ihr müßt ja übermorgen nach Hause. Habe ich recht, Willy?«
Willy schmunzelte immer noch und blinzelte Sissi zu.
»Det is ja . . .« Sissi fand die Worte nicht und fuhr Harry an: »He, kannst du nich ooch mal wat sagen?«
»Ja.«
»Wat heeßt hier: Ja?«
»Ich finde, so machen wir's«
Alle brachen in Lachen aus, und um Sissi herum hob ein großes Palaver an. Jessica wurde übersetzt, um was es ging, und sie fiel Sissi um den Hals. Als Ettore den Grund der

Heiterkeit erfuhr, gab er sofort eine Runde seines besten Chianti Classico aus. Andy lachte, daß ihm die Tränen kamen. Sissi mußte plötzlich heulen. Renate nahm sie in den Arm: »Nicht weinen, kleine Braut! Es tut überhaupt nicht weh. Hochzeit ist schön, bloß Ehe ist schlimm.«
»Laß den Quatsch!« wehrte Sissi ab.
»Champagner!« rief Willy.

»Wie wollen wir's mit der Hochzeitsnacht halten?« fragte Harry, als sie spät abends endlich im Motel waren.
»Traditionell«, antwortete Sissi.
»Also erst morgen. Und was machen wir heute?«
»Keine Hochzeitsnacht«, erklärte Sissi.
»Manche Traditionen sind furchtbar unsinnig«, maulte Harry. Er setzte sich auf die Bettkante und zog die Schuhe aus, Sissi tat das gleiche.
»Man muß sich an Traditionen halten«, sagte sie.
Harry zog sein Hemd aus und warf es über einen Stuhl, Sissi tat mit ihrer Bluse das gleiche.
»Hochzeitsnacht ist nun mal erst in der Nacht nach der Hochzeit«, sagte sie, »aber . . .«
Harry nahm sie bei den Schultern: »Aber was?«
Sie brachte ihren Mund an sein Ohr: »Generalprobe?«

Halb zehn war Abflug mit Willys Maschine. Er hatte zuvor in der Candlelight Wedding Chapel angerufen und für drei Uhr fünfzehn einen Termin festgemacht. Abends wollten sie zurück in San Francisco sein und schön essen gehen. Sissi hatte sich ihrer beiden Colorado-Gefährten Anthony und Baldwin entsonnen, und Willy kannte sogar das Restaurant, das die beiden betrieben. Ein Tisch war reserviert.
Rolf kam nicht mit. Er war schon am Abend vorher nicht mit bei Ettore gewesen, sondern wollte die kurze Zeit bis zum Rückflug seiner eigenen Wege gehen.

Renate hatte zwar den ganzen Abend über, halb im Ernst, halb im Scherz, ein abschreckendes Bild des Ehelebens gemalt und angekündigt, sie werde der Exekution fernbleiben, aber sich nun doch zum Mitkommen entschlossen. »Ich lasse dich doch in deiner schwersten Stunde nicht allein«, versicherte sie Sissi.
Beim einschläfernden Brummen der Motoren geriet Sissi ins Nachdenken. Als Mädchen hatte sie sich immer eine große Hochzeit in der Kirche vorgestellt. Das hatte für sie nichts mit Gläubigkeit zu tun, auch wenig mit Tradition, eher noch ganz entfernt mit Politik. Sie wollte es genau so haben, wie es die Partei nicht gern sah, nämlich in Weiß mit Schleier und Schleppe und blumenstreuenden Kindern. Falls es Blumen gab.
Nun heiratete sie hier auf die Schnelle, so wie man bei McDonald's ißt, und zu Hause wußten sie nicht einmal davon. Sie kannten auch den Bräutigam nur von Fotos. Irgendwann in nächster Zeit mußte Harry mal einen Antrittsbesuch bei seinen Schwiegereltern machen. Er durfte ja hinüber. Vielleicht traf man sich auch mal in Prag oder am Plattensee, wo sich eben Deutsche aus Ost und West so trafen.
Harrys Eltern lebten nicht mehr, und zu seinen wesentlich älteren Geschwistern hatte er so wenig Kontakt, daß er sie heute bestimmt nicht vermißte.
»Guckt mal nach unten!« rief Renate. »Da irgendwo haben wir mit unserem kaputten Auto in der Wüste gestanden.«
Tatsächlich, das Tal des Todes. War das wirklich erst fünf Tage her?
»Hör mal, Sissi«, meinte Harry, »wir müssen von Las Vegas aber gleich ein Telegramm an deine Familie schicken, findest du nicht?«
Sissi gab ihm einen Kuß.

Landung in Las Vegas, das Flugzeug parken, einen Mietwagen nehmen – alles war vorbereitet, ging wie am Schnürchen. Zur Candlelight Wedding Chapel, Termin drei Uhr fünfzehn bestätigen, Blumenstrauß auswählen, Kunstblumen zum Mitnehmen und Aufheben für alle Zeiten. Musik? O ja, bitte den üblichen Verdi! Wenigstens etwas sollte so sein wie im Jungmädchentraum. Zum Rathaus, das Papier holen, Marriage Certificate. Wie gut, wenn man schon weiß, wie's geht!

So, dachte Sissi auf dem Rückweg zur Hochzeitskapelle, ab jetzt freue ich mich ganz doll!

Sind wir nicht ein schönes Hochzeitspaar? Harry in seinem Seidenanzug, ich in Weiß! Ohne Schleier und Schleppe zwar, aber wenigstens in Weiß. Vielleicht ein bißchen zu tief ausgeschnitten für eine Hochzeit, aber schließlich ist es warm in Las Vegas. Außerdem kam alles zu plötzlich, um sich noch passend einzukleiden.

»Was immer du heute gefragt wirst«, flüsterte Renate vor der Kapelle, »antworte immer mit ›No‹!«

»Yes«, sagte Sissi.

Es war derselbe ältere Herr, der vor sieben Tagen Willy und Jessica getraut hatte und jetzt Sissi und Harry zum Altar bat. Er fragte, ob sie Englisch verstünden.

»No«, sagte Sissi.

»A little«, sagte Harry.

Daraufhin wurde ihnen der Text Wort für Wort so langsam vorgesprochen, daß sie ihn nachsprechen konnten.

Det nimmt ja keen Ende! wunderte sich Sissi zwischendurch, doch dann rief sie ihre abschweifenden Gedanken zur Ordnung. Waren auch die Umstände merkwürdig, so war die Stunde eine feierliche und bedeutungsvolle. Vielleicht meine einzigste Hochzeit! dachte sie, beinahe erschrocken. Oder hieß es einzige?

»Yes«, sagte sie am Ende.

Und auch Harry: »Yes.«
Wieder keine Ringe.
Kuß, Foto, Schluß.

Erst beim Abendessen war Sissi wieder soweit, daß sie klare Gedanken fassen konnte. Sie überlegte, ob sie, von Ereignissen und Gefühlen überrumpelt, einen Fehler begangen hatte. »Nein«, sagte sie.
»Wieso nein?« fragte Harry.
»Es war kein Fehler.«
»Natürlich nicht.«
Anthony und Baldwin hatten eine festliche Tafel gedeckt und zur Begrüßung den ersten Korken knallen lassen. Es wurde herzlich umarmt und geküßt und beglückwünscht.
»Ihr seht komisch aus«, fand Sissi, »irgendwie habt ihr euch seit dem Grand Canyon verändert.«
»Wir haben uns heute gewaschen und rasiert«, erklärte Baldwin, »und die Löcher in den Hosen geflickt. Alles extra für dich!«

Die Frage nach Rolf und seiner Verletzung aus dem Grand Canyon wurde rasch abgehakt. Aber sie kamen noch mal darauf zu sprechen, worüber Rolf derart hatte lachen müssen, daß er in Crystal Rapid über Bord gegangen war. Sissi gab es fröhlich ein weiteres Mal zum besten: »Ich war so verknallt in Baldwin und habe nix gemerkt.«
»Es wird mir immer leid tun«, sagte Baldwin, »daß ich dich enttäuscht habe.«
»Mir auch. Es wäre die letzte Chance vor der Heirat gewesen. Vorbei!«
»Für eine Braut«, monierte Harry, »führst du erstaunlich lose Reden.«
Sissi entschuldigte sich mit einem Kuß.
Bei der Suppe, die hier Potage hieß, sah sich Sissi in dem

Restaurant um. Es war mit erlesenem Geschmack eingerichtet, ganz in Schwarz und Weiß gehalten, mit einem Hauch von Jahrhundertwende und einem Schimmer von Paris. In San Francisco mußte es Leute geben, die zu leben wußten. Harry hatte am Morgen erzählt, Willy sei am Abend vorher noch einmal darauf zurückgekommen: Ob er sich vorstellen könne, in Kalifornien Wurst zu machen, statt in Frankfurt mit Gemüse zu handeln? Einen richtigen Floh habe er jetzt im Ohr, hatte Harry gesagt. Sissi konnte es sich vorstellen. An diesem Abend konnte sie sich sowieso alles vorstellen.

»Wir haben was vergessen«, sagte Harry.

»Was denn?«

»Das Telegramm.«

»Au weia!«

Sissi überlegte, daß man um diese Zeit vielleicht schon anrufen könne. Nicht zu Hause, da gab es kein Telefon, aber bei Mutter im Betrieb. Man durfte nicht sagen, wer da anrief und woher, man konnte aber sagen: Hier VEB Getränkekombinat, Werk Mitte, verbinden Sie mich doch bitte mal . . .

Ob man von San Francisco nach Ost-Berlin durchwählen konnte? Aber war es überhaupt eine gute Idee? Sissi stellte sich vor: Ihre Mutter saß im Büro mit drei Kolleginnen zusammen, und wie ein Blitz aus heiterem Himmel kam ein Signal aus einer anderen Welt! Tochter heiratet in Las Vegas!

»Wir schreiben von Frankfurt aus«, entschied Sissi.

Dann riß sie sich von dem Gedanken los und umarmte ihren Mann: »Eine schöne Hochzeit.«

»Warte erstmal auf die Ehe!« sagte Harry.

21. Kapitel

Renate

Renate sah hinunter auf die Bucht von San Francisco. Der startende Jumbo warf seinen Schatten aufs Wasser. Der Schatten wurde immer kleiner, je höher die Maschine stieg, er schlüpfte über die Brücke, die kilometerlang die Bucht überspannte, rammte fast einen Tanker, schoß aufs Ufer zu, dann verlor ihn Renate aus den Augen.

Sie lehnte sich zurück. Neben ihr saßen Sissi und Harry, auf der anderen Seite des Gangs Rolf.

Er hatte sich erst bei der Abfahrt zum Flughafen blicken lassen und nicht darüber geredet, wo er gesteckt und was er getrieben hatte. Renate hatte keine Fragen an ihn, alles war klar. Es bedrückte sie, daß die gemeinsamen Jahre nicht anders zu Ende gehen konnten, aber sie freute sich auf die Zeit danach.

Sissi trug noch einmal ihr weißes Kleid und hielt den rotweißen Brautstrauß im Schoß. Sie hatte ihn seit der Abfahrt aus dem Motel in der Hand gehalten, auf Schritt und Tritt war sie von wildfremden Menschen angesprochen worden: »Oh, just married? Congratulation!«

Der Flugkapitän hieß seine Passagiere an Bord willkommen. Deutsche Worte aus einem Lautsprecher wirkten ungewohnt nach dreieinhalb Wochen Amerika. Die deutschen Worte erinnerten Renate aber auch daran, daß sie fast wieder zu Hause war. Noch nie hatte sie dort nach einer Reise ein solcher Berg von Unannehmlichkeiten erwartet.

»Besonders begrüße ich die junge Dame in der elften Reihe«, sagte der Kapitän, »sie sieht so frisch verheiratet aus. Dem Herrn daneben einen herzlichen Glückwunsch zu seiner ausgezeichneten Wahl!«

Die Passagiere lachten und klatschten Beifall, Sissi und

Harry mußten sogar aufstehen und sich nach allen Seiten zeigen. Dann bekamen sie eine Flasche Sekt.
»Wir überqueren zunächst die Sierra Nevada«, erklärte der Kapitän, »fliegen dann über das Tal des Todes und nördlich an Las Vegas vorbei. Später werde ich sie auf den Grand Canyon aufmerksam machen.«
»Mensch, da waren wir überall!« rief Sissi.
Sie reichte Renate ein Glas Sekt und stieß mit ihr an: »War doch 'ne schöne Reise, oder nicht?«
Renate trank einen Schluck, ehe sie antwortete: »Eigentlich war sie ganz schön. Und so voller Überaschungen.«
»Ich hab' auch manchmal gedacht: Det jibt's in keen Russenfilm! Euer Auftritt unter dem Geysir. Danach mein Auftritt mit meinem jetzigen Gatten. Manchmal habe ich nicht mehr geglaubt, daß wir am Ende so zurückfliegen, wie wir hingeflogen sind.«
»Ein paar Kleinigkeiten«, sagte Renate, »haben sich ja auch geändert.«